연예인 완전정복

-어? 나도 스타 될 수 있대!

연예인 완전정복
-어? 나도 스타 될 수 있대!

초판 1쇄 2005년 7월 29일

저　자 김성덕
발행인 김순정

발행처 순정아이북스
신고번호 제16-2832호/신고년월일 2002년 10월 8일
주소/ 서울시 서초구 서초동 1330-18 현대기림빌딩 704호
홈페이지/www.ikorealeaders.com
전화/ (02) 597-8933
팩스/ (02) 597-8934
E-mail/ bestedu11@hanmail.net

기획 _ 편집부 | 구성·정리 _ 장은정 | 교정·교열 _ 김희진 | 진행 _ 박정은
일러스트 _ 윤순정 | 디자인 _ 디자인루트 | 인쇄 _ 대광문화

값 12,000원 | ISBN _ 89-953941-6-1 13810

연예인 완전정복

어? 나도 스타 될 수 있대!

순정 Books

이러한 책이 왜 필요한가?!

대중문화시대 유망 직업, 희망 직업 순위 No.1 '연예인'

분명, 미래는 엔터테인먼트 시대이다. 연예인은 이 산업의 핵이며 꽃으로, 21세기 가장 전망 좋은 직업이라고 해도 과언이 아니다. 대중이 문화 권력을 가지고 커다란 영향력을 행사하는 이 시대에 대중을 휘어잡는 연예인만큼 최고의 매력을 지닌 직업이 어디 있을까?

연예인은 이미 고부가가치를 창출하는 문화메이커이자, 문화전도사의 역할을 톡톡히 하고 있다. 이런 매력에 흠뻑 취한 우리나라 청소년 대부분이 연예인을 동경하고 있으며, 최근 직업 선호도 조사에서도 몇 년째 최 상위를 차지하고 있다. 비단 청소년뿐만 아니라 연예인이라는 직업을 꿈꾸는 사람들은 가파르게 증가하고 있으며, 관련 직종에 대한 관심은 더욱 뜨겁기만 하다.

'연예인'! 여전히 '환상 속의 그대'?!

아직까지 많은 사람들이 연예계는 노력보다는 운이 우선하는 일확천금의 세계라고 막연히 생각할 뿐이다. 스타가 되면 웬만한 행복은 보장이 되고, 한 번의 광고로 '억'을 만질 수 있다는 환상에 사로잡힌 아이들은 열병처럼 스타의 뒤를 좇고 있다. 또한 만능 엔터테이너로의 입문을 성형수술로 생각하는 여학생들로 방학마다 성형외과는 호황을 누리고 있다.

이처럼 많은 청소년들이 연예인 신드롬에 빠져 있는 이유는 연예인의 화려한 면만 강조되고 있기 때문일 것이다. 연예인에 대한 관심이 매우 높은 반면, 연예인이라는 직업에 대한 제대로 된 인식은 전무후무한 편이다. 이들이 스타덤에 오르기까지의 피눈물 나는 과정과 단지 1%의 연예인만이 스타로 활동할 수 있는 한국의 스타 시스템 등이 제대로 알려지지 않았기 때문이라고 본다.

연예인 입문서 혹은 교과서 탄생?!

'연예인' 이라는 직업을 동경하고 선호하는 지망생들이 이처럼 늘어난 이상, 연예계의 현실을 제대로 보여줄 수 있는 책이 필요하다. 법대 들어가기, 의대 들어가기, 좋은 직장 들어가기 등 다양한 직업에 입문하기 위한 좋은 정보들은 이미 책으로 소개되었으나, 청소년과 성인층을 대상으로 연예인이라는 직업을 제대로 가이드 하는 책은 없었다. 이처럼 관심과 수요에 비해 공급이 전무하다는 현실과, 연예인이 된다는 것이 화려하고 행복하기만 한 꽃길을 걷는 것이 결코 아님을 똑바로 인식시켜야 한다는 막연한 동기 또한 이 책을 기획하는 데 한 몫을 했다.

이 책은 국내 최초로 '직업적 눈높이'에서 연예인과 방송인, 더 나아가 스타가 되는 법을 소개하는 입문서이자 교과서가 되고자 한다. 따라서 단순한 흥미위주나 신변잡기는 배제하려고 노력했다.

단지, 스타 지망생들과 청소년들이 '직업인으로서의 연예인' 에 대해서 알 수 있는 계기를 제공하고 정말 필요한 정보를 담고자 했다. 이 한 권의 책으로 연예인과 스타로의 입문, 그 모든 것을 말했다고 할 수는 없지만, 막연하고 답답한 이들에게 조금이나마 손쉽게 다가가, 나침반이자 이정표 역할을 해 줄 '올바른 지침서' 가 될 수 있기를 바랄 뿐이다.

끝으로 이미 언급한 바와 같이, 오해와 왜곡이 많은 분야적 특수성을 감안하여 최대한 진솔하게 그리고, 흥미위주 이야깃거리나 신변잡기는 가급적 배제하려고 애썼으나, 그 개별적이고 실질적인 판단은 독자의 몫으로 남겨두고자 한다.

김성덕

목차

Part1

초보 연예인을 위한 기초상식 체크포인트
_스타와 나 사이의 거리는? 1센티미터 차이?!

Part3

셀프 스타 메이킹 스타트! _ 그 시작과 완성

_스타는 만들어진다. 스타 되기 초입기에 확실히 해두어야 할 기본 전략과 굳히기 전략!

Part5

연예계 데뷔 무대, 오디션 합격족보
_ 실력으로 무장한 뒤 다양한 문을 두드려라!

'선택과 집중'의 패러다임!

결코 망설이지 말고 과감하게 시작하라!

시지프스, 그의 인내와 끈기를 본받아라

프·롤·로·그

1. 21세기 새로운 종교 '스타 신드롬'

우리나라 청소년들에게 직업 선호도를 조사한 결과, 연예인이라는 직업이 몇 년째 상위권을 링크하고 있는 것은 이미 모든 사람들이 주지한 사실. 스타를 향한 열광적인 팬들의 사랑은 광기로 불릴 정도로 열정적이며, 21세기 신흥 종교로 자리 잡을 만큼 뜨겁고 무섭다. 스타라는 교주 앞에 선 팬들은 맥없이 다리에 힘이 풀리고 심지어는 그를 따라 자신의 인생관을 바꿀 정도로 맹목적이기까지 하다.

시간이 지날수록 안정된 직업을 찾기가 더욱 힘들어지고 단 시간 내에 부와 명예라는 황금알을 잡기 위한 유일한 수단이 '스타'라고 인식되어진 요즘 사회에서 스타 신드롬을 좇는 것은 어찌 보면 당연한 결과이기도 하다. 이러한 추세는 동양과 서양을 막론한 세계 공통 현상이다. 전 세계가 스타의 일거수일투족에 촉각을 곤두세우고, 또 한 편으로는 0.0001% 스타 도전 가능성을 위해 자신을 거리낌 없이 내던지고 있다.

2. 한국 TV, 재미는 필수! 교양은 선택! 그 중심에 '스타'가 있다!

0.1초 사이에 채널이 돌아가는 TV 시청 행태는 방송 프로그램의 중심을 뒤엎는 결과를 낳았다. 단 몇 초간이라도 재미가 떨어지면 시청자들은 가차 없이 채널을 돌려버린다. 그 결과, 현재 방송 프로그램의 중심

에는 '재미', 즉 '엔터테인먼트'가 축을 이루고 있다.

정보와 지식이 풍기는 점잖음을 자부심으로 삼던 교양 프로그램마저 오락적 기능과 현란한 영상미를 가미해 에듀테인먼트라는 신조어를 낳으며 복합장르로 양산되고 있는 실정이다.

그리고 그 중심에 우리들이 열광하는 '연예인 군단'이 있다.

설사 '연예인'이라는 직업 종에 속하지 않은 전문인이라 해도 조리 있고 재미있게 말만 잘 한다면 그는 '준 연예인'으로 인정받으며 각종 에듀테인먼트 프로그램에 단골손님으로 초대된다. 재미로 포장된 교양, 오락이 가미된 다큐멘터리, 흥밋거리를 보여주는 교육방송, 모든 것이 엔터테인먼트 산업과 연예인 군단의 덩치를 키워주는 원인 제공 요소가 되었다.

3. 고부가가치 연예산업은 1인 기업?!

한 연구조사 기관이 발표한 바 있는, 스타 한 사람이 창출하는 경제적 이득이 자동차 수만 대 가량을 수출한 것과 같은 효과를 이끌어낸다는 결과는 연예산업이 그 어떤 일반산업보다 더욱 큰 영향력을 발휘하고 있음을 단적으로 보여주는 예이다. 연예산업이 첨단 IT산업보다 더 빠르게 발전하며 더 막대한 파장과 경제적 이익을 불러일으키는 산업이 되고 있다는 얘기다. 이러한 스타들의 천문학적인 수치에 달하는 경제적 성공도 대중들이 연예인이라는 직업, 스타를 동경하는 커다란 이유 중 하나이다.

4. 연예인이 되고픈가? '작심10년'의 각오를 가져라!

감독관: "넌 뭘 잘하니?"
지망생: "저 비처럼 출 출 수 있어요. 보실래요?"

곧잘 노래를 흥얼거리며 비의 춤을 추는 아이

지망생: "태양을 피하고 싶어서~~ 아무리 애를 써도~~"
감독관: "아~ 난 널 피하고 싶구나."

연예인 오디션을 보러 온 한 아이의 모습이다. TV를 틀면 어디서나 볼 수 있는 비의 춤을 왜 굳이 이 아이를 통해서 봐야 하는 걸까? 스타를 추종하는 아이들은 대단한 착각을 하고 있다. 그들의 엄청난 오해는 '나도 쟤만큼은 하는데…' 라는 어처구니없는 자만감이다. 비는 '유일한 비' 이기 때문에 희소성을 지닌다. 비를 닮은 여럿이 뒤를 따른다 해도 특별한 점이 없다면 그는 비의 어설픈 아류작으로, 아무런 의미가 없다. 대중에게 어필할 수 있는 나만의 개성이 원하는 목표에 다가갈 수 있는 기본 조건임을 명심해라!

여러분이 스타를 꿈꾸는 연예인 지망생이라면 평생 직업이라는 목표를 단단히 세워야 한다. 천신만고 끝에 스타가 되었다 해도 한 순간의 실수로 나락에 떨어질 수가 있고, 인기라는 거품이 한 달도 못돼 사라져버리기도 한다. 중요한 것은 남다른 차별성, 고통을 인내할 각오, 그리고 평생 직업의식! 더도 말고 덜도 말고 최소 10년이라는 긴 기간 동안 자신의 중심을 잃지 않고 노력하는 자만이 스타라는 명예장을 자랑스럽게 받을 수 있는 것이다.

5. 자, 이제 엔터테인먼트 산업 속으로 빠져~봅시다!

10년이라는 긴 기간 동안 군소리 없이 외길만을 달릴 각오가 되어 있다면, 이제 본격적으로 엔터테인먼트 산업에 종사하는 직업군과 그 뒷이야기를 하나하나 짚어보기로 하자.

현재 여러분 곁에는 연예인이 되기 위해서 꼭 다녀야 할 학교나 반드시 읽어야 할 전문 텍스트가 전무한 실정이다. 하지만 이 책은 연예인을 꿈꾸는 여러분에게 그동안 갖고 있던 쓸데없는 걱정과 오만한 자신감, 잘못된 오해를 바로잡을 수 있는 참고서로써 다가가려 한다.

자, 준비됐으면 Let's go!!

1. 연예계에 발 들여놓기: '기회'라는 녀석의 앞머리채를 잡아채자!
2. 대한민국 연예계 입문을 위한 명심보감
3. 연예인, 그 출발을 위한 나만의 스페셜 프로젝트!

Part1
초보 연예인을 위한 기초상식 체크포인트
스타와 나 사이의 거리는? 1센티미터 차이?!

눈부신 카메라 플래시를 한 몸에 받으며 레드 카펫을 밟는 배우, 콘서트에서 열창을 하며 청중을 매료시키는 가수, 수많은 관중의 배꼽을 단박에 쥐락펴락하는 개그맨들… 누구나 이들처럼 화려한 스타가 되고 싶다는 생각을 한번쯤 해 보았을 것이다. 나의 일거수일투족에 열광하는 팬을 가진다는 건 어떤 느낌일까?

하지만, 화면 속의 스타와 나 사이의 거리는 저 은하계의 진짜 별과 나와의 실제 거리처럼 몇 백만 광년은 떨어져 있는 것만 같고…

자, 과연 나도 스타가 될 수 있는 걸까?

초보 연예인을 위한 기초상식 체크포인트

스타와 나 사이의 거리는? 1센티미터 차이?!

1. 연예계에 발 들여놓기: '기회'라는 녀석의 앞머리채를 잡아채자!

'텔레비전에 내가 나왔으면 정말 좋겠네, 정말 좋겠네~~'

인기와 명예, 부를 동시에 누릴 수 있는 미디어의 주인공은 유치원 꼬마만이 아닌 남녀노소 누구나 한번쯤 꾸었을, 혹은 꾸고 있을 꿈이다. 다른 사람들에게 사랑받고, 인정받고, 시선을 받고 싶어 하는 것은 모두의 욕망이기 때문. 누구나 꿈꾸었을 인기 스타, 지극히 평범하기 짝이 없는 나도 될 수 있을까? 이 질문에 대한 답을 다소 성급히 내려본다면 YES! YES! YES!다.

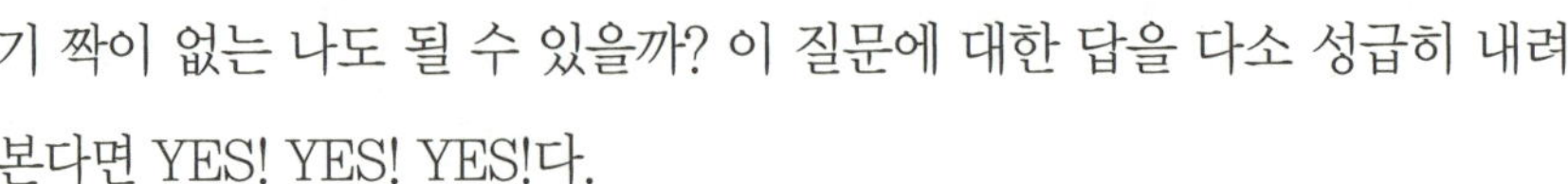

옛날에는 연예인이라는 업종이 극히 소수의 직업으로 진출하기가 무척 힘

들었으나 오늘날은 시장 규모도 커지고, 진출 방법도 다양해져 가능성이 매우 높아졌다. 그러나 가능성만큼 경쟁률도 무척 높아졌다는 것은 주지해야 할 사실이다.

지망생들이 워낙 많이 몰리기 때문에 이 분야의 경쟁률은 하늘 높은 줄 모르고 매년 오르기만 한다. 그러나 중요한 포인트는 예전에는 기회조차 없었는데, 이제는 적어도 오디션의 가능성은 열려 있다는 것. 그래서 기회가 없어서 도전을 못해 봤다느니 끼는 많은데 펼칠 데가 없다느니 하는 불평은 일치감치 접어두도록! 조금만 부지런을 떤다면 나에게도 언제든지 기회가 주어질 테니 말이다. '기회'라는 녀석은 앞머리채만 있고, 뒷머리채가 없다. 그 녀석이 뒷모습을 보이며 달아나기 전에, 재빨리 앞머리채를 낚아채야만 한다.

2. 대한민국 연예계 입문을 위한 명심보감

연예인이 되기 전 연예시장 분석은 필수!

아이들 코 묻은 돈을 긁어모으는 자그마한 떡볶이집을 차리더라도 시장조사를 해야 하는 것은 당연지사. 하물며 내 인생의 모든 것을 던질 각오를 하고 연예계라는 곳엘 뛰어들 거라면, 그 곳의 모든 것을 미리 파악해 보는 것은 연예계 입문을 위한 필수 전략이다.

연예인이란 종족은 어떤 피를 갖고 있으며, 만약, 타고난 피와 끼가 부족하다면 과연 어떤 생고생과 허리가 끊어질 듯한 노력으로 소위 '인기' 라는 것을 먹고 사는 건지, 더 나아가 그래서 내가 연예인이 되기 위해서는 도대체 어떻게 해야 되는 건지 그 멀고 먼 길을 미리 정탐해 보는 것이 연예계라는 신비와 모험의 세계에 들어가기 전 반드시 거쳐야 할 과정이다.

첫째, 연예계라는 큰 숲의 음지와 양지를 제대로 바라보라!

연예산업의 특징 중 하나가 바로 과시성이다. 부정적인 면은 숨기고 멋지고 화려한 점만 부각하려는 특성인 과시성으로 다소 미화된 점이 많아 많은 사람들은 환상을 갖기도 한다. 하지만 자세히 들여다보면 사회의 다른 분야와 마찬가지로 어려움과 부조리가 많은 곳이 바로 연예계이다. 또 하나의 특성은 높은 도태율. 성공한 몇몇의 뒤에는 셀 수 없이 많은 패배자들이 울분을 삼키며 두 번째, 세 번째 도전을 악에 바쳐 기다리고 있는 것이다. 승자 독식주의가 지배하는 세계, 승자가 모든 것을 다 차지하고 패자는 바로 도태되는 냉혹한 세계가 바로 연예계이다.

둘째, 누구에게나 가능성이 열린 만큼 치열하고 잔인한 싸움이 수반됨을 명심하라!

오늘날의 연예계는 상상을 초월할 만큼 어마어마한 경쟁률을 자랑한다. 오직 1위만이 존재할 뿐 연예계에는 2위라는 등수는 없다. 대중에게 선택받지 못했다면 이미 연예계를 벗어난 것이라 여겨도 무방하다. 연예인이 되려면 이러한 현실을 직시해야 한다. 누구도 막지 못할 창과 어떠한 창도 막을 수 있는 방패로 자신을 단단히 무장하고 연예계의 길을 나서야 한다.

셋째, 한국 연예계 시스템의 지각변동을 제대로 캐치하라!

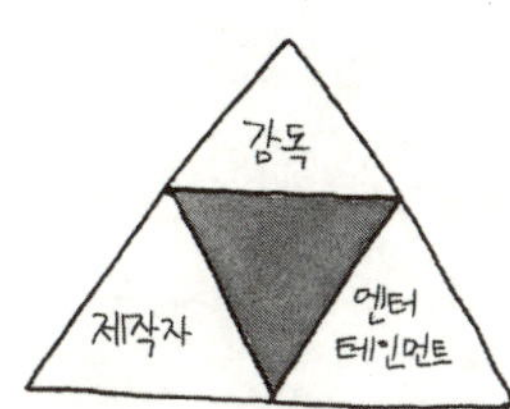

선진국의 경우 엔터테인먼트 분야는 이미 완벽한 시스템이 정착되어 한 나라의 경제를 좌지우지하는 주요 산업으로 자리 잡고 있다. 가까운 일본만 하더라도 방송국은 이미 많은 사람들이 선호하는 안정적인 직장으로 인정받고 있다.

과거 후진형 피디 시스템에서는 감독, 제작자가 피라미드 구조의 꼭지점에서 연예인들을 진두지휘하기 바빴고 엔터테인먼트는 단순한 오락으로 불리는 수준이었다.

하지만 최근 한국의 연예계는 점차 '시스템'을 갖추기 시작했다. 전세계적으로 일고 있는 거대한 변화의 물결을 받아들이며 한국의 연예계가 커다란 덩어리를 갖춘 산업으로 그 규모를 키워가고 있는 것이다.

이제 엔터테인먼트 산업은 지금 막 시작된 신생 분야로 비전과 발전의 가능성, 잠재력이 끊임없이 분출되고 있는 분야라고 보면 된다. 체계적인 조직조차 갖추지 못하고 연예인의 심부름꾼으로 치부되던 매니지먼트 분야 역시 엘리트 집단이 이끄는 사업 시스템으로 발전하고 있는 것이 그 첫 번째 증거라 할 수 있다.

또한 이러한 시스템의 변화에 힘입어 몇몇 대형 인기 스타는 특정 감독에 끌려 다니던 관행을 과감히 깨고 시스템적인, 사업적인 승부를 걸어 성공을 거두는 시대가 도래했다.

 불안정한 한국 연예계의 현실을 똑바로 파악해야 함을 명심하라!

우리나라의 연예산업이 합리적인 시스템을 갖추기 시작했다고는 해도, 아직은 후진형 시스템에서 선진형 시스템으로 넘어가는 과도기임 또한 잊지 말아야 한다. 선진국처럼 자본화 되고 전문화 되어 있지 못해 다소 어수선하고 바람 잘 날이 없는 곳이 대한민국 연예계다.

연예계 시스템 자체가 아직 정착되지 못하고 불안정하기 때문에 연예인들, 특히 연예계에 갓 발을 들여놓은 신인들은 자칫 이리저리 휘둘림을 당하는 희생양이 되기 쉽다. 그래서 더욱 조심하고 의심의 눈초리로 주변을 살펴야 할 필요가 있다.

가끔은 체계적인 시스템이나 특별한 재능도 없이 스타가 되는 예도 있다. 하지만 이런 반짝 인기는 순간적인 달콤함만을 제공할 뿐 단맛을 채 음미하기도 전에 씁쓸함만 남기고 사라진다.

명성을 지속적으로 유지하기 위해서는 인기를 뒷받침할 수 있는 노력이 반드시 뒤따라야 한다.

화려한 연예인의 뒤에는 '든든한 배경'이 숨겨져 있다?!

　여기서 말하는 '든든한 배경'이란 소위 말하는 인맥, 학맥, 뒷돈의 의미가 아닌, 그야말로 든든한 배수진을 친 듯 막강한 제작 '스탭'들을 말한다. 성공한 몇몇의 인기 스타 뒤에는 그를 위한 전문 인력이 100명쯤 있다고 생각하면 된다. 분야로 치면 60~70가지가 넘는 직업군이 있다. 그 중에서도 노른자위 직업은 10가지 정도. 연예산업이 발달된 미국과 서구권의 경우, 하나의 드라마가 끝나면 말미에 나오는 크레디트가 5분이 넘는다. 헐리우드는 연예계 관련 직업의 종류가 1,000가지를 훨씬 넘을 정도이니 그 규모를 쉽게 짐작할 수 있을 것이다. 연예계에 관심 있는 사람이라면 영화를 볼 때 엔딩 크레디트를 끝까지 봐라. 특히 외국에서는 이미 정착되어 있지만 국내에는 이제 막 시도되는 신종 직업, 아직 소개되지 않는 직업들이 무궁무진하니 이를 눈여겨 볼 것을 권한다. 그런 신종 직업들은 지금은 별로 알려지지 않았지만 앞으로는 전망이 밝은 분야가 수없이 많다.

　그래서 이 책에서는 연예인을 서포트 하는 전문 직업 중 가장 중요한 분야 몇 가지를 아울러 살펴보려 한다. 제작 분야의 대표적인 감독과 작가, 그리고 요즘 들어 가장 급속도로 가치가 높아지고 있는 전문 분야인 매니지먼트를 함께 소개하기로 한다.

대학입시 보다 뜨겁다! 연예인 경쟁률 대비!

600:1, 750:1, 250:1. 각각 신세대 연기자를 배출한 공포영화 오디션, 음악 전문 케이블 TV의 VJ 선발 오디션, 아이돌 스타의 산실로 여겨지는 모 기획사의 오디션 지원 경쟁률이다.

대학입시 경쟁률이라면 당장 대학을 포기하고 싶을 만큼 끔찍한 숫자이지만, 갈수록 오디션 지원율은 더욱 높아지고 있다. 연예인이 되겠다고 젖 먹던 힘까지 짜내는 라이벌이 수십만 명에서 수백만 명이라는 이야기이다. 이들 속에서 연예인으로 성공하려면 남들과 다른 나만의 특별 전략을 세우는 것은 당연한 일. 이제부터 연예인이 되기 위한 나만의 스페셜 프로젝트를 만들고 추진해 보자!

첫째, '나는 이제 스타다!' 약이 되는 마인드 컨트롤부터!

지금부터 '나는 프로다. 나는 스타다.'라고 자각하고 자기 최면을 걸어라. 이 책을 펼치고 난 뒤부터는 주위에서 칭찬을 하든, 손가락질을 하든 나는 이미 스타라는 마음가짐을 놓지 말아야 한다. 마음뿐

만 아니라 노력의 정도도 나머지 지망생과 달라야 한다. 넘쳐
나는 지망생들과 똑같이 행동하면서 스타가 되려 하면
100% 실패하기 마련.

　스타 지망생은 전국에 셀 수 없이 많다. 지망생이라는
것은 아직 무언가가 되기 전, 그저 선망하는 자세의 미완성된 수험생일
수밖에 없다. 하지만 이젠 내가 스타 지망생이 아닌 '스타' 그 자체라고
여기기 시작하면 작은 행동과 말투도 서서히 변하기 시작한다.

　아마추어나 지망생은 실수나 실패를 해도 편하다. 프로가 되기 위한
작은 실수야 누구나 겪는 과정 중 하나니 좌절과 눈물은 거리가 멀다.
하지만 '나는 이미 스타!' 라는 자세를 갖는다면 실패나 실수를 질책하
며 더 나은 능력을 찾는 뼈를 깎는 노력쯤이야 이미 대수로운 일이 아
니다.

둘째, 내 편을 만들어라

　스타가 되기까지 거쳐야 할 과정은 외롭고 힘
들다. 그래서 지치고 포기하고 싶을 때 힘이 되
어줄 수 있는 든든한 지원군을 만들어야 한다.
가까운 친구에게 혹은 엄마에게 나의 생활
을 관리해줄 수 있는 매니지먼트를 부탁한다
면 아무리 어렵고 넘기 힘든 장애물도 그 한 사
람의 말 한마디를 의지 삼아 가뿐히 넘길 수 있다.

'내가 스타!' 라는 스타 플레이를 통해 스타의 자세를 연습해 나가라. 연예인이 되겠다고 이미 결심했다면 홈페이지를 하나 만들더라도 남들과는 다른 사이트를 만들어야 한다. 단순히 친구들과의 친목을 위한 사이트가 아닌 나에게 미친 광적인 마니아들이 몰려드는 팬 사이트를 만드는 것이다. 물론 이런 골수팬을 만들기 위해서는 나만의 매력을 사이트에 모두 쏟고 발산해야 하는 것은 기본!

팬 사이트로 인기의 기반을 다지기 시작하면 조금씩 내게 불만을 토로하는 친구들이 생겨나기도 한다. 이것이 바로 안티 팬들인데 이럴 땐 무조건 속상해 하고 욕하지 말고 그들의 입장과 의견을 충분히 듣고 반영하는 것도 자신을 발전시키는 하나의 방법이다. 친한 친구와 가까운 가족일수록 자신의 장단점을 파악 못하는 경우가 많다. 객관적인 타인의 시선을 읽으며 완벽한 스타로 성장하는 길을 택하는 것도 좋다.

이렇게 미리부터 연습을 하면서 실력을 쌓아가야 한다. 어느 순간, 갑자기 스타가 되면 스타 행세를 할 수 있을 것이라고 생각하지 마라. 스타는 서서히 대중들에게 이미지가 각인되는 것이지 갑자기 나타나는 것이 아니다.

데뷔하고 나서는 이미 늦는다. 모든 것을 당장 실천해라. 지금부터 연기, 노래 연습을 해라. 연예인은 배우면서 할 수 있는 만만한 직업이 아니다. 이미 모든 것이 준비된 상태에서 대중 앞에 당당히 나서야 한다. 한번 망가진 이미지는 회복불가능이다. 어설픈 연기와 노래로 대중들을 만난다면, 다시 그 무대에 설 기회를 갖는 것은 몇 만분의 일이 될지 상상하기조차 힘들다. 그만큼 무섭고 철저한 세계가 바로 연예계다.

넷째, 장점은 매력으로! 단점은 개성으로!

연예계에 뛰어들기 위해 장점을 부풀리고 단점을 감추려 하지 마라. 우리나라의 냄비근성은 칭찬과 비난을 쉽게 내뱉으며 한 사람의 인생에 천국과 지옥의 경험을 쉽게 제공한다. 장점을 부풀리는 일은 쉽지만 단점을 고치거나 감추는 일은 쉽지 않다.

그 보다 자신을 있는 그대로 받아들이고 냉철하게 분석해서 장점과 단점을 자신만의 매력과 개성으로 변화시켜야 한다. 많은 사람들이 연예인에게 가장 중요한 것은 외모라고 생각한다. 하지만 연예계에서 최고의 가치를 인정받으며 긴 생명력을 유지케 하는 것은 자신만의 고유한 향기!

텔레비전 앞에 앉은 시청자들은 차가운 시선으로 연예계를 대한다. 하지만 그 냉정한 시청자들의 마음과 눈빛을 따뜻하게 녹이는 것이 바로 그 누군가가 아니면 발산할 수 없는 개성과 매력이다. 미모만을 내세우는 무색무취의 배우는 생명력이 짧다. 미인박명이라는 고사성어가 지금의 연예계를 지칭한다고 해도 과언이 아니다.

자신만의 향기가 없으면 대중은 쉽게 싫증을 낸다. 개성이 없으면 잘 생겨도 매력이 없고 인간의 체취, 특유의 향기가 없으면 그저 미남이라는 얼굴이 느끼하게만 여겨진다.

다행히 세상은 공평하다. 미모 하나만 가지면 세상을 쉽게 손에 넣을 것 같지만 현실은 그렇지 않다.

다섯째, 평범하다면 95% 대중의 대변인이 되라

연예계로 진출하기 위한 여러 방법들 중에는, 평범한 사람이 더 유리한 면을 십분 활용하는 방법도 있다. 평범한 연예인은 세상의 예쁘고 잘난 5%를 제외한 나머지 95%를 대변할 수 있다. 그저 평범할 뿐인 95%는 5%의 꽃미남, 꽃미녀들 때문에 괜히 못나 보인다.

너무 예쁘고 너무 완벽하면 쉽게 동질감이 생기지 않는다. 하지만 평범한 스타는 대중들에게 동지 의식을 가지게 한다. 내 모습을 보는 것 같고 내 이웃을 보는 것 같고 때로는 나보다 못나 보여 간혹 동정심이 생기기도 한다.

나와 같은 평범한 사람이 열심히 노력하는 모습이 대견하기도 하고 실의에 빠져있으면 응원이라도 해주고 싶다. 다시 말해, 자신의 평범함을 95% 대중의 대변인으로서 호응을 이끌어내는 좋은 도구로 이용할 수 있다는 것이다.

여섯째, '나만의 브랜드' 로 승부하는 시대에 대비하라

앞으로 연예인이 되려면 내 끼로만 무조건 열심히 밀어붙이는 것은 통하지 않는다. 연예계의 길을 가기 위해서는 하나의 기업에 입사해 자신과 기업이 함께 커나가듯 체계적인 시스템에 들어가 함께 성장해야 한다.

스타지망생이라면 한국의 연예계가 단순하고 때로는 다소 무식해 보이기까지 하는 노력만으로 승부수를 두는 시절을 벗어나, 브랜드 가치를 중시하는 시대로 접어들었음을 반드시 염두에 두어야 한다. 이제 한국의 연예계에서도 과학적이고 체계적인 시스템만이 세계적인 스타를 만든다는 것을 잊지 말도록!

일곱 번째, 연예인도 비즈니스맨! 3만 3천원의 가치를 3억 3천만원으로!

연예인이 되기 위해 정신적으로 각오를 다졌다면 이미 어떤 끼를 펼칠 것인지 준비해둬야 한다. 나를 데뷔시켜주기만 하면, 그때부터 노력하겠다는 자세는 이미 아웃이다. 연예계라는 곳은 학생의 입장에서 배우는 곳이 아니라 이미 완성된 나를 보여주는 치열한 생존의 장임을 알아야 한다. 방송국에서는 기본 출연료로 최소 3만 3천원을 지불한다. 그리고 그가 그 값어치가 있는지 테스트하는 시간을 갖는다.

연예계 지망생들 가운데 무임금으로 출연을 요청하는 친구들이 종종 있다. 기회를 잡고자 하는 그들의 절박함은 이해하지만, 이는 매우 한심한 일이다. 이런 행동은 자신의 가치를 떨어뜨리는 행위인 동시에 어린 아이의 떼거리로 여겨질 뿐이다. 방송국에서 원하는 것은 공짜가 아니다. 정당한 대우를 해주고 그만큼 아니, 그 이상 실력을 발휘해 3만 3천원의 몸값이 3억 3천만원의 가치로 승화돼 주기를 바라는 것이다.

아무리 신인이라도 등장하는 순간부터 프로다움을 보여야 한다. 여기서 프로는 연예계의 산전수전을 다 겪은 듯한 능글맞은 태도를 말하는 것이 아니라, 언제 어디서든 자신의 가치를 올릴 수 있는 만반의 준비를 말하는 것이다. '나도 한번 해 볼까?' 하는 가벼운 마음으로 연예인을 준비한다면 다른 길을 택하라! 연예계에 진출하는 순간부터 당신은 이미 완성된 제품이다!

진실

Part2

연예계에 관한 거짓 혹은 진실
연예인의 실생활을 알고 대처하라!

연예인들은 어떻게 살고 있을까? 한번 생각해 보자. 구름 속에 살 것만 같고, 모든 것이 멋지고 화려하기만 할 것 같다. 또 어딜 가든 특별대우를 받고 시민들은 엄두도 못 낼 고급스런 생활을 누릴 듯 하다.

그러나 연예인도 냉정하게 보면 하나의 작업일 뿐, 그들의 세상도 하나의 사회라는 걸 기본적으로 명심해야 한다. 아무리 인기 있고 돈 잘 버는 스타도 생활은 일반인과 거의 같다.

TV나 영화의 속성이 대중에게 꿈과 판타지를 주는 것이며, 그를 극대화해 전달하기 위해서는 '꾸밈'이라는 것, 즉 가공이라는 것이 있을 수밖에 없다. 이는 거짓이 아닌, 직업적 특성이다.

Part 2에서는 멋진 스타의 화려한 모습 뒤에 어떤 그림자가 숨어 있는지, 그 실생활을 솔직하게 공개한다. 연예인이라는 직업을 가지려면 연예계의 본질이 무엇인지 제대로 알고 도전해야 한다. 가공된 환상을 연예인의 본 모습으로 착각하지 마라.

연예계에 관한 거짓 혹은 진실

연예인의 실생활을 알고 대쉬하라!

1. 연예인은 고급 레스토랑에서 비싼 음식만 먹을까?

연예인들도 일반인과 똑같이 생활한다고 보면 된다.
톱 탤런트들도 방송국 사내 식당에서 10~20분 정도 줄
서 기다려가며 식사를 하기도 한다. 물론,
이유는 가격이 싸기 때문이다. 헌데, 대
부분의 사람들은 사내 식당엔 일반인들
만 오고, 돈 잘 버는 연예인들은 음식도

밖에서 비싸고 맛있는 것만 사먹는다고 생각한다. 인기스타도 일반인
들과 똑같이 줄을 서서 기다리며 사내 식당에서 밥을 먹는다. 톱스타라
해도, 간단한 점심으로 라면을 사먹거나, 간식으로 떡볶이를 먹기도 한
다. 별미를 먹는다는 기분도 있지만, 돈을 아낀다는 측면도 있는 것이

다. 그 연예인이 사는 집이 좋다든지, 차가 좋다든지 등등의 외형적인 모습은 다를지 몰라도, 일상적인 생활은 일반인들과 거의 같다고 보면 된다.

연예인이라고 해서 모두 돈을 많이 버는 것은 아니다. 몇몇 5%안에 드는 톱스타가 순간적인 인기로 한 때 많은 돈을 벌지만, 대개의 연예인들은 직업에 대한 사명감, 명예심 등 때문에 자긍심을 가지는 것이지, 결코 돈 때문에 연예인을 하는 것은 아니다. 최근에 가수 노동자 조합이 결성되면서 밝혔듯이 가수들의 출연료도 대중이 알면 놀랄 만큼 적고, 연기자들도 출연료가 그렇게 많지는 않다.

사실, 연예인 중에도 대중교통을 이용하고 싶은 이들이 있는데, 일반인들이 알아보고 '연예인인데 왜 지하철을 타고 다니지?' 하기도 하고, 연예인에게 손가락질이나 반말 등을 해서 프라이버시가 침해되거나 마찰이 생길 우려가 있기에, 차 살 형편도 못 되는데 할 수 없이 차를 구입해 몰고 다니는 경우도 있다. 또, 여자 연예인들이 피부과나 미용실엘 가면, 특별히 연예인이라고 해서, 비싼 용품을 일부러 권하며 바가지를 씌울 때가 있는데, 그럴 때, 연예인 입장에서 쉽게 거부하지 못하고 그냥 구입하는 경우가 많다고 한다. 이 두 가지 경우는 스타라는 직업을 가지다 보니, 할 수 없이 하게 되는 거짓 아닌 거짓 행동일 수 있다. 현재 우리나라 스타들 중엔 돈보다는 명예로, 자긍심을 가지고 살아가는 이들이 더 많음을 알아야 한다.

연예인이라는 직업이 화려하다는 것은 누구나 아는 사실이다. 한 달 월급을 꼬박 모아도 살까 말까한 선글라스며 시계 등을 척척 감고 나오는 그들의 모습을 보면 배도 아프고 때론 사치스러운 행동에 눈살을 찌푸리기도 한다. 그리고 그 화려함만을 연예인의 전부라고 치부하는 경우가 많다.

그러나 그 화려함 뒤에는 눈에 보이지 않는 가시밭길이 무한히 펼쳐져 있다는 사실을 잊어서는 안 된다. 경쟁이 치열한 연예계에서 살아남기 위해 몸부림치는 이들은 화려한 소수의 빛에 가려져 제대로 보이지 않는 것이다. 작은 빙산의 일각 아래서 허우적대면서도 모습조차 제대로 드러내지 못하는 연예인들이 수도 없이 많은 것이다.

연예인이라는 직업의 속성이라는 것이 상위 1%가 되기 위해 덤벼드는 것이다 보니 그 어떤 경쟁률보다 치열할 수밖에 없다. 설사 인기를 얻었다 해도 대중의 기호는 너무나도 쉽게 변하기 때문에 자신의 위치에서 안주했다간 언제 나락으로 떨어질지 모르는 가시방석 같은 정상의 자리이기도 하다. 따라서, 끝없이 변해가는 대중의 기호에 맞춰서 평생 변화해야만 살아남을 수 있는 것이다.

눈에 쉽게 띄기 때문에 어디서나 구설수에 오르기도 하고 변명이나 해명을 하려 해도 귀를 막고 눈까지 감아버리는 안티 팬들 때문에 그 누구보다 멍든 가슴을 안고 울부짖는 밤을 보내는 것이 또 연예인이기도 하다. 이처럼 화려한 만큼 어려움도 그에 못지않게 많은 세계이니 지망생들도 단단히 각오해야 한다.

4. 연예인들의 문화는 끼리끼리 문화?

대중들은 스타의 연예 생활보다 그 뒷이야기에 많은 관심을 갖는다. 'A모군과 B양이 예전부터 사귀던 사이였다는군.', 'C군이 압구정동 포장마차에서 D양과 술을 마셨다는데?'

뭐 그리 궁금한 게 많은지, 그들이 포장마차에서 안주는 뭘 즐겨 먹고 어떤 샵을 자주 다니며 미용실에서는 어떤 이야기를 주고받는지 그저 궁금하고 또 궁금할 뿐이다. 이처럼 그들의 사적인 인간관계가 대중의 관심사이다 보니 연예인은 처한 환경 상 일반인보다 연예인들끼리 어울려 놀 수밖에 없다.

연예인들도 친구들끼리 술 한 잔 하며 속 깊은 이야기나 고민을 이야기하고 싶은데 만약 일반인 친구를 사귀다 보면 그들이 연예인들이 처한 현실을 이해 못할 수도 있고 또는 새로운 이슈거리를 찾아낸 듯 연예인의 고민거리를 사방팔방 떠들고 다닐 수 있기 때문이다. 또한 인터넷이 발달하면서 그들의 일거수일투족은 눈 깜짝할 사이에 대한민국을 뒤엎고 세계 전역으로 퍼져 나가게 된다. 따라서 그들은 누가 시키지 않아도 그들만의 세계에서 그들만의 공감대를 깊이 이해할 수 있는 이들과 주로 교류하며 지낼 수밖에 없다.

5. 연예인은 데뷔 전에는 모두 사고뭉치?

연예인들 중에는 중고등학교시절, 부모 속 꽤나 썩이고 학교에서는 사고뭉치로 낙인찍힌 친구들이 많다. 그들에겐 왜 그런 치명적인 공통점이 있는 것일까? 우리나라는 부모님 말 잘 듣는 모범생이라 하면 학교에서 가르치는 교과서적인 교육체계를 잘 따르고 대학에 진학하는 절차를 밟아야 한다고 생각한다. 연예인을 꿈꾸는 아이들처럼 학교수업보다 연기학원이나 콘서트장을 쫓아다니는 아이들을 보면 문제아로 보는 경우가 많다. 하지만 이제는 교과서 속의 공부가 성공을 보장하는 지름길은 아니다. 춤, 연기, 사랑 등 인생 공부를 충분히 하는 것도 보다 나은 미래를 만들기 위한 준비단계가 될 수 있다. 대학을 위해서는 재수, 삼수 등 어떤 어려움도 참고 기다려주면서 연예인이 되기 위해 참고 준비하는 아이들에게는 왜 섣불리 결과를 얻으려 하는가? 이젠 교과서의 울타리를 벗어나 인생 공부를 하는 것도 나름대로의 경험과 성공을 위한 알찬 투자가 될 것이다.

6. 연예인 되기만 하면 만사 OK?

연예인은 자신의 이미지를 파는 일종의 상품이다. 그렇기 때문에 연예인이 된 뒤에는 호위호식하면서 즐기는 것이 아니라 보다 나은 상품이 되기 위한 철저한 자기관리에 들어간다.

자신이 속한 회사에서 연예인의 대중적인 가치를 높이기 위해 관리해주는 부분도 있고, 스스로 관리해야 하는 부분도 있다. 만약 연기자로 오디션에서 뽑히게 되면, 회사에서 상

품을 관리하듯 연예인을 조직화 된 시스템으로 관리하기 때문에 개인이 이런 것들을 따로 관리하거나 걱정할 필요는 없다. 다만, 본인이 이 모든 시스템의 관리를 제대로 소화할 수 있는가가 문제다. 연예계 생활이 정말 좋아서 하는 친구들이라면 힘들고 고돼도 적극적으로 받아들이고 소화할 수 있지만 단순히 최고의 인기나 돈만을 바라고 이 직업을 택한다면 어느 순간 지치게 되어 소화하기가 힘들 것이다. 팬 관리도 역시 시스템에 의해 관리하기 때문에 개인적으로 별 신경 쓰지 않아도 된다.

이러한 관리 중에서 가장 힘든 것이 바로 본인 스스로의 관리이다. 옆에서 매니저나 제작자가 아무리 연기연습을 시키고 체력관리를 해줘도 본인이 열심히 하지 않는다면 결국 스스로 무너지게 된다. 따라서 스타 지망생들은 지금부터 자기 스스로를 컨트롤하고 관리하는 능력을 키워야 한다. 결국 모든 것은 자기와의 싸움이다. 가장 잘 나갈 때 가장 무서운 적은 대중이 아니라 바로 자기 스스로가 되는 것이다.

7. 연예인은 매일 호화롭게 논다?

연예인이라고 해서 매일 골프를 치고, 고급스런 파티 문화만을 즐길 거라고 착각하는 사람들이 많다. 언론에 비춰지는 모습도 대부분 화려한 취미생활만을 집중 조명하는 것이 사실. 그러나 연예인들의 취미 생

활은 일반인보다 더 제약적이다. 워낙 동에 번쩍, 서에 번쩍하며 사방팔방을 뛰어다니는 바쁜 직업이다 보니 여유롭게 극장이라도 다니면서 취미 생활을 즐길 시간이 없다.

그래서 대부분의 연예인들은 짧은 시간 안에 차 안에서 즐길 수 있는 게임을 하거나 굳이 시간과 장소의 제약을 받지 않아도 되는 만화, 잡지를 즐겨 본다. 연예인이라고 해서 그들만이 누리는 성역과도 같은 특별한 취미생활은 존재하지 않는다.

8. 공인으로서의 숙명, 외로움과 고독을 벗 삼아…

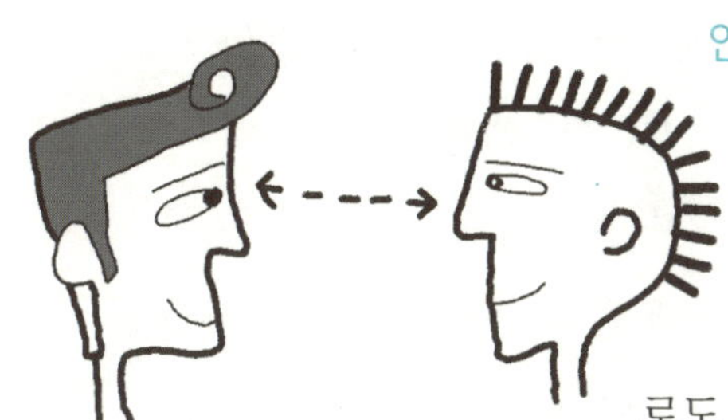

연예인으로서 느끼는 가장 큰 외로움은 나의 작은 행동, 나의 읊조림 한마디가 언제 어디서 어떻게 새 나갈지 모른다는 것이다. 친구가 장난삼아 찍은 휴대폰 사진만으로도 가슴 졸이며 밤잠을 설치기도 한다.

외국은 파파라치가 많은 만큼 사생활 보호도 완벽한데 비해 한국의 연예인들은 아직 그렇지 못하다. 심심치 않게 스타의 개인 이메일이 해킹 당해 지극히 개인적인 사진이 외부에 유출되는 등 사생활 보안 자체가 허술한 것이 현실이다.

연예인은 공적인 모습으로 대중들과 만나지만 팬들은 그들의 사생활에 더 관심이 많다. 항상 팬들의 눈은 영화 속 주인공이 어떤 연기를 펼쳐갈 것인가 보다 영화를 찍으면서 일어났던 에피소드나 핑크빛 러브 스토리에 더 열심히 눈과 귀를 열어두고 있는 것이다. 연예인들은 그토록 끈질긴 눈을 피하지 못해 많은 어려움을 겪는다.

스타는 돈으로 계산되는 일종의 상품이기 때문에 치부가 드러나고 포장이 찢어진 상태로 대중들에게 나가면 치명적인 피해를 입는다. 하지만 그들의 사생활은 곧 대중들의 눈요깃감이나 재밋거리가 되고 때로는 범죄의 대상이 되기도 한다.

이런 사생활 침해는 인터넷의 발전으로 심각한 수준에 이르렀다. 정보가 삽시간에 퍼지는 인터넷의 특성과 고성능을 자랑하는 휴대폰 카메라 때문에 연예인의 몰래 카메라 노이로제는 거의 병적인 수준이다. 그래서 연예인으로서 느끼는 외로움이나 대중 기피는 극한 수준까지 오르게 된다.

미스코리아 대회나 슈퍼 모델에 당선되자마자 여드름으로 가득 찬 촌스런 중고등학교 졸업 앨범 사진이 인터넷에 올라오는가 하면-사실 보통 사람들 중에서도 자신의 중고등학교 졸업 사진을 당당히 내놓을 수 있는 이가 몇이나 있겠나?- 성형수술 의혹을 받는 연예인은 과거와 현재의 사진 비교를 근거로 어디를 어떻게 수술했다는 자료까지 만들어져 네티즌들의 논쟁거리가 되기도 한다.

연예인도 인간이다 보니 때로는 욕지거리가 나올 수도 있고 술을 먹다가 시비가 붙을 수도 있다. 하지만 그들은 '공인'이라서 시비가 붙어도 참을 때가 많고 간혹 사소한 범법을 해도 일간지 일면을 채우는 공포를 겪게 된다. 물론 공인으로 잘 먹고 잘 살게 된 만큼 그 정도 고통은 감수해야 한다고 반발하는 독자들도 많을 것이다. 하지만 지금 하는 이야기는 연예인을 꿈꾸는 지망생들이 단순히 그들의 행복의 단면만을 좇을까 염려하는 마음에 하는 이야기이지 결코 연예인을 옹호해서 하는 발언이 아님을 알아주기 바란다. 이렇듯 연예인이 되려면 사생활의 제약을 받아들이고 그에 따른 외로움을 직업의 특성으로 이해하는 성숙한 자세가 필요하다.

9. 연예인은 다 예쁘고 광채가 난다?

얼굴만 예쁘다고 연예인이 될 수 있는 것이 절대 아니다. 연예인은 얼마나 대단한 미모를 가졌느냐가 아니라 얼마나 강하게 자신의 개성으로 대중에게 어필할 수 있느냐로 승부한다.

"배용준, 정말 잘 생기지 않았냐?"

"배용준이 뭐가 잘 생겼냐? 장동건 얼굴 봐, 완전 조각이지."

"야, 누가 뭐라 그래도 난 송강호가 배우로서는 제격이라고 생각해."

간혹 친구들과 이런 대화를 해 본 경험이 누구나 있을 것이다. 이렇
듯 연예인이 되기 위한 기준은 없다. 각기 나름대로 개성이 있고 풍기
는 향기가 틀린 것이다. 중요한 것은 독특함이다.

대중들도 자로 잰 듯한 미인상에 호감을 보이지는 않는다. 코가 저래
서 좋고 눈이 이래서 마음에 든다는 객관적인 기준은 중요하지 않다.
좋은지 싫은지 대중은 그저 단순하게 받아들인다. 따라서 자신이 좋아
하는 연예인은 남달라 보이기 마련이다.

오히려 대중들은 개성 있는 연예인에게 가치 있는 한 표를 더 던질 뿐이
다. 그래서 연예인들은 미모뿐 아니라 나만의 개성을 갈고 닦는다. 즉,
예쁜 얼굴, 조각 같은 외모가 경쟁력의 전부가 아니라는 얘기다.

10. 연예인 얼굴은 다 손바닥만하다?

얼굴 크기가 크고 작고는 연예인이 되는 데 아
무 상관이 없다. 실제로 연예인들을 자세히
살펴보면 생각보다 외모나 체형이 매우 다
양하다. 얼굴이 주먹만큼 작아야 연예인
이 될 수 있다는 기준은 대체 어디에서

나온 것인가? 그런 허황된 기준을 강요하는 이는 누구인가?

이런 이상한 정보 때문에 연기 지망생들이 멀쩡한 턱을 깎으려 성형 외과로 몰려가고 있다. 물론 얼굴이 작으면 유리한 점은 있다. 화면을 잘 받는 이점도 있고, 턱이 작고 샤프하면 세련된 인상으로 젊은 세대들이 원하는 이미지가 되기도 한다. 그러나 화면에 보이는 얼굴 크기보다는 이미지가 훨씬 더 중요하다.

연예인은 섹시함, 청순함, 깨끗함 등 다양한 이미지를 내세우게 된다. 그런 대외적인 이미지와 연예인의 실상은 물론 전혀 다를 수 있다. 그러나 대중은 연예인의 진짜 천성은 모른다. 연예인과 직접 만나는 것이 아니고 직접 사귀는 것이 아니기 때문에 그들의 실제 성격이나 취향은 중요하지 않다. 연예인이란 대중 매체를 통해 가공된 이미지로만 대중과 만나게 되는 것이다.

그래서 연예인이 되려면 사람들을 사로잡을 수 있는 이미지, 호감가는 이미지를 만드는 것이 무엇보다 중요하다.

11. 연예인의 사랑과 결혼

대중들은 연예인의 결혼이라면 처음부터 색안경을 끼고 바라보는 경우가 많다. 그러나 연예인들도 보통 사람들처럼 평범한 사랑을 하고 평범한 결혼을 한다. 다만 연예인은 얼굴이 많이 알려지고 사생활이 드러나는 것을 꺼리는 직업적 특성 때문에 연애부터 결혼까지 여러 가지 제약이 있다. 그래서 연예인이 배우자로 만날 수 있는 직업군과 계층이 한정이 되어 있어, 같은 계통의 연예인과 연애하고 결혼하는 경우가 빈번한 것이다.

또한 경우에 따라 기획사나 광고의 계약 조건 상 일정 기간 내에는 결혼이나 이혼 금지와 같이 개인 신상에 대한 제약이 따르기도 한다. 만인의 연인이라는 역할 때문에 연애와 결혼의 공개 시기는 철저한 기획 하에 이루어진다. 연예인은 대중의 인기를 먹고 사는 만큼 이렇게 기회와 선택의 폭이 좁은 세계에서 살 수밖에 없는 것이다.

또 연예인이라고 해서 이혼을 자주 하고 쉽게 하는 것은 아니다. 대중의 시선에 노출되다 보니까 연예인의 이혼에 대해 더 많은 입들이 왈가왈부할 뿐이다. 오히려 남을 의식하다 보니 이혼하고 싶어도 못하는 경우가 많다.

간혹 토크쇼에서 연예인 부부를 앉혀놓고 코웃음 치게 하는 우문을 던질 때가 있다. '당신들도 부부싸움 할 때가 있나요?' 마치 연예인 부부는 CF의 한 장면처럼 항상 고운 옷에 존댓말을 써가며 향기로운 음식만을 먹고 살 것 같지만 그들도 보통 사람처럼 오고가는 말투 속에 싹트는 미운 정으로 지지고 볶으며 살고 있는 것이다. 남들과 똑같이 권태기를 겪고 철없는 남편의 바람기를 다독거리기도 하고 경제적인 문제로 다투기도 한다.

다만, 아쉽고 무서운 것은 대중들이 연예인의 이혼을 무조건 부정적으로 받아들이며 곱지 않게 보는 시선이다.

12. 연예인의 수입, 어제는 대박! 오늘은 쪽박?!

언론이 보도하는 연예계의 대박은 사실 허상이 많다. 몇 십억 대박 났다고 매스컴에서 억억거릴 때, 괜히 자신의 통장 잔고와 비교하며 한숨쉬지 마라. 그 억 단위의 대박이 연예인에게 모두 돌아가는 것은 아니다.

예를 들어 어떤 톱스타가 영화 출연과 광고 수입으로 1년에 50억을 벌어들였다면 실제 수입은 그 금액의 10~30%라고 생각하면 된다. 연예인은 프리랜서로 취급되기 때문에 수입의 40%를 세금으로 내야 한다. 그러한 세금, 약 30~60%정도의 기획사 배분금, 스탭 월급, 품위 유지비, 생활비 등 나가야할 돈도 무시하지 못한다. 이렇듯 현실적으로 연예인의 수입에는 거품이 많고 톱스타일수록 더 부풀려지기 쉽다는 것을 알아야 한다.

연예인의 수입은 빈익빈 부익부가 극심한 데다 정기적인 수입이 아니기 때문에 항상 불안정한 경제수준을 유지할 수밖에 없다. 그래서 돈을 모은 연예인은 수입을 철저히 관리하고 생활 습관이 검소한 몇몇에 불과하며, 많은 연예인들이 안정적인 수입을 위해 의류사업, 음식업 등 별도의 부업을 하고 있는 것이다.

연예계는 인맥이라는 '배경'이 통하는 않는 세계이다. 지망생들은 흔히 연예계도 인맥이 좋아야 쉽게 클 수 있다고 생각한다. 대중들은 한국 사회가 어느 분야나 인맥이 중요하다 보니 연예계도 어디 출신, 어떤 감독이 발굴했는가와 같이 인맥이 있어야 클 수 있다고 믿는다.

그래서일까? 단지 인맥이 없기 때문에 출연할 기회도 안 주어져 남보다 불리하다고 철썩 같이 믿는 신인들이 많다. 물론 인맥이 좋으면 남들보다 기회를 쉽게 얻을 수는 있다. 그러나 대중의 호응을 얻지 못하면 결국 흔적도 없이 사라지고 만다. 연예계는 최종적으로 대중의 심사를 통과해야 하기 때문에 '대충'이 결코 통하지 않는 세계이다.

배우 OOO의 딸, OOO의 아들이라는 이름을 등에 업고 데뷔하는 연예인이 많다. 하지만 얼마 지나지 않아 그들의 모습이 감쪽같이 사라져 이름조차 기억이 나지 않는 경우가 많다. 대중들은 그들이 쉽게 방송을 탔을 거라고 지레짐작하고 바라본다. 그리고 엄정한 심판관이 되어 실력보다 인맥을 중시했던 그들에게서 시선을 돌려버린다.

혹은 이와는 반대로 실력으로 인정을 받아 미디어의 취재를 받다보니 그가 OOO의 아들, 딸이었다는 사실을 뒤늦게 알게 되는 경우도 있다. 또 가수 누구는 OOO사단 출신, 연기자 누구는 OOO대학 연영과 계보를 잇는 배우 하는 식으로 인맥 상 분류를 하는 경우가 있다. 그러나 그런 분류도 역시 이미 성공을 거둔 연예인들을 결과론적으로 분류하는 것뿐이다.

연예계에서 좋은 인맥은 프로그램에 출연하는 기회를 남들보다 조금 더 많이 얻을 수 있는 정도다. 그래서 그런 희박한 기회라도 잡기 위해 지망생들이 처음부터 인맥이 닿는 학교, 기획사 등에 소속되려 애쓰고 있다. 그러나 다시 한 번 강조하지만, 연예계에서 인맥만 좋다고 스타가 될 수 있다고 믿는다면, 이미 그는 스스로 실패자로서의 안일한 길 가기를 자초할 뿐이다.

인맥보다 무서운 것이 대중의 엄정한 기준이라는 것을 잊지 말아야 한다.

스타! 스타! 스타!
스타! 스타! 스타!

Part3

셀프 스타 메이킹 스타트!_ 그 시작과 완성

스타는 만들어진다.
스타 되기 초입기에 확실히 해두어야 할 기본 전략과 굳히기 전략!

연예인이 되어 스타가 되기까지 반드시 갖춰야 할 필수 조건을 알고 싶어 하는 사람들이 많다. 지금부터는 프로 연예인이 되기 위한 기본 자질과 전략에 대해서 소개하고자 한다.

프로 연예인이 되기 위해서는 어떤 것들을 반드시 갖춰야 하며 무엇이 쓸데없는 사족인지에 대해 짚어보고, 치열한 연예계에서 이미 준비된 스타가 되기 위한 브랜드 전략이 무엇인지 차근차근 한 단계씩 알아보자. 자신의 비전을 냉정하게 판단할 수 있다면 생존 가능성도 그만큼 높아질 수 있을 것이며, 그 과정을 인내하며 밟다보면 어느새 찬란히 빛나는 스타로서 대중 앞에 성큼 다가갈 수 있을 것이다.

셀프 스타 메이킹 스타트!_ 그 시작과 완성

스타는 만들어진다. 스타 되기 초입기에 확실히 해두어야 할
기본 전략과 굳히기 전략!

1. 셀프 스타 메이킹 전략 초입 5단계

스텝 1_ 나를 알고 적을 알면 백전백승!

자신의 위치를 파악하라!

'도대체 나는 누구인가?' 전쟁터를 방불케 하는 치열
한 연예계에 뛰어들 자라면, 먼저 자신의 위치를 파
악하는 것이 가장 중요하다. '나는 누구인가?', '나
의 능력은 얼마만큼인가?'를 제대로 알아야 한다.
나의 능력에 대한 많은 데이터, 정보를 파악한
뒤 출발하는 것이 안전하다. 단순한 자아도취식
의 재능이라면 채 1년을 넘기기 쉽지 않으니 연예계에 발을 들일 생각은 일찌감치 접어 버려라!

　다른 분야는 직업 적성 능력 테스트라도 있는데, 연예계에는 그런 정보나 장치도 전무후무한 실정이니 오롯이 자신의 눈과 귀를 믿을 수밖에 없다. 따라서 지망생이라면 1차로 나는 누구인지 제대로 '주제파악' 부터 해야 한다.

영상장비를 동원하여 자신을 찍어보고 평가해 보라

　　남보다 앞선 경쟁력을 가지려면 꾸준한 자기 점검을 통해 자신에 대한 명확한 정보를 가져야 한다. 연기자가 되고픈 사람이라면 캠코더 같은 것으로 미니 드라마를 찍어 직접 자신의 연기를 보고, 가수가 되고 싶다면 자신의 목소리를 직접 들어보는 것이 중요하다.

　그런 뒤 자신의 연기와 목소리가 어떤 계통에 맞는지 어떤 개성을 추구해야 하는지 파악하는 작업을 거쳐야 한다. 오디션 중 연기 지망생이 어떤 연기를 하고 싶은지 질문을 받았을 때 대답조차 하지 못하고 우물쭈물한다면? 바로 '땡~!' 탈락이다. 대부분의 지망생들이 어떤 연기를 하겠다, 어떤 노래를 부르겠다가 아닌 연예인 될 것만 생각하는 마음가짐으로 덤벼든다.

　천둥벌거숭이로 날뛸 정도로 열정이 있는 지망생이 많다. 하지만 오로지 뜨거운 열정 하나만으로 뛰어드는 것은 무식한 짓이다. '그저 노래 잘 한다, 연기 좀 한다' 는 주위 사람들의 추커세움만으로 연예계에 뛰어든다면 낙하산을 두고 스카이다이빙을 하는 꼴과 다를 바 없다.

영상매체? 무대예술? 내게 꼭 맞는 분야를 찾고 분석하라

다양한 각도로 나에게 적합한 코드를 찾아보라. 쉽게 연기자 지망생을 예로 들어보자. 우선, 연기는 영화, TV드라마, 시트콤, 연극, 뮤지컬 등 다양한 분야가 있다는 것을 파악하고, 그 중에서 자신에게 어울리는 장르를 먼저 정해라. 단순한 연기라고 해도 각 분야마다 특성과 촬영 방법이 달라 자신이 어디에 어울리는지 정확히 아는 것이 중요하다.

그렇다면 어떤 장르가 자신에게 적합한지 판단할 수 있는 기준은 무엇일까? 영상매체는 카메라 앵글이 가장 중요한 판단 기준이 된다. 따라서, 영상매체 연기자로는 카메라에 비춰진 마스크가 대중에게 호감가는 스타일인 사람이 적합하다.

무대 예술 연기자는 객석에 앉은 관객의 시선을 기준점으로 삼아야 한다. 이 경우에는 화려한 마스크보다는 호소력 있는 목소리와 무대 연기에 적합한 풍성한 성량이 훨씬 중요하다. 또한 영화, 드라마, 시트콤 등의 영상매체는 호흡이 짧은 컷 단위이고, 무대에 서는 연극이나 뮤지컬은 연속의 예술이라는 것도 염두에 두어야 한다.

어떤 분야가 자신에게 적합한지 파악했다면, 세부적인 요소를 살펴봐라.

연기자를 예를 들었을 때, 첫째, 내가 할 수 있는 연기의 성격이 무엇인가? 나는 정통 연기파인가? 아니면 개그적인 가벼운 연기와 즉흥적인 애드립으로 시트콤에 어울리는가? 둘째, 내가 소화할 수 있는 역할의 비중은 어느 정도인가? 내 외모와 연기력은 화려한 주연감인가? 맛깔 나는 감초연기의 조연감인가? 셋째, 내게 경쟁력이 있는 분야는 무엇인가? 연기와 노래, 춤을 균형 있게 소화 할 수 있는가? 오직 연기에만 몰두할 것인가? 이렇게 다양한 각도로 자신을 살펴보고 파악하라. 그러면 앞으로 자신이 걸어갈 길을 발견하기가 쉬워질 것이다.

스텝 2_ 적어도 10년은 투자하라.

돈보다는 시간을 투자하라!

연예인이 되기 위해서는 적어도 10년의 시간이 필요하다. 전문 직종에 일하며 자신의 명함 한 장만으로 상대방의 고개를 끄덕이게 할 수 있는 프로들을 보면 적어도 10년 동안 오로지 하나의 일에 매진해 온 사람들이라는 것을 알 수 있다.

우리가 흔히 '하루아침에 뜬 스타' 라고 일컫긴 하지만 그가 쌓아온 알지 못하는 경력을 합쳐 보면 평균적으로 짧아야 10년임을 알 수 있다. 그들은 무명의 세월을 4, 5년씩 겪어 대중들에게 알려지지 않았을 뿐이지 오랜 세월 동안 아무도 알아주지 않는 자리에서 자신의 실력을 연마해온 것이다.

올림픽도 단 며칠 출전하기 위해 4년이라는 시간을 준비한다. 수능을 준비하는 수험생들도 단 하루의 시간을 위해 무려 12년이라는 시간을 갈고 닦는 것이다. 그러니 평생 직업으로 삼을 연예인을 꿈꾸는 이들에게 10년이라는 세월은 어쩌면 준비기간으로 삼기에 외려 짧은 시간이 될지도 모른다. '당신은 스타가 되기 위해 무엇을 투자하겠습니까?' 라고 묻는다면 100명 중 99명이 돈을 투자하겠다고 한다. 연예계에 입문하려는 사람들은 흔히 기본적으로 돈이 많아야 성공 가능성이 높다고 생각한다. 그래서 최적 금액이 어느 정도인지 고민하고 갈등한다. 참 하나마나한 고민과 갈등이기도 하다.

연예인을 꿈꾸는 지망생들이 꼭 알아둬야 할 중요한 점은 '돈을 투자하는 것보다 시간을 투자하는 것이 남는 장사다.' 라는 것이다. 시간을 어떻게 투자하고 관리할지를 1차적으로 고민해라! 따라서 시간을 아깝게 생각해야 한다. 입시 공부처럼 목숨 걸고 100% 시간을 완전히 쏟으며 매달려야 한다. 연예계에는 문제를 풀고 정답을 맞춰 볼 수험서가 없다. 스타가 되고 싶다면 시간 투자밖에 길이 없다는 것을 명심하라.

연예인 되기 시간표를 작성하라

이제 10년이라는 긴 시간이 자신에게 주어졌다면 그 시간을 어떻게 구워삶고 요리할 건지 구체적이고 뚜렷한 계획을 수립하는 단계가 남았다. 학창시절, 컴퍼스로 그린 동그라미에 피자 조각처럼 시간을 나눠 하루를 계획하던 때처럼 책상에 앉아서 종이를 앞에 놓고 계획표를 만들어라

10년이라는 장기 계획을 세우는 만큼 구체적인 계획서를 만들어 보면 체계적인 목표를 정하는 데 큰 도움이 된다. 10년을 계산할 때도 1년 뒤, 2년 뒤가 아니라 역 계산해서 계획서를 만들어 보는 것이 좋다. 예를 들어 10년 뒤에 나는 인정받는 연기자가 되겠다고 목표를 정했다면 그 전에 어떤 과정을 밟아야 할지 답이 나온다.

4년 전에 나는 어떻게 되어 있어야 하고 그러기 위해서 8년 전에는 어떤 과정을 겪어야 하는지… 이렇게 거꾸로 더듬어 가면 최초 1년째는 우선 무엇부터 시작해야 할지 계획이 뚜렷해진다.

또한 이런 역 계산법은 입문할 때 겪는 처음의 고통을 인식할 수 있게 해 준다. '그래, 내가 10년 뒤에 스타가 되려면 처음 1~3년 초반에는 당연히 무명 생활을 견뎌야 해.' 라는 자기 최면을 자연스레 걸게 되는 것이다.

스텝 3_ 난 더 이상 나만의 것이 아니다! 객관적인 시선으로 나를 봐라

대중의 시선으로 나를 보는 연습을 하라!

연예인은 타인에게 나를 보이는 직업이다. 지금까지는 내가 팬의 입장에서 누군가를 보고 좋고 나쁨을 결정하고 평가했다. 하지만 이제는

내가 평가를 받아야 할 입장이니 만큼, 나를 팬의 시선으로 보는 연습을 해야 한다.

우리는 아주 쉽게 연예인들을 개인적인 잣대로 평가하지만, 그들은 이미 치열한 경쟁을 뚫고 대중에게 선택된 사람들이다. 톱스타라 인정받는 이들은 모두 1차적으로 선택된 후, 그 자리에 서기까지 많이 연습하고 노력한 사람들이다. 그런 노력을 인정한 뒤 나를 분석하고 대안을 찾아서 나아가야 한다.

그러기 위해서는 이제부터 두 가지 시선을 가져야 한다. 첫 번째 시선은 나의 시선, 그리고 두 번째 시선은 바로 상대방의 시선이다. 영상매체를 지망한다면 특히 나를 평가할 때 사람의 눈을 절대로 믿지 마라. 중요한 것은 사람의 눈이 아닌 기계의 눈이다. 영상은 카메라의 눈으로 비춰진다는 것을 명심해야 한다. 아무리 실물이 멋지다고 해도 소위 '카메라 발'이 안 받는 얼굴이라면 다른 대안책을 생각해 봐야 한다. 물론 이는 영상매체 지망생에 한한 이야기이다.

앞에서도 언급했듯이 중요한 것은 자신의 얼굴을 꼭 영상기기로 찍어 봐야 한다는 사실. 그리고 그 결과물을 냉정하게 다른 연예인들과 비교해야 한다. 주위 친구들의 단순한 조언이나 가족의 칭찬 같은 판단기준은 연예계

로 뛰어들기 위해 하등 도움이 안 된다. 자신을 볼 때, 객관적인 시선으로 단점은 최소화하고 장점을 살려 짧고 재미있는 CF를 만들어 보는 것도 좋은 방법이다.

유행하는 광고를 패러디해서 찍어도 좋고, 앞으로 하고 싶은 CF나 연기를 미리 찍어도 좋겠다. 그리고 그 영상물과 기존의 연예인이 나온 화면을 비교하며 자신을 객관적으로 분석할 수 있어야 한다.

카메라로 보는 얼굴이 정확함을 믿어라

아무리 예뻐도 화면에서는 선이 살아나지 않아 평범해 보이는 사람이 있다. 반대로 별 특징이 없어도 카메라에 비춰졌을 때 묘한 매력을 발산하는 사람도 있다. 지망생 중에는 실제 얼굴은 작고 아담하지만 화면에는 다소 크게 나와 투박하게 보이는 이들도 있다.

이렇게 카메라가 잘 안 받는 경우는 영상 매체에는 어울리지 않는 사람이다. 그래서 카메라의 눈이 중요하다. 연예계에 뛰어들려면 실물보다 카메라를 통해 보이는 얼굴로 승부를 걸어야 하기 때문이다.

드라마 상의 별로 대단치 않은 조연들도 실제로 보면 다들 뛰어나게 예쁘다. 일반적으로 다들 평균을 훨씬 웃도는 미남, 미녀이다. 그럼에도 불구하고 화면으로 볼 때 빛을 발휘하지 못하는 것은 그들이 아직 카메라의 특성을 제대로 파악하지 못했기 때문이다. 방송에 익숙하지 않다거나, 표정 관리가 아직 어설프거나 낯설어서 그들만이 가진 장점이 보이지 않을 수 있다.

스타 중에서 과거에 비해 얼굴이나 분위기가 크게 달라진 사람이 있다면 그는 카메라의 특성을 제대로 파악해서 카메라를 통해 자신이 어떻게 보이는지 연구하고 노력한 사람이다. 이런 스타들을 본보기 삼아 카메라에 익숙해지고 카메라의 속성을 파악하는 훈련을 해야 한다.

철저히 '여성의 시선'으로 보라!

여성의 눈으로 본다는 것! 이것은 아주 중요한 이야기다. 여성의 마인드를 제대로 포착하고 그들의 시선을 사로잡아야 한다.

과거 농경사회는 힘 잘 쓰는 남자에게 유리했다. 그러나 요즘은 비주얼 중심의 인터넷 시대이다. 상품을 고를 때도 클릭 한 번으로 '싫음' 혹은 '좋음'을 결정한다. 가족의 의식주를 위한 상품을 고르는 것도 여성이고, 애인과 볼 영화나 연극을 결정하는 것도 여성이며, 가수들의 팬 까페에 가입해 그들의 음반을 사고 함께 모여 수다를 떠는 것도 대부분 여성들이다. 바야흐로 여성이 대세인 시대이다.

아무리 메트로 섹슈얼 남성이 늘어난다고 해도 여전히 남성의 속성상 여성에 비해 둔하고 무감각하다. 무엇이든 선택을 하는 것은 여자들인 것이다. 오피니언 리더는 여성! 그래서 여자를 내 편으로 만들어야 한다. 이렇듯 여성이 대세인 세상에서, 연예인이라는 직업은 남자들이 헤쳐 나가기에 더 유리한 점이 있다. 여자는 같은 여자를 적으로 보기 때문에 남자에 비해 불리하다. 그러나 섬세한 여성의 마음을 사로잡는 비결을 갖췄다면, 그가 여자든 남자든 이미 승부는 보이기 시작한 것이다.

스텝 4_ 스타는 혼자 되는 게 아니다! 공동 작업의 마인드를 키워라!

스타는 뭉쳐야 산다!

스타는 혼자 만들어지는 것이 아니다. 공동의 작업으로, 수십 명의 협조로 만들어지는 것이다.

공동 작업이라는 것이 쉽게 이해 가지 않을 때는 스타들의 방식을 흉내내 보자. 흉내내기는 좋은 연습이 된다. 본격적인 팬클럽 홈페이지를 만들어서 나를 알고 있는 모든 사람들의 의견에 대해 적극적으로 귀를 기울여라. 자신을 깎아내리는 험한 말이나 추켜세우는 칭찬의 말까지 하나하나에 신경 쓰는 것이 단체를 배우는 연습의 첫 번째 단계이다.

연예계는 모든 과정이 공동 작업이다. 촬영을 하는 연예인 뒤에는 전문적으로 서포트를 하는 스탭만 100여 명이 된다. 다 함께 행동하는 공동 작업을 배우게 되면 독선은 자연스레 버리게 된다. 그리고 공동 작업에서 중요한 점은 바로 주인의식이다. 자신의 일에 자부심이 있다면 아무리 힘하고 궂은 일이라고 해도 앞장서게 된다. 그저 돈 받고 하는 남의 일이라고 생각하면 모든 일이 귀찮고 짜증스럽기만 하다. 단체를 배우는 연습의 두 번째는 주인의식을 기르는 것이라는 걸 잊지 말자!

스타가 되고 싶다면 결코 홀로서기를 해서는 안 된다. 연예계를 반대하시는 부모님은 적이 됐고 아직 엑스트라 수준이라 친구들에게는 창피하니까 혼자서 몰래 하겠다는 발상은 위험하다. 과거에는 자수성가 식으로 혼자서 모든 것을 이루어내는 연예인이 있었을지 모르지만, 이제는 공동 작업을 통해 스타가 만들어지는 시대가 왔다.

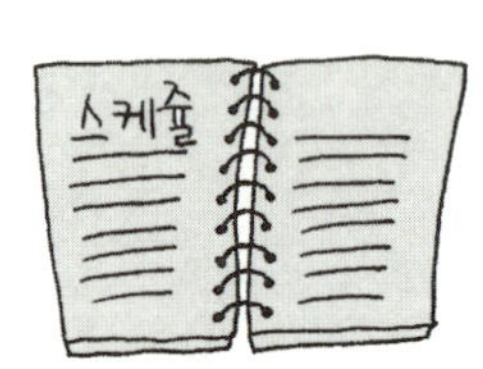

무엇보다 중요한 서포터는 바로 매니저이다. 굳이 전문 매니저가 아니더라도 내가 힘들 때 어깨를 빌려줄 수 있는 친구, 누가 뭐라고 하든 '할 수 있다!'는 자신감을 불어넣어줄 수 있는 가족 한 사람만 있으면 된다.

매니저는 파트너 개념이다. 주변의 여러 사람 중 나에게 애정을 가장 많이 가지고 있는 사람이 바로 내 매니저가 된다. 흔히 우리는 매니저를 두 가지 시선으로 본다. 좋게 표현한다면 상업적인 목적으로 자신을 키워주는 사람, 색안경을 끼고 보자면 자신을 돈벌이로 이용하려는 사람. 그러나 매니저는 그런 단순한 개념이 아니다. 매니저는 곧 나의 편,

파트너라는 의미로 통한다. 나를 키워준다는 생각부터가 종속 개념이 되는데 매니저와 나는 대등한 수평 관계라는 생각을 가져야 한다.

지금부터 스타를 모방하는 연습을 하고 친구들을 매니저나 코디네이터로 만들어 공동 작업의 마인드를 키워라. 지금은 아마추어일 뿐이지만 프로가 되어도 지금의 방식은 변하지 않는다.

친구가 의상 코디를 해준다면 내게 무슨 옷이 잘 어울리는지, 신체적 단점은 무엇인지 정확히 알 수가 있다. 아마추어 지망생이 그렇게 한 단계 한 단계 올라가 프로가 되는 것이다.

스텝 5_ 영어는 기본, 이제 무대는 세계다!

시작부터 세계를 노려라!

기회는 준비된 자에게 온다고 했던가. 스타로 대성하고, 더 큰 세계 시장에 진출하려면 외국어 준비에 만전을 기한 사람이 유리할 수밖에 없다. 연예계에서도 국제 마케팅은 선택이 아닌 필수가 되는 시대를 맞이했다. 한국 연예시장의 규모가 놀랍게 성장하고 있지만, 아직 세계 시장에 비하면 소규모다. 시장이 클수록 수익성 또한 커지는 것은 당연한 이치. 그래서 향후 기획사들은 힘들지만 커다란 수익을 얻을 수 있는 세계를

시장으로 넘보게 될 것이다. 현재도 기획단계에서부터 국내용이 아닌 국제용으로, 세계 시장을 겨냥하는 경우도 있다.

앞으로는 발굴단계에서부터 해외 시장을 철저히 분석하고, 그 나라에서 선호하는 이미지에 맞게 이미지 메이킹을 하여 해외 시장을 개척하는 경우가 점점 늘어날 것이다.

그렇기에 연예인을 꿈꾸는 지망생이라면, 이에 대한 대비는 필수다. 해외 진출의 기본인 언어가 된다면, 그 만큼 그 나라 문화에 깊이 있게 진입할 수 있을 것이다. 이제 대기업 시험, 공무원 시험에만 영어가 필수라고 생각하면 안 된다. 바로 지금부터, 해외의 유명 감독으로부터 러브 콜을 받았을 때 언어가 달려 캐스팅에서 떨어지거나, 울며 겨자 먹기로 고사하는 안타까운 상황이 벌어지지 않도록 대비해야 한다. 월드스타로 발돋움할 수 있는 기회를 외국어가 안 되기 때문에 놓쳐 버릴 수도 있다. 그러니 잘 갈고 닦은 외국어 실력이 바로 자신의 무기가 될 수 있음을 명심할 것!

2. 스타 이미지 굳히기! X파일

 스텝 1_ 나만의 이미지 메이킹부터 시작하라

어느 분야든 스타가 되기 위한 필수 조건은 바로 이미지 메이킹이다. 결국 이미지 메이킹은 어떤 포장지로 자신의 단점을 거부감 없이 내보일 수

있도록 잘 감싸느냐 하는 것이 관건인데, 이미 부모님의 피를 고스란히 물려받아 반품할 수 없는 몸을 전혀 색다른 모습으로 메이킹하는 것은 결코 쉬운 일이 아니다.

쇼핑을 예로 들면, 명품을 살 때는 바느질 상태를 따지거나 지퍼가 부드러운지 열고 닫아 보지 않아도 그 브랜드의 가치를 신뢰하여 쉽게 지갑을 여는 경우가 많다. 하지만 시장에서 작은 동전지갑이라도 하나 살라치면 몇 천원짜리 지갑을 몇 십 년 쓸 것도 아니면서 이것저것 고르기도 하고 제대로 된 지퍼가 고장이 날 정도로 열고 닫기를 수십 번을 해 본다. 이렇게 단순한 상품에서도 이미지 메이킹은 백만원과 천원의 차이를 확실히 비교해준다. 명품이 수백만원씩 비싼 데도 불구하고 사람들이 선호하는 것은 품질과 디자인에 가격 이상으로 만족하기 때문이다. 이렇듯 이미지 작업은 기능과 더불어 그 물건에 대한 신뢰도를 높이고 가치를 올릴 수 있을 정도로 중요한 과정이다.

우리 주변에는 노래나 연기 등에서 한 가지 이상의 재능을 가진 사람들이 너무나 많다. 흔히 노래 좀 잘하면 가수를 시키고 다양한 표정연기를 잘 하면 탤런트를 시킨다고 호들갑을 떤다. 하지만 이제는 잘 하느냐 못 하느냐의 실력 싸움이 아닌, 자신만의 이미지를 만드는 것이 더욱 중요하다. 한번 나빠지면 절대 돌이킬 수 없는 게 이미지이다. 지금 내가 어떤 이미지인가를 살펴보는 것이 관건이다. 스타가 되기 위해서는 이처럼 자신만의 이미지 메이킹부터 철저히 해야 한다.

스텝 2_ 신인일 때부터 이미지 굳히기에 들어가라

10년이라는 시간을 준비 기간으로 잡는다면 초반부터 꾸준한 이미지를 만들어 가는 것이 좋다. 사람들은 연예인들이 흔히 잘 놀고 사치스럽고 지식이 짧다는 선입견을 많이 갖고 있다. 그 이유는 그가 스타이기 이전에 어떤 이미지를 쌓아왔고, 또 그 이미지가 스타가 된 이후에도 느껴지기 때문이기도 하다. '압구정에서 소문난 바람둥이'였다거나, '고등학교 시절 한 주먹' 했다는 이미지가 그의 얼굴이나 행동에 묻어 있다면 아무리 교양 있는 척 소크라테스를 말하고, 지적인 척 연기론을 읊어봤자 개발에 편자다.

평소 자신의 언행이 얼굴에 묻어나고 행동 하나하나에 스며든다는 것을 명심하고 착실하고 성실한 이미지를 쌓아가도록 노력해야 한다. 그 기간이 10년이라면 그는 아무리 이상한 루머와 안티팬들의 질투와 시샘어린 비방에 시달리더라도 큰 요동 없이 잘 견딜 수 있을 것이다. 스타가 되려면 제일 처음 시작할 것이 전문적인 이미지 작업이고 그 이미지 메이킹은 신인 때부터 꾸준히 해 나가야 한다.

스타가 되려면 선진국 식의 철저한 이미지 메이킹을 본받아야 한다. 헐리우드 스타의 인터뷰를 들어보면 단순한 것 같지만 미리 기자와 질문과 답변을 짜놓은 각본이다. 하다못해 스포츠 경기 뒤에 의례히 따르는 '오늘 경기 어땠습니까?'라는 기자의 질문에 대답하는 톤까지도 이미 준비된 각본대로 따라하고 움직이는 것이다. 그 정도로 선진국에서는 이미지 메이킹이 철저하다.

우리나라 연예계에서 뜨거운 취재 열기의 현장을 살펴보면, 방송국 사람이면 누구나 연예인에게 마이크를 들이댄다. 그리고 연예인들은 이를 모른 척하고 지나가거나 짤막한 대답으로 일축하고 만다. 방송을 보는 시청자들은 오히려 성의 없는 연예인들의 답변에 불만을 토로하기도 한다. 선진국 연예계에 비춰보면 아무런 언지 없이 마이크를 들이대는 것은 크나큰 결례다.

우리나라의 관행으로는 스타를 마음대로 취재하고 촬영하는 일이 아무엇도 아니겠지만 미국은 아니다. 이렇듯 자신의 철저한 이미지를 만들기 위해서 선진국의 연예인들은 만들어진대로만 행동하고 대답한다. 그들에게 질문을 하고 싶다면 미리 서면으로 건네줘야 한다.

우리나라 방송에서는 연예인들에게 많은 결례를 범하는 것을 자주 목격한다. 시청자들도 즉흥적이고 짓궂은 질문으로 연예인이 쩔쩔매는 것을 보면서 즐거워한다. 그리고 방송이 끝난 뒤 '○○○는 얼굴은 멋진데 입만 열면 꽝이다.', '○○○는 말이 험한 걸 보니까 학창시절 질이 안 좋았을 거 같다.' 라는 소문이 돌게 된다.

미국, 일본 등 연예 선진국의 연예인 인터뷰를 잘 들여다봐라. 하나같이 언변이 좋고 유수같이 부드러운 말주변으로 지적인 모습까지 풍긴다. 사전에 준비된 인터뷰로 이런 이미지를 만들고 기자의 질문을 보고 어떻게 하면 좀 더 전문적이고 박식해 보일까 고민하고 공부하는 것이다. 그들은 즉흥적인 질문은 결코 받아주지 않으며 아무리 사소한 말 한 마디라도 쉽게 하지 않는다. 그들을 살리고 죽이는 것은 자신의 이미지이기 때문이다.

 **스텝 4_ 공공의 적이 되지 말고, 공인으로서의 관리에 신경을 써라**

대중들은 연예인을 실제 만나보는 경우가 드물다. 화면을 통해 공공의 연인으로 그들을 대할 뿐이다. 이렇듯 가까이 하기엔 너무 먼 그들이지만

브라운관으로 자주 대하기 때문에 친밀감이 느껴지기도 한다.

그래서 내가 좋아하는 스타가 음주 운전이나 대마초 사건 등 불미스러운 사건에 연루됐다고 하면 배신감마저 느끼게 되는 것이다. 그들은 대중의 꿈과 희망을 대신해주는 공인이기 때문에 아주 사소한 잘못을 저질렀어도 죽을 죄를 지은 듯한 표정으로 화면 속의 범죄자가 된다.

다시 말해 대중의 공인은 이미지에 금이 가면 한 순간에 인기를 잃는다. 그래서 스타가 되려면 쉬운 말로 인간부터 되라고 하는 것이다. 우리가 생각하는 스타의 이미지와 행동이 서로 맞지 않으면 그에 대한 환상은 무참히 깨진다. 연예인들은 청순, 우아, 섹시함 등 가공의 이미지를 만들지만 그 이미지를 유지하기 위해 본인도 그만큼 노력해야 한다.

'나는 스타이자 공인이다.' 하는 마음가짐으로 카메라가 항상 나를 주시한다고 생각한다면 결코 잘못된 행동이 나올 수 없다. 공인은 행동뿐 아니라 작은 말 한마디도 조심해야 한다. 그래서 연예인이 되기 위해 가장 먼저 배워야 할 것은 공인으로서의 도덕성과 사회 공부이다.

어렵게 스타가 되고 난 뒤 연예인이라는 직업에 염증을 느끼게 되는 계기는 바로 안티 세력이다. 일부 스타들은 안티의 악담을 견뎌내지 못해 무조건 사람들이 자신을 나쁘게 보고 험담한다며 괴로워 한다. 아무 근거도 없이 나쁜 말을 해대는 안티를 보고 패닉상태에 빠져 버리는 경우도 많다. 그러나 이는 공인으로서 준비가 안 된 자에게 나타나는 현상이다.

단순히 왜 나를 비방하는가에 대한 해답을 찾으려 하지 말고 자신이 스타, 공인이기 때문에 안티들의 표적이 됐다고 생각하는 것이 슬럼프에서 빠르게 벗어나는 길이다. 많은 인기를 끌다 보니 그만큼 안티도 많아지는 것이다. 얼굴조차 모르는 연예인들을 비방하며 아까운 시간 축내는 안티들은 존재하지 않는다.

물론 안티가 바람직한 현상은 아니다. 그러나 공인된 입장에서는 안티도 너그럽게 수용해야 한다. 안티라는 것은 브랜드가 생기면 자연적으로 생기는 반작용 정도로 자연스럽게 받아들이는 편이 좋다.

다시 한번 강조해서, 연예인이 되기 위해서는 '나=공인' 이라는 마인드를 반드시 가져야 한다. 공인이라는 마인드가 없으면 이 계통에서 오래 살아남지 못한다. 연예인이 되기로 결심했다면 앞으로 사소한 행동에도 신중을 기하고 타인의 시선을 무서워할 줄 알아야 한다.

스텝 5_ 진정한 스타는 초심을 잃지 않음을 명심하라

성공한 연예인 중에 사람이 참 많이 변했다는 소리를 듣는 경우가 종종 있다. 태도가 달라졌다면 대개 두 가지 경우다. 첫 번째는 노력이 부족해서 스타의 이미지가 무너지는 경우. 두 번째는 너무 떠서 건방진 태도를 보이는 경우이다.

둘 다 초심을 잃어서 생긴 일이다. 처음 가졌던 겸손함이 계속해서 변함없이 유지되어야 하는 것이 스타가 가져야 할 정신이다. 그럼 왜 다들 그렇게 뜨고 나면 천지를 분간할 줄 모르고 방방 뜨는가? 그 이유는 간단하다. 처음부터 너무 즉흥적으로 출발해서 무너지는 것이다.

연예인이 되겠다고 시작할 때부터 마음을 단단히 먹어야 한다. 중간에 결심이 흔들리면 그만큼 기초가 부족하다는 뜻이다. 어떤 어려움도 참겠다는 결심이 흔들리지 말아야 하며, 그 어려움을 견뎌내 스타가 되었다 해도 언제 다시 처음의 나락으로 떨어질지 모른다는 긴장감과 위기의식을 하루도 잊지 말고 간직해야 한다. 이처럼 바위같이 굳은 결심을 가진 자라면 결코 여름철 두부처럼 쉽게 변하지 않는다.

방송국에서 좋지 않은 대우를 받을 때나 비합리적인 처사를 대할 경우에는 견디지 못할 정도로 분노가 치밀 수도 있을 것이다. 하지만 이 일을 내가 얼마나 하고 싶었는지 처음으로 돌아가 다시 생각하라. 그러면 곧 '내가 변한 것이다. 이 곳에 들어오기 위해 얼마나 발버둥을 쳤던가?' 하고 내심 겸손함이 분노의 자리를 슬며시 밀어낸다.

그리고 '지금 이 순간에도 나의 자리로 밀고 들어올 경쟁자가 얼마나 많은가? 그나마 아직은 실력이 있기에 방송국이 나를 원하는 것이다.'라는 행복감이 다시 겸손함의 옆자리로 슬쩍 들어오게 될 것이다. 이렇듯 힘들 때마다 초심! 처음 시작할 때의 마음을 매일 생각하라. 그리고 스타가 된다면 10년 전 지금을 생각하라.

스텝 6_ 스타는 장점이든 단점이든 성공 키워드로 삼는다

연예인이 되고 싶다는 사람에는 두 가지 유형이 있다. 아무리 봐도 끼가 없는 것 같은데 본인이 우쭐해서 스스로 나서는 부류와 스스로 열등의식을 가져서 내가 할 수 있을까? 고민하는 부류이다. 전자가 공주과라면 후자는 거지과에 속한다. 공주과는 주위에서 약간만 부추기면 무조건 연예인이 되려고 한다. 반면 거지과는 프로가 볼 때 소질 있고 괜찮은데

의기소침한 스타일에 속한다.

과거의 스타는 남들보다 월등히 예뻐야 되고 능력이 뛰어나야 했다.

그래서 여전히 연예인이 되려면 선남선녀만 가능하다고 믿는 사람이 많다. 그러나 이제는 시대가 달라졌다. 외모보다 얼마나 개성이 있느냐가 관건이다. 스스로 끼가 있다고 생각하는 지망생도 못난 열등의식으로 엄두를 못 내는 경우가 있다.

그러나 스타의 자질을 갖고 있는 사람은 열등의식을 충분히 장점으로 승화시킨다. 죽으나 사나 고칠 수 없을 거 같은 타고난 단점이 있다면 차라리 장점으로 바꿔라. 성공한 연예인들을 자세히 분석해 보면 단점을 장점으로 만든 경우를 많이 볼 수 있다. 잘생긴 사람은 오히려 선택의 폭이 좁다. 드라마에 100명의 인물이 나오면 그 중 주인공은 오직 한 명뿐이다. 나머지 99명은 그만큼 선택의 폭도 넓고 자기만의 개성을 표현할 기회도 주어진다.

여우같이 약삭빠른 여자, 허허실실 어떤 일이든 웃기만 하는 인상 좋은 아저씨, 여자한테 쥐어살 것 같은 옆집 오빠 등등 모두 개성 강한 캐릭터이다. 이미지가 굳혀지지 않은 것이 신이 주신 축복으로 작용할 여지는 얼마든지 있음을 유념해야 한다.

스텝 7_ 나만이 할 수 있는 장기를 닦아라 그것이 나의 가치를 좌우한다

영화배우의 선호도를 볼 때 가장 기준이 되는 것은 바로 연기! 과거에는 그리스 조각 같은 외모가 인기를 끌었지만 시간이 갈수록 관객들은 웰 메이드 영화를 선택하게 됐다. 높은 퀄리티를 선호하다 보니 연기력의 중요성이 두드러지는 것은 정연한 이치. 눈, 코, 입을 어떻게 고칠까를 먼저 고민하지 말고 자신이 가장 잘 할 수 있는 장점 하나를 만드는 것이 험난하고 먼 연예계 인생을 탄탄하게 걸어 갈 수 있는 최고의 방법이다.

노래면 노래, 연기면 연기에서 오직 자신만이 낼 수 있는 독특한 칼라를 만드는 것이 가장 중요하다. 우는 연기, 웃는 연기 이것저것 다 잘 한다는 소문보다 우는 연기 하나만큼은 신파, 청승의 대명사 심순애도 울고 갈 정도로 잘 한다는 평가를 받아야 한다.

아무리 작은 역할이라도 시청자의 눈물, 콧물을 쏙 뺄 장면이 절대적으로 필요하다면 그 인물을 찾게 된다. 여러 마리 토끼를 잡으려는 욕심에 허둥대지 말고 하나의 장기를 만들어서 자신만의 색깔을 드러내는 것이 사랑받을 수 있는 길이다. 그리고 그 장점을 게을리하지 말고 업그레이드 시키는 것이 다음으로 중요한 단계다.

이미지로 포장된 스타를 하나의 상품으로 친다면 자신을 고가의 명품 브랜드로 만들라는 것이다. 단순히 막연하게 무엇을 할까 고민하며 이 분야, 저 분야 두드리지 말고 자신만의 상표, 명품브랜드를 만들도록 노력해야 한다. 상대가 나를 찾는 이유는 단 하나! 오직 나만이 해낼 수 있는 장기가 오직 내 안에만 있기 때문이다.

연예계에서의 겸손은 결코 미덕이 아니다. 열심히 한 만큼 자신 있게 "YES"라고 대답해야 한다. 연예계에는 다음이라는 기회가 없다. 그래서 연예인 지망생은 치열한 인생을 살 각오를 단단히 해야 한다. 재미있는 실례로 연기자들의 단순한 키스 신 하나만 봐도 '척'인지 '리얼'인지 관객들은 단번에 알아차린다. 그래서 배우에겐 다양한 경험이 중요하다.

배우는 궁극적으로 누군가의 삶을 대신 살아주는 직업이다. 아무런 경험도 없고 순진무구하기만 한다면 인간사의 복잡다단함을 어떻게 표현할 수 있겠는가? 그래서 치열함이 필요한 것이다. 어떤 일이든 뛰어들어 경험해 봐야 그 경험들이 표정에서 행동에서 발걸음에서 하나하나 드러나는 것이다.

외국에서는 30대 이상의 연기자들에게 진정한 배우라는 명칭을 준다. 우리나라는 30대가 넘으면 멜로 연기의 주연감에서 점차 멀어지고 4, 50대가 되면 서서히 주연들의 부모님 역할만 들어오기 시작한다.

다행스러운 것은 최근 한국 연예계와 대중들도 인식이 많이 변화하고 있다. 오직 젊음으로만 승부하는 것은 일부 시장에서만 통하고, 중견 연기자들도 잘 숙성된 와인 같은 연기를 밑바탕으로 시청자들의 공감을 얻으며 사랑을 받는 경우가 점차 확산되고 있다.

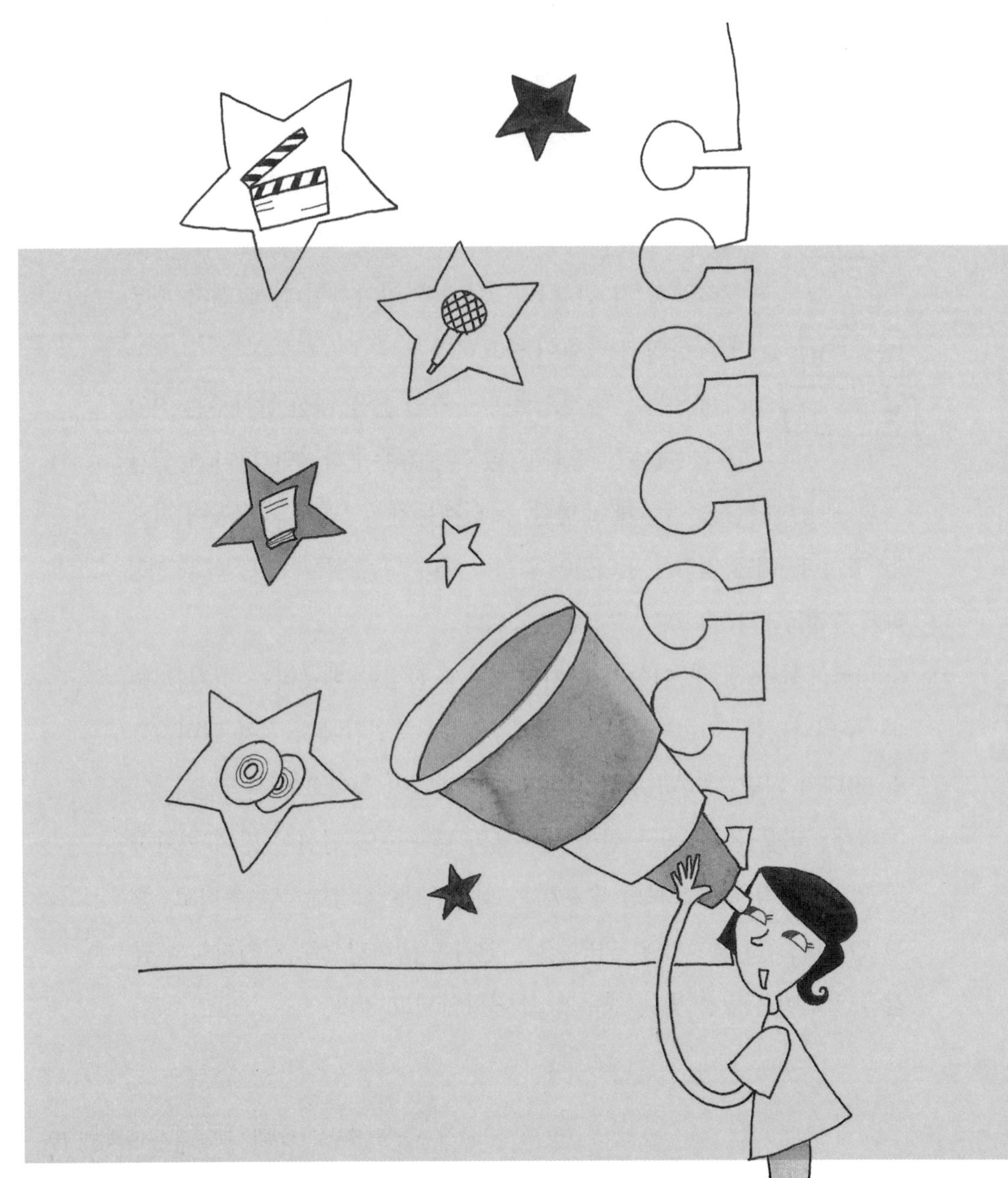

Part4

연예계 진출을 위한 하이라이트 특강

직종별 A부터 Z까지 샅샅이 알아보고 꼼꼼히 대비하자~

내가 진출하고 싶은 분야는 무엇인가? Part 4에서는 연기자, 가수, 개그맨, 감독, 작가, 매니저 등 연예계의 다양한 분야별로 처음 준비하는 요령에서부터 실전에서 부딪칠 때 유의해야 할 사항까지를 고루 담았다. 참고로 감독, 작가, 매니저를 연예인의 범주에 포함시킨 것은 이들 분야의 영향력과 중요성이 점차적으로 커져가고 있기 때문이기도 하고, 이들 역시 스타의 반열에 오를 수 있는 대열에 함께 서 있기 때문이다.

딱딱한 이론보다는 연예계 현장에서 익힌 살아 있는 실전 노하우들로 연예계 진출 준비에 실질적인 도움이 될 수 있도록 했으며, 직업 별로 정의, 매력, 특성 그리고 준비과정과 필요 조건, 진학 등 그 직업을 클로즈 업해서 성공할 수 있는 노하우까지 총망라하였다.

자, 그럼 이제부터 본격적인 연예계의 현장으로 들어가 보자.

1. 천 가지 인생을 사는 마력 속으로

연기자

카멜레온처럼 여러 가지 색깔로 변신을 거듭하는 분야가 바로 연기자이다. 연기의 매력은 현실과 전혀 다른 삶을 살며 대중들에게 대리만족을 느끼게 한다는 점이다.

시청자들은 배우가 만들어낸 가공의 이미지에 울고 또 웃는다. 극 중 인물은 배우의 몸을 빌려 재창조되고 새로운 생명을 얻는다. 우리가 감동하고 설득되는 힘의 원천은 바로 배우의 호소력인 것이다.

선택을 기다리는 자여, 그대 이름은 연기자로다

직업적인 특성 상, 감독은 누군가를 선택하는 사람이고 연기자는 선택을 받는 사람이다. 이것이 어쩔 수 없는 연기자의 숙명이다. 그래서 배우는 현실적으로 기회가 올 때까지 기다리는 법을 배우는 것이 중요하다. 연기자가 자신에게 맞는 배역, 기회, 때가 오기까지 기다리는 시간을 참지 못하고 섣불리 나섰다가는 확고한 이미지는커녕, 연기 못하는 배우로 낙인찍혀 드라마 캐스팅에서 제외되는 신세로 전락할 수 있다.

아무리 연기력을 인정받는 노련한 배우라 할지라도 기다리는 법을 배워한다. 물론 갓 데뷔한 신인 연기자들은 말할 나위 없이 허벅지 꼬집으며 지루한 자신과의 싸움에서 진득하게 기다리는 법을 배워야 한다. 이것이 바로 그들의 숙명이다.

한계와 두려움을 극복하라

진정한 배우라면 파격적인 변신을 거듭해 자신의 한계를 자꾸 벗어나야 한다. 배우는 망가지는 것을 결코 꺼려해서는 안 된다. 배우가 되고자 한다면 다른 사람들이 꺼리는 배역, 모든 사람들이 선호하는 배역의 선을 넘어서야 한다.

항상 전형적인 재벌 2세 역만 하던 연기자라도 어느 날 삼류 깡패 역을 할 수 있어야 한다. 성공한 연기자 이름 앞에는 언제나 '천의 얼굴을 가진'이라는 수식어가 붙는다. 그런 연기자는 꺼리는 역할이 없으며 이점이 대중들에게 사랑받는 이유이기도 하다.

특히 영화 발전을 위해 정말 필요한 장면이라면 노출 연기도 스스럼없이 할 수 있어야 한다. 그러기 위해 먼저 필요한 것은 관객들의 의식 전환이다. 한국은 다른 나라보다 특수한 역사적 배경으로 인해 옷을 벗으면 배우의 생명이 끝난다고 생각하는 사람들이 많다. 이런 편견들 때문에 특히 여배우들이 노출 연기를 꺼려하고 시도조차 못하고 있다.

심지어 모 영화제의 여우주연상은 연기를 잘 한 배우가 아니라 노출 연기를 한 배우에게 수상한다는 불문율이 있다고 소문이 나돌 만큼 우리 사회의 노출에 대한 인식은 왜곡되고 뒤틀려 있다. 진정한 연기자를 꿈꾼다면 두려움부터 제거하라. 이것이 연기자가 가져야 할 기본자세다.

변신에 능해야 살아 남는다

연기자, 작가, 감독 이렇게 삼박자가 제대로 들어맞지 않으면 변신의 성공 가능성이 거의 없다 해도 과언이 아니다. 먼저 연기자는 작가의 대본에 의해 변신을 하고, 2차로 감독의 연

출에 의해 다시 한 번 다듬어진다. 작가는 연기자의 완벽한 연기 변신을 위해 만족스러울 때까지 계속해서 대본을 수정하고 다듬는 과정을 거친다. 그 연기자의 장점을 살리고 역할에 충분히 녹아들 수 있도록 어투와 행동 하나하나에 신경 쓰며 대본 한 줄 한 줄을 쓰는 것이다. 감독 또한 연출을 통해 배우의 연기가 극의 흐름에 자연스럽게 녹아들 수 있도록 수많은 NG로 조각을 시작한다.

그래서 배우는 작가와 감독에 의해 만들어지는 직업이고 전문적으로 도와주는 사람도 제일 많은 직업으로 꼽힌다.

이렇듯 작가와 감독이라는 튼튼한 배경의 도움을 받으면서도 최종적으로 드라마의 시청률이 최고에 오르고 성공작으로 인정받았을 경우, 가장 많은 찬사를 받고 주가가 올라가는 것은 바로 연기자다. 극본, 연출, 연기 3요소가 모두 동일하게 중요하지만 결과가 성공적이라면 모든 영광은 배우에게 쏟아지게 된다.

굵고도 길 수 있다! 연기자들의 생명력

연기자는 연예계의 모든 분야 중 가장 생명력이 길다. 언제든지 변신이 가능하기에 평생 할 수 있는 직업이 바로 연기자이다. 또한 전문적인 도움을 받으며 끝없이 거듭날 수 있는 배우의 입지는 가수, 개그맨 등 여타 분야보다 굳건하다.

배우는 한 번 자신만의 브랜드 이미지를 굳히면 큰 이변이 없는 한 그 신뢰성이 평생을 가기 때문에 연기자의 생명력은 연예 분야 중 가장 길다.

그래서 아직도 당당하게 현업에 매진하는 중견 배우들이 많다. 이들은 각종 드라마나 영화에서 굵직굵직하고 중요한 역할을 맡아 극의 든든한 기둥이 되어 드라마를 이끌어 간다.

배우 최불암의 필모그라피를 살펴보자. 그는 '수사 반장' 에서는 형사, '고개 숙인 남자' 에서는 외도하는 남편, '전원 일기' 에서는 전형적인 한국의 아버지 상 등 각각 전혀 다른 인물로 성공적인 변신을 해왔음을 알 수 있다. 현재 '양촌리 김회장' 의 이미지를 오랫동안 고수해 한국의 아버지 상, 된장같이 구수한 맛이 느껴지는 연기자로 많은 시청자들의 사랑을 받고 있다.

연기자의 적절한 데뷔시기

연기자가 되는 시점은 적절한 시기가 따로 있지 않다. 다만 아역배우의 한계는 중학생 때까지이고, 고등학생 때부터는 이미 성인 연기자의 길을 준비해야 한다. 예전에는 학생이 어른 역할을 하는 경우가 거의 없었다. 하지만 요즘에는 청소년의 발육이 빨라지면서 이미 신체적으로 성숙한 연기자가 대거 쏟아져 나오자 시청자들의 시선도 달라지기 시작했다.

유아, 초등학생, 중학생까지는 연기자가 되기 위한 테스트의 기간으로, 향후 미래를 보는 마인드로 아역 생활을 경험해 봐도 괜찮다. 그러나 고등학생 이상이라면 이때부터는 성인 연기를 준비해야 한다.

아역배우의 허와 실 _ 아이를 망치는 매니저, 부모!

배우는 중학생 이하의 연령이면 아역배우로 분류된다. 아역 배우를 했을 때 얻는 좋은 점은 발표력이 향상되고, 수줍음과 두려움이 없는 발랄한 성격을 가지게 된다는 것이다. 하지만 어린애들이 아역 배우를 꿈꾸는 동기는 '텔레비전에 내가 나왔으면'하는 순수한 동요 가사적인 발상일 뿐이다. 여기서 문제는 바로 부모다. '내 아이만 최고'라고 착각하고, 내 아이가 천재적인 연기력과 재능을 가졌다고 자만하는 것이 바로 아이를 망치는 지름길이 된다.

텔레비전은 성공과 실패의 결과가 금방 눈에 보인다. 그래서 아역배우를 일종의 직업인이 아닌 돈 잘 벌고 팬들을 거느리는 인기인으로 착각하는 부모들이 많다. 이런 왜곡된 생각 때문에 엄마의 치맛바람은 63빌딩을 흔들 정도로 거세고 매섭다.

아역배우의 엄마들이 쉽게 저지르는 잘못 중 또 다른 하나가 공부는 뒷전, 1순위는 방송으로 보는 것이다. 아역배우들이 학교 공부와 연기 공부 두 가지를 동시에 하기가 벅찬 것이 현실인 상황에서, 아이의 엄마들이 그 균형을 잘 잡고 적절하고 지혜로운 컨트롤이 가능하도록 해줘야 한다.

아역 배우를 경험하면서 연기인으로서의 적성을 찾아보는 것은 매우 바람직하다. 하지만 잊지 말아야 할 것은 피아노나 미술을 가르치듯 '내 아이가 언젠가는 잘 될 것이다.'라는 긴 안목으로 장래성을 보고 투자해야 한다는 것. 이제는 아역배우의 엄마들도 무조건적인 로비와 치맛바람으로 대책을 마련할 것이 아니라 연예계에 대해 체계적으로 공부해야 하는 시대가 온 것이다.

왜 아역배우들은 성인연기자로 거듭나기가 어려운가?

한동안 3사의 방송국을 두루 돌아다니며 인기를 끌다가 어느 순간부터 모습이 보이지 않는 아역배우들이 많다. '그 아이들은 지금 뭘 할까?' 간혹 이런 궁금증이 들 때도 있다. 아역배우가 성인 연기자가 되기까지 중도탈락이 많은 첫 번째 이유는 1차적인 관문인 연기력 때문이다.

연기자로서의 자질이 모자라다 보니 경쟁력이 떨어져 도태되는 것이다.

아역배우는 어릴 때부터 연기를 하니까 무조건 연기력이 좋을 것이라 착각하는 사람들이 있는데 절대 그렇지 않다. 아역 출신인데 성인 연기자로 성공적으로 변신해서 살아남은 배우들은 우수한 연기력을 갖추기 위해 끊임없이 노력했기에 살아남을 수 있었던 것이다.

중도 하차의 두 번째 이유는 아역 배우들은 직업인으로서의 가치관이 그릇되거나 없는 경우가 많다는 것. 그러다 보니 제작 환경이 조금만 불만족스러워도 참지 못한다. 제작 과정이 지루해도 그만두고 대사가 적고 역할이 보잘 것 없어도 쉽게 방송국에 등을 돌리고 나온다. 특히 남들이 알아주는 맛에 연기를 한 아역이라면 백이면 백, 출연한 작품이 인기가 없을 경우 아무런 갈등 없이 중도에 그만두고 마는 것이다. 아역배우도 엄연한 직업이다. 아이들이 아직 어려 직업으로써의 고통을 참지 못한다면 그때 힘이 되고 격려를 해주는 것은 바로 부모의 몫이 된다.

영화배우와 탤런트의 경계는?

영화와 드라마는 다른 장르이고, 영화배우와 탤런트 역시 엄격히 다른 직종이다. 각 장르마다 연기 스타일이 다르고, 그에 어울리는 배우의 스타일이 따로 있다.

선진국에서는 이미 탤런트와 영화배우가 확실히 분류되어 있다.

그리고 방송의 특성 상, 드라마는 영화에 비해 세계화의 벽이 무척 높다. 영화는 어디서나 보편적으로 통하는 예술이고 세계적인 문화로 언제든지 국제 무대로 진출할 가능성이 있다. 따라서 영화배우는 탤런트보다 더욱 보편적으로 호소할 수 있는 연기력과 외모가 필요하다.

영화는 비현실적인 색채가 짙은 장르다. 영화에 필요한 연기 스타일은 꿈같은, 환상적이면서도 독특한 연기를 소화할 수 있어야 한다. 현실에는 존재할 것 같지 않은 인물, 가상의 인물이나 전혀 예측을 할 수 없는 역사적 인물까지 천연덕스럽게 소화해낼 줄 알아야 한다.

반면 드라마는 주로 일상적이되 기구한 인생을 다룬 것들이 많다. 그래서 드라마에서는 옆집 아저씨나 오빠 같고 바로 옆에서 코를 골며 자고 있는 아버지 같은 자연스러운 연기로 굴곡 있는 삶을 전해주는 연기

가 필요하다.

각 매체마다 어울리는 배우의 외형도 전혀 다르다. 영화는 얼굴보다 몸 전체의 조화가 중요하다. 키, 몸매, 볼륨을 균등하게 보기 때문에 장신이 유리하다. 신장이 작으면 두드러지지 않고 왜소해 보여 대형스크린에 어필하기가 쉽지 않다. 얼굴 또한 대형스크린에 클로즈업되므로 입체적인 인물이 좋다.

전문가들은 우리나라 배우 중에는 대체적으로 영화용 인물이 별로 없다고 한다. 그 이유는 단순하다. 미국, 서구권 등 외국 배우들을 보면 본래 입체적인 생김새를 가진 데다 조명을 받으면 음영이 뚜렷하게 나오기 때문에 대부분이 영화용 인물이 된다. 하지만 한국 배우는 인종적인 특성상 얼굴이 평면적이고 이목구비가 작기 때문에 조명을 비춰도 선이 잘 살지 않아 영화배우에 불리한 편이다.

평범한듯 하지만 클로즈업하면 이상한 매력이 있는 얼굴도 영화배우용 인물이다. 영화는 워낙 화면이 크기 때문에 배우의 조건이 다소 까다롭다. 실제 얼굴은 도드라지는 미남형인데 큰 화면으로 봤을 때 아무런 매력이 없는 사람, 성형한 부분이 표가 나고 어색해 보이는 사람이라면 영화배우에 대한 꿈을 버려야 한다.

반면 TV는 스몰 박스로 인물을 조명한다. 14인치에서 20인치를 TV의 전형적 사이즈로 보고 이 사이즈를 기준으로 TV에 어울리는 사람을 뽑게 된다. 드라마의 특성은 영상보다 대사가 중요하다는 것도 영화와 다른 기준이 된다. 대사 중심의 바스트 샷을 주로 찍기 때문에 드라마 인물을 고를 때도 상체까지만 보는 경우가 많다. 그래서 드라마의 배우는 신체보다 얼굴이 더 중요한 기준이다.

TV에 어울리는 얼굴은 여자 연기자의 경우 이목구비가 오밀조밀하고 예쁜 얼굴이다. 예전에는 서구형의 가슴이나 키가 큰 글래머형의 배우들이 TV화면에 나오면 시청자들은 거부반응부터 일으켰다. 그래서 중견 탤런트들 중에는 체격이 왜소한 배우들이 많다.

그러나 요즘은 TV도 대형화 되는 추세이고 디지털 방송으로 배우의 땀구멍 하나까지 화면에 보이는 시대가 되었다. 앞으로는 이런 시대적 흐름에 맞춰 텔레비전 배우의 기준도 조금씩 달라질 것이다.

탤런트? NO! 영화배우라 불러주세요

영화는 예술, 드라마는 단순한 오락거리로 생각하는 배우들이 많다. 그래서 많은 연기자들은 탤런트보다 영화배우로 불리고 싶어 한다. 이웃나라 일본만 해도 드라마에 비해 영화 출연료는 매우 저렴한 가격으로 책정이 된다. 영화는 일종의 예술 작품이니 출연하는 것 자체만으로도 영광스럽다는 생각에서다. 미국에서도 배우는 히어로라고 불리며 추앙을 받는 실정이다.

한국에서도 이를 반영하듯 드라마에서 활동하던 탤런트들이 영화계에서 성공의 가도를 달리기 시작하면서 웬만해서는 드라마로 다시 복귀할 움직임을 보이지 않는다. 드라마와는 다른 영화의 매력에 빠진 탓도 있겠지만, 배우로서 또는 예술인으로서의 자부심을 영화에서 충족하기 때문이다. 이는 한국 영화계의 급성장과도 관계가 깊다. 영화계가 갑자기 부흥하면서 제작 여건도 과거에 비해 확실히 좋아졌다. 하지만 방송 드라마 제작 현장은 아직도 열악하기 그지없으니 이런 작업 환경 차이도 영화배우를 선호하게 만든 하나의 요인이라 할 수 있다.

스크린의 벽을 넘지 못 하는 브라운관의 스타들

탤런트로는 손색이 없는 배우들이 영화계로만 가면 부진을 면치 못하는 경우가 종종 있다. 영화의 질적 수준이 높아지면서 관객들의 눈도 덩달아 높아지기 때문에 배우들의 자질에 대한 냉혹한 시선이 그들을 거부하는 것이다.

그렇다면 그들에게는 어떤 점들이 부족한가? 솔직히 TV는 연기력이 다소 떨어져도 시청료가 무료이니 어느 정도 관대하게 넘어가는 면이 있고 또 화면이 작아서 사소한 단점이 많이 감춰지기도 한다.

하지만 8천원이라는 거금을 주고 장장 2시간 가량의 시간을 소비해서 극장을 찾은 관객들은 무서우리만치 냉정하게 판단하기 때문에 연기력이 조금이라도 부족하면 매몰차게 그들의 이름 앞에 '배우'라는 수식어를 허락하지 않는다. 무엇보다 영화는 화면이 크기 때문에 연기의 디테일이 세세하게 보인다. 그래서 드라마에서는 자세히 몰랐던 것들도 대형 스크린에 비추면 연기력이 떨어지는 것을 세심하게 알 수 있는 것이다. 배우의 눈동자가 불안하게 떨리고 발음이 새거나 움직임이 어색한 것도 다 들통이 난다.

탤런트로는 인기 있는 배우들이 영화를 찍었다가 실패한 케이스를 보면 대부분 연기력 부족을 주원인으로 보면 된다. 그래서 연기파 배우에게는 오히려 영화가 더 유리한 면이 많다. 외모는 다소 못 생겼어도 그 역할을 충분히 소화하며 내면에서 우러나는 연기를 하는 배우에게는 영화의 대형 화면이 그 장점을 더욱 강조해 주기 때문이다.

수업 3 · 연기자가 되기 위한 필요충분 조건

자연스럽고도 건강한 아름다움으로 어필해야 한다!

연기자에게 예쁘고 멋진 얼굴과 몸매가 중요하긴 하지만 필수적인 것은 아니다. 하지만 연예계 자체가 경쟁률이 워낙 치열하다 보니 이왕이면 같은 조건에서 미모가 뛰어나면 눈에 띄기 쉽고 유리한 점은 있다.

이에 맞는 현실적인 충고를 하나 한다면, 자신의 외모에서 다소 부족한 부분이나 감추고 싶은 부분이 있어 성형수술을 하고 싶다면 적어도 전문 매

니저를 만나기 전까진 하지 말라는 이야기를 하고 싶다. 만약 섣불리 수술 받는다면 방송의 스타일에 맞게 다시 해야 하는 경우가 생길 수 있다. 수술을 하게 된다면 카메라를 고려해서 방송용으로 고쳐야 하는데 그 전에 자기가 알아서 예쁘게 수술하니 문제도 커지게 된다.

그 문제의 부작용은 마치 쌍둥이나 공장에서 찍어낸 듯이 개성 없는 얼굴들이 나온다는 것이다. 어딜 고치고 다듬어야 하는지는 방송에서 잔뼈가 굵어온 프로가 잘 안다. 이왕 고칠 것이라면 안목이 높은 매니저나 기획사와 상의해서 작전 상 상품적인 가치가 있게 고치는 것이 좋다. 무작정 잡지나 TV에서 흠모하던 배우의 얼굴이 부러워서 마음대로 성형을 하게 되면 99.9%는 실패한다.

현역 연예인들은 얼굴 주름 한 줄을 없애는 사소한 문제도 철저하게 분석해서 한다. 그러나 가끔 유명한 연기자들조차 무리한 성형으로 얼굴이 이상하게 변하는 경우가 있다. 이렇게 일선에 있는 사람들조차 욕심을 부리다가 실패를 하는 경우가 있는데, 하물며 아마추어는 어떠하겠는가? 자신이 평생 드러낼 얼굴이니 냉정하게 판단해야 한다.

섣부른 성형은 안 하느니만 못 하다는 것을 명심해라. 이보다 더 무서운 사실은 수술의 부작용이 화면에 그대로 드러난다는 것이다. 더구나 시대가 바뀌어 디지털 방송 시대가 되면서 얼굴의 모공 하나까지 선

명하게 드러나는 세상이 되었다. 그래서 지금은 화장이 아닌 피부 자체가 메이크업이라는 말을 한다. 언젠가 방송에 거울을 보듯이 선명한 내 모습 그대로 나오는 시대가 반드시 온다. 그러니 연기자를 꿈꾼다면 단순히 '예쁘게'가 아니라 '건강하게' 자신을 가꾸는 습관을 길러야 한다. 아기 피부같이 보송보송한 얼굴을 유지한다든가, 운동과 식이요법으로 날씬하면서도 보기 좋은 몸매를 가꾸는 것이 중요하다.

자신만의 철학이 배어나는 연기를 해야 한다!

너무나 당연한 사실이지만, 연기자가 되기 위해 가장 중요한 것은 바로 연기력이다. 뛰어난 배우라는 의미는 연기력을 갖췄다는 것이다. 연기력을 갖춘 배우 중에서도 진정한 연기자로 평가받는 배우들은 바로 자신만의 연기관을 갖춘 자들이다.

연기력과 연기관은 비슷한 것 같지만 확실히 다르다. 연기관은 자신만의 연기 철학을 말한다. 철학이 부족하면 연기에 대한 자신감이 떨어져 결과적으로 연기의 퀄리티가 낮아지기 때문에 배우들은 평생을 두고 자신이 가져야 할 연기에 대한 가치관을 중요하게 생각해야 한다.

터미네이터같은 체력을 기르자!

연기자에게 체력은 연기력 못지않게 중요한 요소가 된다. 건강하지 못하

최상의 컨디션일 때와 억지로 연기할 때의 차이는 아무리 둔한 시청자들도 알아차리기 쉽다. 그래서 연기자라면 좋은 결과를 얻을 때까지 끝까지 버티는 직업에 대한 성실함도 갖추고 있어야 한다. 연기력이 좋은 배우를 보면 감독들은 모두들 흡족해 한다.

그 중에서도 특히 아무리 힘든 강행군 속에서도 성실함을 보이며 끝까지 해내는 연기자를 보면 독하다는 표현까지 쓰며 칭찬과 동시에 감동을 받게 된다. 체력적으로 달리면 정신력으로라도 버티는 배우의 근성이야말로 제작자가 높이 사는 점이며 또 이런 자세가 연기자가 갖추어야 할 필수 요소라고 본다.

드라마를 촬영할 때 NG가 10번 이상 나면 감독도 연기자도 서로 미안하고 무안하다. 비 맞는 장면을 찍는다고 가정을 하면 제작자의 욕심으로는 조금 더 버텨주었으면 하지만 탈진 직전까지 간 배우의 표정을 읽고는 마냥 눈치만 보고 있을 수밖에 없다. 하지만 바로 이때 연기자가 제작자보다 더 적극적인 자세로 나오면 그 배우는 진정한 연기자와 배우로서 인정을 받고 제작자는 다른 작품을 찍을 때도 그 연기자를 다시 한 번 떠올리게 될 것이다.

배우의 연기는 신체를 통해서 표출된다. 표현의 도구인 신체를 어떤 상황이든 자기 자신이 컨트롤 할 수 있는 것이 바람직한 연기자의 자세라 할 수 있다.

열악한 드라마 제작 환경의 현실 알아두기

촬영 현장에서 드라마를 찍다가 배우가 탈진해 병원에 입원하는 경우가 종종 매스컴에 보도된 걸 본 적이 있을 것이다. 방송은 영화에 비해 아직까지 제작 시스템이 뒤떨어지는 매체이다. 성장 과도기에 있기 때문에 작업 환경이 과히 살인적이라 보면 된다.

영화는 제작 환경이 점차 나아지고 있지만 드라마 제작은 한정된 제작비로 시간에 쫓기면서 찍기 때문에 툭하면 밤을 새는 등 힘겨운 과정의 연속이다. 더욱이 야외 촬영이라면 추위, 더위와도 싸워야 한다. 이처럼 촬영 현장의 환경 자체도 열악하지만, 영상 매체의 배우는 컷 별로 호흡이 끊기는 연기를 하다 보니 집중했다가도 금세 긴장이 풀려 더욱 힘들다. 배우는 준비 과정, 현장 여건, 자신의 차례가 오기까지의 대기 시간 등 기다림의 연속을 견뎌야만 한다. 그래서 배우는 정신적, 육체적으로 촬영 과정이 힘들고 고통스러울 수밖에 없다.

현역 배우라면 누구나 입을 모아 촬영 과정의 고통을 토로한다. 연기를 잘 하는 것도 중요하지만 공동 작업인 만큼 인내심도 갖춰야 하는 것이 연기자이다. 드라마 제작 현장은 100여 명이 넘는 대인원의 공동 작업이다 보니 서로 양보하지 않으면 진행에 차질을 빚는다. 그래서 연기자는 서로 화합하는 법을 배워야 한다.

일본만 해도 사전 제작 시스템이 자리를 잡았으며, 미국은 파일럿을 방영한 후 검증이 되면 드라마를 제작하는 방법을 취하고 있다. 하지만 120분 분량을 3~4개월 만에, 90분 분량을 일주일 만에 찍는 나라, 상대적으로 적은 제작비를 가지고 빨리 제작하는 우리나라의 배우들은 대단한 체력을 지닌 슈퍼우먼, 슈퍼맨이 될 수밖에 없다.

좀 더 노골적으로 말하자면 우리나라 방송 시스템이 그만큼 무식한 것이다. 영화가 주 무대이던 모 배우는 드라마 1편을 찍고 나서 미니 시리즈는 다시는 못한다고 두 손 두 발 다 들었다는 소문이 도는 것을 보면 얼마나 열악한지 짐작할 수 있다.

또 어디 그뿐인가? 시청자에 영합해 인기에 따라 내용도 왔다 갔다 하고, 좀 인기 있다 싶으면 연장방영도 시청자들을 위한 일종의 보너스처럼 선택된다. 하지만 그럴수록 드라마의 완성도나 예술성은 뒤처지기 마련이다. 하지만 그나마 다행인 것은 드라마 제작 환경도 점차 좋아지고 있다는 점이다. 드라마의 완성도를 추구하는 시청자와 네티즌들의 성원에 힘입어 졸속 제작, 내용 바꾸기, 방송 분량 늘리기 등 기존 드라마의 나쁜 관행들도 줄어들고 있다. 또한 한국 드라마가 한류의 주역이 되면서 장기적인 안목을 가지고 드라마를 제작하는 등 날로 여건이 좋아지고 있다는 사실이 우리를 그나마 안심케 한다.

섣불리 뛰어들지 말라

당장 방송에 나가고 싶다고 해서 연기학원이나 기획사 문을 두드리며 캐스팅 기회를 달라고 조르지 마라. 특히 배우를 꿈꾼다면 연기를 우선 접해 보고 발성법이나 호흡법 등 연기에 필요한 실제적인 것을 배워야 한다. 그러면서 이 길이 내 길이라는 확신이 들 때 본격적으로 뛰어들어라. 그러기 위해서는 사설 학원보다 극단이 더욱 이상적이다.

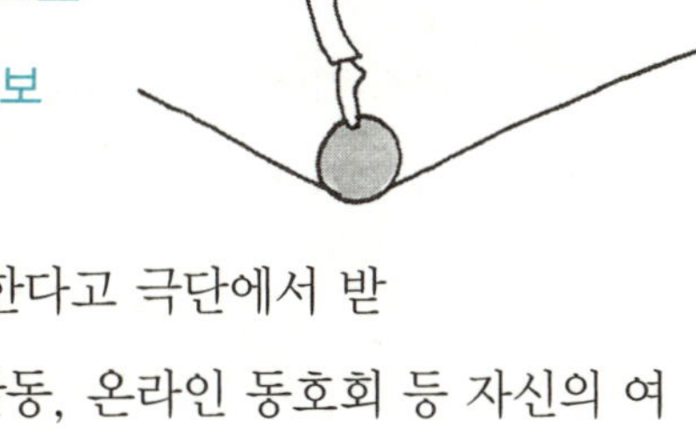

하지만 현실적으로 모든 사람이 원한다고 극단에서 받아주지는 않는다. 학교 동호회, 특별활동, 온라인 동호회 등 자신의 여건에 맞는 배울 곳을 찾아다니는 노력을 해보라고 권하고 싶다.

하지만 무엇보다 중요한 것은 본연의 임무를 충실히 하면서 연기를 배우는 것이다. 학생의 신분에 어울리는 생활과 경험, 당시에 느꼈던 감정과 감수성은 앞으로 해나갈 연기에 좋은 재산이 될 수 있다.

학생 신분으로 갖춰야 할 소양도 갖추지 못하고 연기에만 치우치면 균형이 무너지기 쉽다. 학창생활도 충실히 하다 보면 자신이 생각했던 것과 다른, 연기와 연기자의 실체를 보는 눈도 생기게 된다. 그리고 어느 날 과연 내가 그 직업을 가질 재능과 능력이 뒷받침 되는지 냉정한 시선으로 볼 수 있게 된다.

TV드라마와 영화 속 대사를 연기지도 선생으로!

본격적인 데뷔에 앞서 이미 기본적인 연기력이 닦여 있어야 한다. 그

러나 연기자 지망생의 딜레마는 연기와 외모 중 외모를 먼저 선택하는 데 있다. 연기는 쉽게 늘지 않고 고생스럽기만 하지만 외모를 조금만 달리하면 마치 이미 연기자가 된 듯 뿌듯하고 발전 가능성이 보이는 것처럼 느껴져 성형의 유혹에 쉽게 빠지는 것이다.

연기력을 늘리기 위해 쉽게 할 수 있는 방법 중 하나가 텔레비전, 영화를 보면서 대사를 그대로 따라 하는 것. 도드라지는 주인공의 역할뿐만 아니라 모든 등장인물의 대사를 다 따라 해라. 남녀노소 구분 없이 극에 나오는 등장인물의 대사를 전부 따라 해라. 그리고 다음 단계로 자기가 하고 싶은 역할의 대사만 따로 해보는 것이 좋다. 일주일에 단 한 번만이라도 이렇게 따라 한다면 눈에 띄게 자신의 연기력이 향상되는 걸 느낄 수 있다.

조연급이라면 캐릭터 강한 연기력을 갖추어라

연기 지망자 중에서도 주연급의 특출한 미모를 가졌다면 연기의 기회가 많은 것에 대해 감사의 마음을 가져야 한다. 특별한 연기를 하지

않아도 돋보이는 특성이 있다면 데뷔할 기회도 다양하게 열린다. 하지만 도드라지는 얼굴도 아니고 눈에 띄는 미인도 아니라면 개성으로 승부해야 살아남을 수 있다. 조연은 캐릭터가 뚜렷해야 한다. 연기로 승부하는 조연 배우야말로 연기력을 날이 서도록 시퍼렇게 다듬어야 한다. 연기력을 가장 예리하고 탄탄하게 다듬을 수 있는 곳은 바로 연극무대이다. 그래서 감독들도 차별적인 조연을 뽑기 위해 연극무대를 찾는다.

방송이나 영화에서 탄탄한 연기력으로 승부하는 사람은 대개 연극인 출신이 많다. 그러니 학원에만 매달리지 말고 극단에 들어가라고 권하고 싶다. 학원은 수강료를 내면 누구나 받아주지만 극단은 청소도 해야 하고 스스로 노력을 안 하면 살아남기 힘든 공간인 만큼 성실함과 연기력을 동시에 갖출 수 있는 최상의 방법이 된다. 탄탄하게 연기만 잘하면 100% 기회가 주어지는 게 연극계이다. 실력만으로 가장 공정하게 평가받는 곳이 연극무대라 할 수 있다.

그래서 피디나 제작자들은 시간이 날 때마다 연극을 보며 끊임없이 배우를 발굴하러 다닌다. 눈에 띄는 연기자가 없나 연극판을 항상 주시하기 때문에 일단 연기력만 인정받으면 캐스팅 기회를 쉽게 잡을 수 있다.

제작자들이 가장 선호하는 연기자의 스타일

현재 제작자들이 가장 선호하는 연기자의 스타일은 인형이나 꽃미남형이 아닌 새로운 얼굴이다. 지망생들은 얼굴이 예뻐야 뽑히기 쉽다고 생각하지만 정작 선택을 하는 제작자들은 신선한 얼굴을 선호한다. 그리고 그 다음으로 선호하는 스타일은 성형을 하지 않은 얼굴, 어떤 모습으로든 변신의 가능성이 무궁무진한 얼굴이다. 그리고 이러한 외모에 더 해서 준비가 되어 있는, 연기력의 기본을 갖춘 사람을 원한다.

수업 5 애들아, 학교 갈래? – 연기자 배출을 위한 전문 교육 시스템

학교 갈까?

연기자를 전문적으로 배출하는 연극 영화과, 방송 연예학과 등 대학의 연기 관련학과에 진학을 할 때 얻을 수 있는 가장 큰 장점은 '같은 꿈을 꾸는 동료이자 라이벌을 만날 수 있다'는 점이다. 학교 진학은 같은 길을 걷는 동지를 만나러 간다는 의미가 크다.

학교에 진학해 받을 수 있는 실질적인 도움은 첫째, 자기 분야의 동지,

경쟁자가 많으니 자극을 받게 된다는 점. 둘째, 같은 분야를 지망하는 사람들이 집단으로 모여 있으니 업계의 동향을 빨리 파악할 수 있고 정보를 많이 얻을 수 있다는 점이다.

그러나 연기는 스스로 깨우치는 것이지 학교에서 수업을 받는다고 저절로 몸에 익혀지는 것은 아니다. 학교란 기본적인 연기의 이론과 실제에 대해 배우고 동료들과 극을 만드는 과정을 겪으면서 하나하나 깨닫는 과정일 뿐이지 연기자로 만들어주는 공장이 아니라는 것을 알아야 한다.

연기 관련 학과에서 배울 수 있는 기회가 주어진다 해도 스스로 더 노력하지 않으면 아무 결과도 얻을 수 없다. 물론 전공으로 얻을 수 있는 장점은 많으니 입시에 떨어지면 재수를 해서라도 진학하려는 노력은 좋다. 하지만, 관련 학과 입시에만 사활을 걸 일은 아니다. 다른 전공을 해도 기회는 충분히 있다. 또한 진학을 못하더라도 실망하거나 비관하지 말고 다른 관문을 통해 노력하다 보면 반드시 기회는 오기 마련이다.

학원 갈까?

요즘은 연기자를 키우는 학원들이 다양해졌다. 그곳에서는 과연 어떤 것들을 가르치며 실제 배우가 되는데 얼마나 도움이 되는지 궁금할 것이다. 그러나 안타깝게도 한국에서 가장 낙후된 분야가 바로 연기 학원이다. 연기 학원에 들어설 때, 연기 공부에 대한 대단한 기대는 하지 마라. 연기는 1대1로 개인 수업을 받아야 한다. 단체 수업은 그만큼 효과가 떨어지게 마련이다. 외국은 연기 수업도 선진 시스템으로 이루어져 수업별로 분류도 잘 되어 있다. 발성 수업 하나만도 세세하게 3시간과 6시간 코스가 있을 정도로 전문적인 수업 시스템이 갖춰져 있다.

그러나 우리나라의 학원은 이러한 전문성이 상당히 떨어진다. 특히 유명한 연기자 누구, 누구를 배출한 곳이라고 선전하는 학원의 말을 믿는 것은 위험한 일이다. 또한 학원만 나오면 연기력이 늘 것이라고 생각하거나, 방송국으로의 연줄을 이어줄 것이라 여기는 막연한 기대는 절대 금물이다. 학원은 기본적인 연기의 기초를 가르쳐준다는 생각으로 찾는 것이 마음이 편하다. 그리고 나서 자신의 피나는 노력이 반드시 뒷받침 되어야 하는 것이 순리다.

수업 6 톱 연기자가 수입에서도 톱일까?

조연 수입이 짭짤한 연기자 수입

연기자들의 수입은 천차만별이다. 최고 연간 100억에서부터 연간 10만 원까지 그 액수를 가늠하기도 힘들다. 이런 차이는 바로 승자 독식 주의가 만연한 연예계의 풍조 때문이다. 빈익빈 부익부가 무서우리만큼

철저한 곳이 바로 연예계이다.

그렇다면 톱 연기자가 수입도 가장 많을까? 대부분의 사람들은 그렇게 생각하고 있다. 이 점이 재미있는데 사실 주연의 수입이 조연에 미치지 못한 경우가 많다. 주연급 연기자는 자신의 이미지를 고집하느라 다작을 하지 못하고, 버는 만큼 지출도 큰 경우가 많다.

조연은 고정 이미지가 없어 여러 프로에 동시에 출연을 할 수 있다. 간혹 드라마 곳곳에 조연으로 출연하며 방송 3사를 모두 누비고 다니는 배우들을 본 적이 있을 것이다. 그런 연기자들의 수입이 소위 짭짤하다고 말한다. 또한 캐릭터가 뚜렷한 조연은 광고 시장에서도 활용도가 높다. 이렇게 출연료와 광고 수익까지 합하면 주연 못지않은 탄탄한 수입이 가능하다.

수업 7 연기자, 그들의 생활 패턴은?

극과 극을 달리는 연기자의 일상생활

연기자의 일상생활은 크게 활동기와 휴식기, 두 부분으로 나눌 수 있다. 탤런트의 경우 촬영이 없는 날은 주로 몸을 만드는데 투자한다. 보통 운

동을 하루 2~3시간 정도 꾸준히 하는 것이 그들의 또 다른 일이자 의무이기도 하다. 연기자들은 신체 훈련이 몸에 배어 있는 사람이 많다. 연기자로서 체력은 생명력과 직결되는 만큼 운동은 필수적이다. 또 피부 관리, 성형, 다이어트 등 평소에 외모에 대한 투자를 많이 한다. 그리고 일이 없는 휴식기 때는 주로 잠을 많이 잔다. 일어나면 운동하고 밥 먹고 잠을 자는…연기자의 휴식기 생활은 이렇게 의외로 단순하다.

휴식기가 지나 활동기에 접어들면 작품을 선택한다. 출연 결정이 나면 제작진과 세부적인 의논을 하고 연기 지도를 받고 헤어, 패션 등 스타일을 만드는 과정에 들어간다. 활동기가 되면 배우들의 일상은 휴식기와는 비교가 안 될 정도로 달라진다. 촬영을 위해 일찍 일어나 촬영 현장까지 2~3시간을 달려 움직여야 하고 현장에 도착하면 대본연습에 들어간다. 보통 대본 리딩은 새벽 6~7시에 하기 때문에 이들은 누구보다 이른 아침을 맞게 된다. 하루 종일 촬영을 한 뒤 잠을 자는 시간은 새벽 3, 4시. 미니시리즈 한편을 찍는 연기자들은 약 4개월을 집에도 자주 못 가고 차 안에서 3~4시간씩 자면서 서너 달을 버틴다. 그 와중에 빠듯한 시간을 쪼개 작품 홍보를 위한 방송 출연과 인터뷰, 사진 화보 촬영, 각종 행사 등 틈틈이 다른 스케줄도 소화해야 한다.

그런 연유에서 연기자들은 평소 헬스나 요가로, 살인적인 스케줄을 견뎌내기 위한 남다른 체력을 준비해야만 하는 것이다. 그리고 본격적으로 촬영에 들어가고 후반 작업을 거쳐 작품이 방영되면 1년이라는 시간이 순식간에 지나가게 된다. 그래서 연기자들이 흔히 촬영하느라 정신없이 지냈다는 말을 하는 것이다. 드라마를 1편만 찍어도 1년이라는 시간이 달력 넘길 여유도 없이 지나가는데 1년에 2편 이상 촬영하게 된다면 그는 그 누구보다 빠듯한 일상을 보낼 수밖에 없다. 대중들은 연기자들이 두 달간 16부작 드라마에 나왔다 사라진다고 하지만 실제로는 준비기간을 포함해 1년이라는 시간이 소비되는 것이다.

보너스

연기자에 대해 더 궁금한 것들!

Q 연기자와 감독과의 관계는 어떠한가?

A 과거, 피디 시스템에서는 연기자와 감독과의 관계는 연기자가 종속적이었다. 그러나 지금은 상호보완 관계이다. 예전에는 아무리 신인감독이라 해도 배우에게 대접부터 받으려 들었다. 그러나 지금은 감독이 노하우가 많으면 배우를 가르치고, 반대도 있을 수 있다. 이제는 연기자와 감독이 더 이상 과거와 같은 상하관계는 아니라는 것이다. 그래서 상호간에 철저한 협력이 있어야 한다. 이제는 더 이상 절대적인 서열이란 없다. 각자 자기 분야에 대한 노하우로 승부한다.

Q 병역문제가 해결이 안 된 남자 배우들은 군대 면제를 위해 수단과 방법을 가리지 않는다. 2~3년 간의 공백기를 가진 뒤 복귀하면 연기자로 적응이 힘들거나 제작자들이 꺼리지 않는가?

군대에서 입대하고 제대하는 나이로 치면 25살에서 서른 정도이다. 남성미, 야성미, 성적인 매력, 원숙미는 사실 이때부터 빛을 발하기 시작한다. 그래서 외국의 배우는 서른을 넘겨야 빛이 난다. 기본적으로 숙성된 연기를 보이려면 서른은 기본으로 넘고 마흔에 접어들면 연기는 무르익는다.

헌데, 우리나라의 경우, TV 드라마 시장을 장악하는 것은 거의 20대 연기자가 대부분이다. 영화는 30대 배우들이 주로 활동하는데 비해, 방송은 20대 남자 연기자들에게 의존해 왔다. 그래서 젊은 남자 연예인의 병역 비리가 불거져 대거 입대 열풍이 불자 드라마 업계가 흔들릴 지경까지 온 것이다. 그러나 제대로 된 매니지먼트사나 제작자라면 군대 때문에 생기는 휴지기를 절대 꺼리지 않는다. 일부 몰지각한 사람 몇몇이 돈을 써서 비리를 저지르고 전체를 욕먹게 한다. 병역비리를 저지른 연예인은 대중에게 어떤 변명도 할 수 없다. 대중들은 그냥 외면해 버리고 다시는 연예계에 발을 못 붙이도록 경계선을 그어 버린다. 국민들의 이런 정서는 냉정하리만치 무섭다.

그리고 진정한 연기자가 되기 위해서는 군대를 다녀오는 것이 절대적으로 도움이 된다. 배우로, 또는 남자로서 필수적으로 숙성 기간이 필요하기 때문에 자기 점검을 위해 군대에 가는 것이 많은 공부가 된다. 절대 쓸데없는 핑계를 대지 마라. 군대가 기본 의무인 한국인의 정서를 반드시 알아야 한다. 군대는 합법적인 충전의 기회이다. 군대 경험을 거치면 사내다움도, 성숙미도 배운다. 그러니 단순히 시청자들의 눈을 속이기 위한 전시 효과로 군대를 택하지 말고 24개월 간 국방의 의무에 충실하고 인생을 배운다는 생각으로 입대를 하라. 분명히 자신에게 크게 도움이 될 것이다.

 여자 연기자들은 공백기를 가지면 티 안 나게 성형을 한 뒤 복귀를 하는 일이 비일비재하다. 제작자의 입장으로서 철저한 직업인의 투자로 봐야 하나, 단순한 미적 욕구로 봐야 하나?

 성형은 철저한 직업인의 투자로 보는 것이 좋다. 그러나 중요한 것은 본인의 욕구가 아니라 상대방이 보는 시각을 고려해야 한다는 것. 시청자는 자연스러운 얼굴을 원하는 것이지, 무조건 예쁜 것을 원하지 않는다. 그런데 연기자가 너무 욕심이 과하여 지나치게 서구적으로 고치게 되고 부작용도 따르는 것이다. 성형 수술 자체는 긍정적인 효과를 불러온다. 요즘은 일반인들도 성형에 대한 거부감이 없기 때문에 무조건적으로 성형에 대해 반대 의견을 드러내지는 않는다. 시청자들도 연예인의

Top 브랜드 분석 연기자

탄탄한 연기력과 근성으로 끝없이 변신하는 CASE

연기자 분야에서 최고의 위치에 오르기 위해서는 연기력이 주춧돌이 되는 건 당연지사. 평범한 외모의 연기자일지라도 완벽한 연기력을 바탕으로 자신의 이미지 변신에 심혈을 기울여 이 시대 최고의 Top 브랜드로 불리게 되는 경우가 있다. 영화의 배역을 위해 20kg이 넘게 몸무게 조절을 한 것으로 유명한 설경구처럼, 독하다는 표현이 딱 들어맞을 만큼 자신의 배역에 모든 것을 100% 올인하여 녹아들어가는 힘이야말로 이 시대가 원하는 연기의 TOP 브랜드이다. 일류 배우로 손꼽히는 최민식 역시 이런 연기력을 바탕으로 '서울의 달'의 친근한 서민에서부터 '올드보이'의 광기 어린 수컷의 이미지까지 무한한 변신을 하며, 정상의 위치를 고수하고 있다.

자신만의 색깔로 승부하는 CASE

자신만의 색깔을 대중에게 확실히 각인시켜야 한다. 코믹이면 코믹, 섹스어필이면 섹스어필을 말할 때 가장 먼저 누구를 떠올릴 정도가 된다면 그는 이미 톱 브랜드이다. 독특한 연기, 카리스마하면 빼놓을 수 없는 백윤식. 그는 한국 영화의 보물로 취급되고 있다. 헐리우드 배우 중 잭 니콜슨, 숀 코널리, 리처드 기어는 60세 전후의 나이임에도 성적인 매력이 물씬 풍긴다. 그러나 한국 배우는 나이가 들면서 농익는 성적인 매력을 잃어버린다. 한국의 60대 배우 중 오로지 백윤식만이 아저씨가 아닌 남자의 독보적인 매력을 유지하고 있다.

또한 한국정서를 대변하는 서민연기의 대표로 송강호가, 연기 안 하면서 연기를 하는 생활연기에는 임창정, 잘 생긴 코미디 배우로는 차승원, 청승 눈물연기에는 최지우를 꼽을 수 있다. 이들은 기본적으로 탄탄한 연기력을 바탕으로, 자신만의 색깔을 최고로 뿜어내며, 톱 브랜드 연기자로 자리 잡은 이들이다.

 대중을 사로잡는 압도적 카리스마

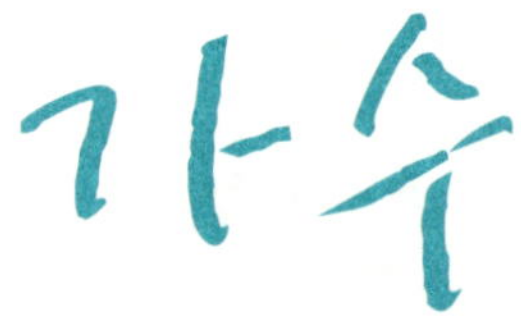

가수

가수는 사랑을 노래할 때는 달콤한 연인이 되어 그윽한 눈길을 보내고, 답답한 사회 현실을 노래하면 투사가 되어 외친다. 가수가 노래를 부르는 동안 대중은 완벽한 환상을 맛보게 된다. 노래로 사람의 마음을 움직이고 감동을 주는 것! 이것이 가수만이 할 수 있는 마법이 아닐까?

가수는 음악을 하는 자체만으로도 행복을 느낀다. 그리고 대중에게 음악을 들려 줄 때는 들려 줄 수 있다는 그 자체로 더욱 기뻐한다. 더 나아가 대중이 자신의 음악을 좋아해 준다면 더 할 나위 없이 기쁘고 평생 잊을 수 없는 감동을 받는다. 그래서 가수는 대중이 말하고 싶은 것을 노래로 대신해 주는 역할을 한다. 가수에게는 노래가 하나의 언어가 된다.

무대 위를 사로 잡는 카리스마, 가수

가수가 가진 첫 번째 매력은 연예계에서 대중을 가장 열광시키는 카리스마와 아우라가 가장 강한 직업이라는 것이다. 수많은 관중이 한 사람만을 우러러보며 환호하는 순간, 가수는 말 그대로 교주만큼이나 강렬한 카리스마를 발산한다. 무엇보다도 가수의 카리스마는 판타스틱함, 드라마틱함을 강조한다는 점에서 연기자나 개그맨의 생활적인 카리스마와 다르다.

가수는 노래 한 곡 부르는 약 4분 여의 짧은 시간 동안 몸 안에 남아 있는 모든 힘을 모아 환상을 만들어 대중을 사로잡는다. 더구나 가수가 무대에 서게 되면 조명, 무대 장치, 악기, 백댄서, 의상 등 가능한 모든 보조 요소들이 가수를 현실과 다른 세계의 주인공으로 만들어준다.

연기자의 경우 아무리 대작의 주인공이라 하더라도 시작부터 끝까지 계속 출연할 수 있는 것은 아니다. 60분짜리 드라마든 2시간짜리 영화든 극적 구성에 따라 상대 배역과 비중에 맞춰 간헐적으로 나오기 마련이다. 개그맨도 무대에서 1시간을 혼자 채우기 힘들다.

그러나 가수는 콘서트를 통해 수십만 관중을 오직 혼자의 힘으로 휘어잡는 강력한 카리스마를 발휘할 수 있다. 가수는 그 어떤 분야보다, 대중으로 하여금 순간적으로 더 강한 집중력을 유도하는 압도적인 카리스마를 가지는 것이다.

이렇게 최고의 카리스마를 지닌 직업이다 보니, 청소년이 가장 동경하는 연예인 분야도 가수일 수밖에 없다. 심지어는 같은 연예인조차 대중을 매료시키는 분야는 역시 가수라고 한다. 연예인들이 가장 좋아하고 흠모하는 분야도 가수이고 여자 연예인이 원하는 신랑감 1순위도 가수가 차지할 정도다.

가수라는 직업만이 가질 수 있는 두 번째 매력은 바로 관객들과 함께 호흡하며 생생한 현장성을 직접 느낄 수 있다는 것이다. 드라마나 영화는 촬영해서 대중에게 보여주기까지 시간이 걸린다. 그리고 시청자와 관객은 배우 바로 앞에 있지 않고 화면 너머 전국에 퍼져 있다. 이렇게 시간과 공간의 거리감으로 그들의 반응을 바로 파악할 수 없다.

하지만 무대에 서는 가수는 관객 바로 앞에서 노래를 부른다. 가수의 손짓 하나, 노래 한 소절에 관객들은 바로 반응을 보이고, 가수도 관객의 반응에 즉석에서 답을 보낼 수 있어 실시간으로 감정을 공유하고 소통할 수 있다.

지금 이 시간 자신을 보기 위해 찾은 관객의 집중과 환호를 한 몸에 받는 희열을 느낄 수 있는 분야는 가수가 유일하다는 것이다. 바로 이런 카리스마와 현장성이 다른 분야와 구별되는 점이, 가수만이 가진 가장 큰 매력이라고 할 수 있다.

독보적인 카리스마에 비례하는 고독의 늪

가수는 이미지는 화려하지만, 실제 그들을 만나보면 의외로 고독과 외로움을 많이 느끼고 있다. 가수는 행복과 동시에 슬픔을 안고 산다고나 할까? 누구보다 뜨거운 대중들의 사랑을 한 몸에 받는 동시에 그들이 언제까지나 영원하지 않을 것을 알기에, 가수는 고독하고 쓸쓸하다. 무대에서 관객의 환호를 받다가 어느 날부터 더 이상 관중들의 반응이 예전 같지 않고, 시들해지면 많은 가수들은 공허해 하고 허무함과 배신감을 느낀다고 한다. 가수가 정신적으로 방황을 많이 하는 이유는 최고점에서의 화려함과 최저점에서의 외로움을 한꺼번에 느끼기 때문이다.

무대에 일단 서면 가수는 혼자 무대의 모든 것을 책임져야 한다. 연예인들 중 마리화나나 필로폰 같은 마약의 유혹에 쉽게 빠지는 직업도 바로 가수다. 이는 커다란 무대를 책임져야 하는 정신적 부담이 크기 때문이기도 하다.

이런 자신과의 싸움에서 패배를 인정하면 다음 순간은 바로 지옥 같은 낭떠러지가 기다리고 있다. 가수는 다른 분야보다 인기를 금방 얻을 수 있는 대신 추락 또한 무섭도록 빠르게 찾아오는 특징이 있다. 따라서 가수는 관객의 환호와 인기로 인해 행복을 빨리 얻을 수 있지만 그것이 전

부가 아님을 빨리 깨달아야 한다.

진정한 음악인이라면 오직 한 사람의 팬을 위해 혹은 언젠가는 떠날 팬들을 위해 노래를 부르고 팬들이 외면하더라도 음악을 사랑할 줄 알아야 한다. 가수가 가수 본연의 자세로 인기에 연연하지 않고 음악에 매진할 때 팬들도 그의 곁을 떠나지 않는다.

가수는 화려한 만큼 리스크가 큰 직업이기에 자신의 음악을 사랑해 주는 팬들을 가졌다는 것만으로 감사하는 겸손함을 가져야 한다.

가수의 스타일과 생명력

가수의 세계에서 현재 가장 선호하는 스타일이나 또 앞으로 유망한 스타일이라는 것은 없다. 다만 끊임없이 새로운 스타일이 등장하면서 세대교체가 될 뿐이다. 기존에 없었던 창법, 신선한 목소리, 처음 듣는 충격적인 장르 등 끊임없이 새로운 음악을 창조하면서 기존의 선입견과 편견을 부수는 일이 가수가 겪어야 하는 고통이면서 숙명이다.

가수의 생명력은 유행이 변하고 스타일이 시대에 안 맞으면 끝나버린다. 가수로서의 생명이 끝났다는 것은 자기만의 개성을 찾는 노력을 멈추었다는 뜻이기도 하다. 많은 가수들이 끝없는 자기 노력에 지치고 새로움을 보여주지 못해 가수생명을 마감하는 경우가 많다.

화려하지만 생명이 짧은 댄스 가수의 숙명

가수란 가창력이 우선순위지만 요즘은 노래와 춤을 둘 다 잘하는 가수에 대한 선호도가 높다. 특히 댄스 가수는 가창력 외에 비주얼적인 면이 가수의 생명력과 인기에 큰 영향을 끼친다.

일부 평론가와 대중들 중에는 생명이 짧고 쉽게 소비되는 댄스 가수는 다른 분야의 가수보다 가치가 낮다는 편견이 심하지만 음악에 있어서, 가수들에 있어서 장르적 구분으로 고급문화와 저급문화를 판단하는 것은 무의미하다. 루이 암스트롱도 말하지 않았는가, '장르적 구분은 중요하지 않다. 세상을 아름답게 만들 수 있는 음악이라면. 그게 최고의 음악이다.' 라고 말이다. 음악은 어떤 것이든 사람들에게 행복과 즐거움을 주는 예술이다. 그러하기에 가수라는 행복한 직업은 노래를 부르며 시름을 잊고 나이를 잊는다.

댄스 가수가 다른 분야보다 가치가 낮다는 인식을 갖게 된 데에는 이유가 있다. 바로 다른 분야보다 짧은 생명력 때문인데, 댄스 분야는 그 속성 상 관중의 눈에 쉽게 띄는, 강하고 공격적인 장르이기 때문에 금방 타올랐다 꺼져 버리는 경우가 많다. 너무 강한 것은 빨리 지게 마련이다. 금방 눈에 띄고 익숙한 것은 또 그만큼 빨리 식상해지기 마련이다. 크고 화려하고 거대한 불꽃을 살릴 카리스마를 지닌 사람이라면 댄스분야에 진출하는 것이 유리하다. 댄스 가수는 빨리 타오르고 빨리 식는 속성을 가졌을 뿐이지 빨리 소비된다고, 가치가 없는 것은 아니다.

현실적으로 많은 청소년들이 가수가 되고 싶어도 '못생겼다', '춤을 못 춘다'는 이유로 망설이는 경우를 자주 본다. 그래서 재능이 뛰어난 지망생도 외모와 춤 실력을 갖추지 못했다면 가수가 될 자격이 없다고 생각하는 경우가 많다. 그러나 외모와 춤은 만들어질 수 있는 부분이다. 가창력이 된다면 외모와 춤은 노력으로 만들자.

가창력은 되는데, 몸치인 케이스

가수가 춤을 잘 춰야 한다는 강박관념을 갖지 마라. 노래를 하는데 있어서 춤은 못춰도 무방하다. 또한 춤에도 여러 종류가 있고 모든 가수가 댄스가요용 춤을 춰야 하는 것도 아니다. 춤이 필요한 음악을 선택했는데 춤을 못 춘다면 언제든지 배우면 된다. 춤에 재능이 없는 사람도 하고자 하는 의욕이 있으면 연습으로 충분히 발전이 가능하다.

예전에는 아무리 가르쳐도 온 몸이 따로 노는 구제불능의 몸치들이 많았지만 요즘 세대들은 배우는 대로 잘 따라오는 편이다.

물론 가수는 춤을 거부하는데 억지로 강요하는 기획사라면 기획사가 문제가 있는 것이다. 그러나 춤과 노래, 특히 비주얼적인 춤을 강요하는 것은 현실이다. 가수들에게 춤을 요구하는 것이 불만이면, 훗날 춤 외에 음악적인 부분에만 신경 쓸 수 있는 문화를 만들면 된다. 그런 강요에 한이 맺히면 노래만 하는 가수가 필요한 세상을 만들도록 노력하면 된다.

외모에 자신 없는 케이스

가수는 음악성이 더 중요하기 때문에 모델만큼 외모에 크게 구애 받지는 않는다. 그런데 요즘 가수들은 외모 또한 출중하다 보니 못생긴 사람은 가수가 되기 힘들다고 생각될 정도다. 물론 가수 중에도 남달리 외모가 출중한 가수가 있다. 그러나 대개의 경우는 자세히 보면 외모가 뛰어나기보다 세련되게 다듬어진 케이스가 많다. 그룹이나 밴드의 경우 잘 살펴보면 멤버 한 두 명은 외모가 빼어나지만 나머지는 그에 비해 약간 촌스러운 스타일도 많다.

그러나 외모와 스타일은 얼마든지 만들 수 있다. 성형수술로 뜯어 고친다는 게 아니라 머리끝부터 발끝까지 세련된 이미지로 완성하는 것을 말한다. 그래서 가수도 패션 잡지를 많이 보면서 항상 시대의 흐름에 맞는 트렌드를 많이 연구해야 한다. 가수도 가창력에 미모까지 출중

하면 여러 면에서 유리하다. 그러나 그보다 중요한 건 개성이 있는 사람, 혹은 못나도 호감가게 생긴 얼굴이어야 한다는 것!

가수가 되기 위한 필요충분 조건

음악에 대한 사랑

음악에 대한 소질의 여부를 떠나서 음악 그 자체를 사랑하는 사람이어야 한다. 음악 없이는 살 수 없을 정도로 음악의 매력에 사로잡힌 사람들은 평소에는 흐릿하고 다소 둔해보이다가도 자신이 좋아하는 가수나 음악 이야기가 나오면 눈빛부터 달라진다. 그런 사람들의 특징은 음악에 관한 모든 것에는 온몸을 던져 미친 듯이 몰두한다는 것이다.

음악을 하는 순간이 다른 어느 때보다 행복한 사람들이기에 연습에 임하는 자세도 남다르다. 평범한 사람들과 전생부터 뭔가 다르지 않다면 저렇게 열중해서 할 수 있을까 의심이 들 만큼 음악적 몰입을 깊이 하는 사람들이다. 이미 생활 속에 음악과 함께 호흡하고 즐기는 자세가 배어 있다.

세상이 인정하는 유명한 가수부터 앨범 한 번 내지 못한 언더그라운드 밴드에 이르기까지 많은 가수들 중에는 본격적으로 음악을 선택한 뒤에는 모든 것을 포기하고 인생 전부를 음악에 건 사람들이 많다.

그들은 유명세와 상관없이 단지 음악을 사랑하는 마음에서 가수로 불리기를 원한다. 세상에는 음악을 사랑하는 사람들이 너무나 많다. 홍대 클럽을 돌아다녀 보면 아무런 보수 없이 그저 음악이 좋아서, 그저 음악을 연주하고 싶어서 밤낮을 연습에 매진하는 젊은 친구들을 많이 보게 된다. 이렇게 음악을 사랑하는 사람이 부지기수인데 단지 화려하다는 이유만으로 가수를 선택하겠다는 생각은 위험천만한 사고일 수밖에 없다.

음악에 대한 열정과 자질, 그리고 가창력

이 두 가지는 가수로서 가장 절실히 요구되며 가장 기본적인 요소라고 할 수 있다. 가수는 다른 연예계 분야보다 타고난 재능을 우선한다. 선천적인 목소리와 타고난 감성을 기본적으로 지니고 있어야 한다. 그리고 그 특별한 자질 위에 음악을 미친 듯이 사랑하는 열정과 자기 노력이 뒷받침 되어야 하는 것이다.

음악적 편식은 금물!

아무리 좋은 음악이 있다고 해도 한 가지 음악만을 주구장창 고집하는 가수가 있다면 그는 조만간 '항상 비슷비슷한 노래로 제자리만 빙빙 도는, 그저 그런 가수'라는 혹평을 받게 될 것이고 더 나아가 매너리즘에 빠지게 된다. 오랜 기간

튼튼한 생명력을 유지하는 가수가 되려면 다양한 장르를 공부하고 여러 가지를 시도해 보면서 자신만의 창법을 만들기 위한 노력을 해야 한다. 그러면서 자기에게 맞는 음악을 알아가고 대중과 자신과의 중간 지점을 찾는 것이다. 이런 노력을 지치지 않고 얼마나 오래 계속 하느냐가 중요하다. 그러한 정성이 없으면 결국 도태되고 마는 것이다.

자신만의 음악세계를 무기로!

가수에게 음악적인 남다른 세계가 없고 음악에 대한 이해나 능력이 부족하다면 결국 작곡가의 지시에 무조건 따라 가게 된다. 가수가 작곡, 편곡 이론 공부부터 악기를 자유자재로 다루거나 악보 보는 법 등 다양한 음악 공부를 해야 하는 이유는 음악적인 무기를 만들기 위해서이다.

가수가 음악을 이해하지 못하고 남의 손에 이끌려 운 좋게 걸린 히트 곡으로 사랑을 받고 있다면 항상 비슷한 색깔의 노래만 불러서 대중들이 외면하든가, 자신의 음색과 어울리지도 않는 다른 작곡가를 만나 불협화음을 연주하는 결과를 초래하게 된다. 자기 세계를 만들고 자기만의 색깔을 연출하고 싶으면 음악 공부를 충실히 해두는 것이 좋다.

이처럼 무엇보다 가수가 되려면 데뷔하기 전에 작사, 작곡 등 음악 공부를 다양하고 치열하게 해야 한다. 음악 이외에 앨범 제작과 뮤직 비디오, 홍보 등은 매니지먼트사에서 충분히 도와줄 수 있는 부분이다. 그런

음악적인 고민과 실력 없이 기획사가 알아서 가수로 만들어 주기만 바란
다면 절대 자기만의 칼라를 가질 수 없다.

노력조차 못한다면 차라리 포기해라!

앞의 네 가지 요소들 중 하나라도 '죽었다 깨나도 못 하겠다.'고 생
각되는 것이 있다면 가수는 깨끗이 포기하는 편이 차라리 낫
다. 저들 요소 중 무엇보다 중요한 것은 가창력. 특히 평균보
다 가창력이 떨어진다고 생각되면 아예 가수는 시도도 하지 마
라. 또한 가수에게 가창력 못지않게 중요한 것은 호소력이다.
만일 감성적인 호소력이 떨어진다면 전문가들이 보완은 해줄 수 있지
만 있지도 않은 호소력을 만들어 줄 수는 없다. 타고난 목소리 역시 중
요해서 목소리가 나쁘다면 아무리 훈련을 한다 해도 변하지 않는다.

가수로서 필요한 자질이 넘치고, 뛰어나게 잘해도 힘든 마당에 아무런 경쟁력
도 없다면 가수에 대한 욕심을 깨끗이 접고 다른 분야를 선택하는 것이 현명하다.

수업 3 가수가 되기 위한 실전대비

미래의 가능성을 믿고 과감히 시작하라

요즘은 가수 데뷔 연령이 많이 낮아져서 가수가 되기 위해서는 어

릴 때부터 연습을 하며 갈고 닦아야 한다. 음악을 시작하는 시기는 빠를수록 좋고 꾸준히 할수록 좋다. 그리고 무엇보다 어릴 때는 그 당시의 재능을 믿기보다 앞으로의 가능성을 믿고 시작해야 한다.

과연 어느 정도 재능이 있어야 가수가 될 수 있나 궁금하겠지만 어릴 때는 미래의 가능성만 보고 투자를 하는 것이다. 어릴 때의 가능성은 무궁무진해서 수치로 잴 수 없다.

가수는 재능이 없으면 불가능한 분야지만 어린 나이에 이를 판단하는 것은 쉬운 일이 아니다. 스스로 가수가 될 수 있다고 생각했다면 일단 시작부터 해라. 예체능은 이렇듯 계속 도전하고 끊임없이 부딪혀서 경험으로 쌓는 분야이다.

하지만 안타까운 것은 부모가 지레짐작으로 아이의 재능을 판단해서 가능성도 점쳐보지 않고 포기시키는 경우가 대부분이라는 사실이다. 아무리 부모라고 해도 가능성을 미리 판단 할 수는 없다. 그 판단은 아주 먼 훗날 마지막으로 대중이 하는 것이다.

그래서 부모의 역할은 다른 예체능 분야 보다 경쟁률이 훨씬 더 치열한 연예계가 현실적으로 얼마나 힘든지 알려주고 격려하고 보호하며 현재의 재능을 미래의 가능성으로 키워주는 것이다.

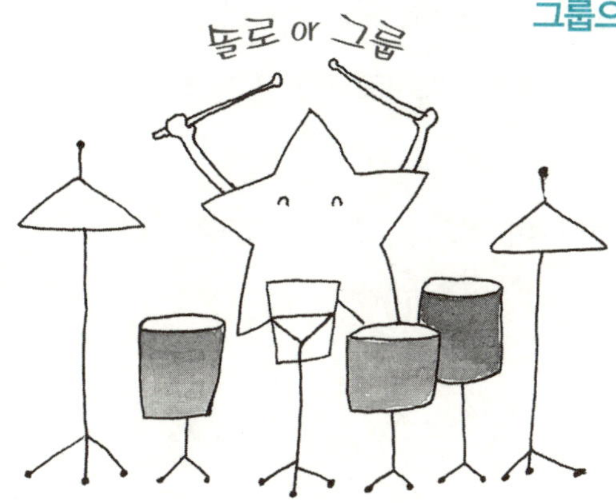

그룹으로 시작하는 것이 유리하다

어린 연령대의 지망생에게는 그룹이나 밴드를 만들어서 끼리끼리 연습하라고 권하고 싶다. 기초적인 지식이 모자라면 음악 동호회 등에 가입해 선배들로부터 차근차근 배우는 것도 좋다.

밴드를 만들 때 중요한 것은 바로 자신과 맞는 멤버들을 구성하는 것. 좋은 멤버를 만났다면 그 자체만으로도 성공이다. 함께 어울리다 보면 멤버들 간에 의견충돌이 나기도 쉽고 자기만의 고집을 주장하기는 어렵다. 하지만 밴드나 그룹에서 교류를 통해서 이뤄지는 관계는 훗날 음악적인 성장에 큰 도움을 준다.

밴드의 장점은 여러 사람이 힘을 모아 음악을 완성해 나가는 과정을 통해 자신의 음악 세계도 함께 클 수 있다는 점이다. 그리고 자체 인력만으로 공연이 가능하다는 것도 밴드의 장점 중 하나다.

멤버들끼리 꾸준히 연습하고 서로 음악적인 조언과 교류를 멈추지 마라. 세계적인 추세 역시 점점 보이 밴드 등 그룹을 선호하고 있다. 외국 밴드의 경우를 보면 신인이 데뷔하기 전에 밴드 멤버끼리 곡을 만드는 능력을 충분히 갖추고 이미 음악성이 무르익은 상태에서 출발하는 경우가 많다.

하지만 그룹에 속해 있으면서 결코 잊지 말아야 할 것은 자신만의 색을 만드는 노력을 게을리 하면 안 된다는 것이다. 밴드에만 너무 의존하지 말고 자기계발도 부지런히 해야 한다. 밴드 내에서도 자기 음악을 할 수 있어야 한다.

미디를 배운다든지 녹음도 많이 해보며 음악을 편식하지 말고 다양하게 시도하라.

크고 작은 공연으로 내공을 쌓아라!

가수는 일반 회사원으로 치면 무대가 곧 근무처이기도 하니 무대에 서서 공연을 하는 것이 무엇보다 중요하다. 공연도 운전처럼 자꾸 해 봐야 는다. 학예회도 좋고 수학여행이나 학교 행사의 장기 자랑, 양로원의 위문 잔치도 좋다. 규모는 중요치 않다. 다양한 무대에서 공연하며 대중기피증이나 무대 공포증을 극복하는 것이 좋다. 데모 테이프나 CD를 만들어 보고 다양한 언더그라운드 무대에 서 보면서 무대 경험을 익혀라.

물론 공연을 할 수 있는 장소, 시간, 장비 등 모든 것이 부족하고 어려운 것투성이일 것이다. 하지만 그것은 음악을 하기 위한 단순한 수단일 뿐, 환경은 중요하지 않다. 가슴 속에 음악에 대한 열정만 있다면 동네 뒷골목이라도 언제든지 공연은 펼칠 수 있다. 그리고 음악을 사랑하는 자들은 하고자 하는 의지만 있다면 어디서 노래를 부르건 그것을 불행하다고 생각하지 않는다.

작고 큰 무대 경험은 가수에게 보석 같이 소중한 경험이 된다. 대중 앞에 자신을 내보이는 경험 하나하나가 양분이 되고 대중을 좀 더 이해하고 바라볼 수 있는 과정이 되는 것이다.

내가 부족하다고 생각할수록 무조건 남 앞에 서서 평가를 받아봐야 한다. 경험 부족으로 인한 두려움은 많이 겪고 많이 해보는 것만이 약이 된다. 하지만 만약 대중에게 진짜로 보여줄 기회가 생긴다면 그때는 완성되지 않은 상태에서는 결코 나서지 마라. 세상을 놀라게 하지 못한다면 자신의 인생도 놀라게 하지 못한다.

음악적인 개성은 스스로 깨달아라

가수는 음악적인 특징 즉, 강한 음악적 개성을 가지는 것이 무엇보다 중요하다. 그러려면 어릴 때 전문적인 훈련을 받기보다 자유롭고 폭 넓게 음악 공부를 하며 다양한 시도를 해 보는 것이 좋다. 어릴 때부터 가수 데뷔만을 목적으로 지나치게 전문적인 훈련만 받으면 자기만의 색깔과 개성이 없어 질 수 있다. 개성이 없으면 대중도 쉽게 질리게 된다.

본격적인 데뷔 전에는 동호회나 밴드에서 친구들과 음악을 익히고 즐기는 것으로 충분하다. 처음에는 많은 지망생들이 무조건 노래와 춤이 좋아 음악을 시작하게 된다. 그러다 꾸준히 음악을 알아가는 과정 속에서 스스로 재능을 깨달게 된다. 음악에 대한 열정과 의욕이 없으면 연습도 즐겁지 않다. 더 이상 음악적인 발전이 없으면 자연스럽게 포기하게 된다. 반면 도전을 거듭해서 좋은 결과가 나올 때까지 스스로 싸우는 사람은 자질이 있는 것이다.

힘들면 잠시 울고 다시 일어나라. 지겨우면 쉬었다가 다시 붙잡아라. 고통스러워도 포기하지 않고 꾸준히 할 수 있다면 이것도 좋은 재능이다. 그러다 내가 하고 싶은 분야가 뚜렷해지고 음악에 깊이가 생기면 누가 시키지 않아도 저절로 공부하게 된다. 이렇게 음악을 스스로 깨닫는 것이 가수의 개성으로 나타나는 것이다.

대중의 감정을 헤아릴 수 있는 가수가 사람을 감동시킬 수 있다

가수에게는 테크닉과 가창력만큼 중요한 것이 또 하나 있다. 그것은 대중을 감동시킬 수 있는 호소력이다. 가수의 목소리 색, 톤은 부수적인 것. 그보다 그의 목소리를 통해서 얼마만큼의 감동이 전해지느냐가 더 중요하다. 과연 어떻게 해야 사람을 감동시킬 수 있는가? 가슴으로 온 마음을 담아 노래를 하면 반드시 진심이 전해지기 마련이다.

그렇게 감동을 주는 가수가 되려면, 무엇보다 대중의 마음을 헤아릴 줄 알아야 한다. 대중의 감성을 이해하지 못하면 대중가수로는 부적격이다. 대중의 모습이 바로 자신임을 깨닫고 대중의 아픔, 슬픔을 음악으로 대신 위로해 줄 수 있어야 대중가수로서 가치가 있는 것이다.

그러한 감각을 키우려면 많은 경험을 해 보며 인간이란 무엇인지 많이 고뇌하고 느끼는 것이 중요하다. 인간의 마음을 흔들 수 있는 감성을 길러라. 감성적인 호소력은 결국 자기 안에서 나온다. 산책, 독서, 사색, 여행 등을 통해 감수성을 꾸준히 기르면, 언젠가는 나의 음악에 감성이 반영된다.

절대 나 혼자만이 아닌 대중의 감성을 이해하도록 노력해라. 대중과 함께 호흡하면서 대중의 눈물과 웃음을 이해하고 대화할 수 있는 큰 사람이 되어야 한다.

대중이라고 이름 붙여진 거대 집단이지만 결국은 그들도 하나의 약한 인간이다. 대중은 계산하지 않는다. 대중은 사람이기에 감동할 줄 알고 눈물을 흘릴 줄 안다. 가수가 가슴으로 눈물을 흘린다면 대중도 눈물을 흘릴 것이다.

가수는 자신을 한없이 낮다고 생각해야 한다. 그래야 대중을 이해할 수 있다. 가수는 분명 화려한 직업이지만 자신을 화려하게만 생각한다면 절대로 좋은 음악인이 될 수 없다. 가수는 키를 낮추고 대중에게 고개를 숙여야 한다. 겸허하게 그들에게 귀를 기울여야 한다. 가수는 대중의 마음을 읽어주는 대변자이기 때문이다.

데뷔는 주로 데모와 오디션을 통해서

서서히 데뷔 준비를 할 시기가 되면 데모를 만들고 꾸준히 오디션에 응시할 채비를 하라. 가수의 보편적인 데뷔 방법은 두 가지가 있는데 첫 번째, 자기 목소리에 맞는 곡으로 데모 테이프나 CD를 만들어 음반사에 보내는 방법과 두 번째, 오디션에 응시해 현장에서 전문가들의 판단을 받는 것이 있다.

가수는 타고난 재능이 중요하기 때문에 전문가들은 데모만 듣고도 훈련되지 않은 그의 목소리가 가능성이 있는지 없는지 바로 알 수 있다. 그리고 현재는 오디션도 대부분 1차적인 데모 심사를 하기 때문에 데모를 잘 만드는 것이 매우 중요하다.

가장 좋은 데모는 단 한 곡이라도 자신의 감성이 묻어 있고 음악적인 개성이 잘 살아난 것이다. 즉, 일반 면접으로 치면 노래로 만든 자기소개서라고 보면 된다. 그래서 데모를 만들기에 앞서 반드시 자기 음역이 얼마나 올라가는지 체크하고 어떤 장르의 음악에 맞는지 다양한 분석을 해야 한다.

또한 데모도 엄연한 하나의 음반이므로 정성을 들여 자신을 프로듀싱해야 한다. 따라서 데모를 만들 때 자신만의 색을 돋보일 수 있게 할 테크니션의 조언이 있다면 더 좋은 결과를 얻을 수 있다.

그렇게 첫 번째 데모가 만들어지면 결과에 대해 자만할 필요도 실망할 필요도 없다. 데모는 데모일 뿐이다. 자신을 다 표출하지 못했다고 생각되면 또 도전하면 된다. 데모도 많이 만들어 보면 점점 더 결과가 좋아진다.

데모를 만들 때 가장 유리한 무기 중 하나는 작곡, 작사, 편곡 등 모든 것을 자신이 혼자 이룰 수 있는 음악적 능력이 묻어나야 한다는 것이다. 특히 스스로 작곡할 수 있다면 자기 스타일에 맞는 곡을 만들 수 있어 무엇보다 유리하다. 그래서 가수도 작곡 능력을 기르면 좋은 것이다. 자기 작곡 능력이 있다면 자작곡으로 데모를 만들고, 그렇지 않다면 자신의 실력을 알리기 가장 좋은 곡을 선별하면 된다.

이런 과정을 통해 만들어진 데모를 들고 제작사, 기획사를 방문하는 것이 다음 단계. 하지만 가수가 되는 데 있어 데모만으로 당락이 좌지우지 되는 것은 아니다. 라이브 실력도 함께 키워 언제든지 누구 앞에서든 노래를 부를 수 있는 실력을 지녀야 한다. 그밖에 꼭 기획사가 아니어도 자기가 좋아하는 음악인이 진행하는 라디오 프로그램에 보내는 것도 좋은 방법이다. 적극적으로 뛰어다니면 길은 보인다.

데모가 통과되면 다음으로 오디션 기회가 주어진다. 오디션을 보고 나면 그 자리에서 심사 위원들의 평가를 들어라. 오디션에서는 소심한 태도를 버리고 적극적인 자세를 보이는 것이 중요하다. 재능이 있고 음악을 하고 싶다면 반드시 나를 알아주는 사람이 생긴다. 나와 내 음악에 동조자가 생기고 조력자가 생기면 큰 힘이 된다.

연기+노래+댄스 All OK? 멀티 플레이어는 무조건 OK??

가요계에서 연기+노래+댄스 등 다양한 재능을 선보이는 멀티 플레이어가 각광받고 있다. 그러나 멀티 플레이어 풍조를 대비해서 연기, 노래, 춤 등 모든 요소를 미리부터 갖추려는 생각은 버려라. 가요계에 경쟁자가 얼마나 많고 분야도 얼마나 많은가? 그보다 내가 진출할 분야를 먼저 정하고 그 분야에 집중할 것을 권한다. 데뷔하고 난 후 기회가 생긴다면 다른 분야를 경험해 보는 것도 좋다. 다만 미리 준비해서 가야 한다는 것을 명심하라. 단단히 마음먹고 실력을 쌓은 후 다른 분야로 진출해야 한다. 어설픈 실력으로 영역 넘보기를 하는 것은 생명력을 크게 단축시킬 뿐이다.

요즘 가수는 창조된다??

흔히 요즘은 '가수는 만들어지는 것'이라는 말을 많이 한다. 그러나 가수는 선천적인 재능을 갖췄다는 조건에서부터 출발한다. 기본적으로 재능이 뛰어난 사람이 노력해서 갈고 닦으면 그 다음을 전문가들이 보완해주는 것일 뿐, 아무 것도 없는 맨 바탕에 기획과 훈련으로 모든 것이 그려지는 것은 아니다. 아무리 유능하고 천재적인 전문가라도 재능이 부족한 사람을 가수로 키울 수는 없다. 설사 억지로 가수로 만들어도 대중에게 선택받기는 힘들다.

어느 정도 재능이 있다고 인정받은 가수 지망생이 외부 기획사에 스카우트되면 그때는 본격적이고 전문적인 교육을 받게 된다. 각 기획사마다 방법은 다르지만 연습생의 나이와 성별에 맞게 보컬 훈련을 하고 테크닉, 창법, 춤, 개인기 등 특화된 교육을 시키게 된다.

가수로 만든다는 말은 가수마다 각자 가진 음색, 가창력, 음악성을 만든다는 말이 아니다. 음악적인 부분에서는 음역, 감정 처리 등 테크닉적인 부분에 대한 조언, 최대한 가수의 특성을 잘 발휘할 수 있도록 도움을 주는 정도를 말한다.

작곡을 할 때 그 가수가 고음을 잘 내면 폭 넓은 음역을 강조해주고 미성이 특징이라면 곱고 맑은 목소리가 돋보일 수 있는 곡을 선택해주는 정도의 부분적인 도움이지 전문가가 전부 만들어 주는 것이 아니다.

다듬는 차원에서 여러 분야의 전문가가 도움을 주게 되지만 음악 공부는 자신이 혼자 감당해야 하는 길고 외로운 싸움이다. 남보다 앞서기 위해, 남보다 새로운 것을 보여주기 위해 전문가의 도움을 받지만 전적인 도움이 아니라 부분적인 것으로 그친다.

차라리 약간 서툴러도 가수 스스로가 자기만의 색을 찾기 위해 고뇌하는 것이 모든 것을 의존하려는 가수보다 성장 속도가 빠르다. 전문가들의 도움에 지나치게 의지하면 자기만의 개성이 사라질 수도 있기 때문이다. 전문가는 옆에서 지켜보고 조언 한 마디 해주는 정도가 바람직하다.

그 다음으로 기획사의 도움을 많이 받는 분야가 바로 마케팅이다. 가수는 특히 다른 분야에 비해 비주얼적인 면이 강하고 환상적인 이미지를 만들어야 하므로 마케팅이 강력한 위력을 발휘하게 된다. 그러나 이러한 부분도 자기만의 뚜렷한 개성을 가지고 있어야 전문가들이 이를 대중에게 어필할 수 있도록 다듬어 줄 수 있다.

학교 갈까?

대학으로의 진학은 많은 음악인을 만날 수 있는 기회가 된다. 대학의 음악 관련학과 (실용, 응용 음악과)를 전공하는 것은 실질적인 음악 공부에 많은 도움이 된다. 음악에 대한 자기 주관을 갖고 좋은 스승의 조언을 들으며 부족하다고 생각하는 부분을 열심히 배워라. 좋은 트레이너가 있으면 더 좋은 결과를 가져올 수 있다.

열린 마음을 가지고 충고를 새겨들어라. 하지만 중요한 것은 스스로의 노력이다. 열심히 배우더라도 교수님, 선배 등 스승에게만 의존하지 말고 조언을 참고해 내 음악 세계를 완성하는 노력을 꾸준히 해야 한다. 전공을 하더라도 실력을 갖추는 것은 오직 본인의 노력 여하에 따른 것이다.

이러한 음악 관련 학과에 진학하지 못한다고 해도 실망할 필요는 없다. 설사 음악과 무관한 학과에 진학한다고 해도 학교생활을 하다 보면 음악을 사랑하는 친구를 만날 수 있고 그룹이나 동호회, 가요제 등 음악의 기회를 접할 수단은 무궁무진하기 때문이다.

대학 진학을 염두에 두고 있다면 지방보다 서울로 진출하는 것이 유리하다. 지방 4년제 대학보다 서울 2년제 대학에 진학하는 것이 치열한 경쟁을 뚫기에 수월하다. 직접적으로 데뷔할 수 있는 기회를 많이 접할 수 있는 곳이 바로 서울이기 때문이다.

입시 준비는 이렇게!

대학의 음악 관련학과 입시 준비는 시험에 관련된 사항을 집중적으로 공부하는 것으로부터 시작된다. 기본적으로 학교 입시는 음악을 하려는 학생의 전반적인 기본 소양을 본다. 악기 다루기 등의 기본적인 음악 소양을 보고 가능성이 있는 학생, 학교의 성격과 맞는 학생을 1차적으로 선별한다. 학교에 따라 이론과 실기 중 실기만 치르는 학교도 있고 점수 비중도 각각 다르니 지원하고자 하는 학교의 입시 경향에 대해 치밀하게 연구하고 대비하는 노력이 반드시 필요하다.

학원 갈까?

반드시 학교를 통하지 않고도 가수를 양성하는 사회 문화원, 학원을 선택해 공부를 하는 방법도 있다. 입시가 있는 학교와 달리 이와 같은 2차적인 교육기관은 다소 문턱이 낮다.

그리고 어느 곳이든 음악에 대한 기본 교육은 받을 수 있지만 음악 공부는 결국 자기 스스로 하는 것이다. 교육 기관을 다닌다는 자체만으로 얻어지는 것은 극히 적다. 스승과 동료를 통해 자극받고 스스로 깨닫고 노력하는 자세가 반드시 필요하다. 그러다 보면 사람 보는 눈도 생긴다. 그러한 노력이 없으면 아무리 일류 교육진의 지도 하에 공부한다고 해도 자기 실력을 쌓는데 아무 도움이 되질 않는다.

수업 6 최고 카리스마에 반비례하는 최저 수입?

빈수레가 요란하다! 가수 수입!

연예계가 대부분 그렇지만, 가수들의 경우가 특히 빈익빈 부익부 현상이 극심하다. 일부 인기 가수들은 엄청난 고소득을 올리지만, 가수 중에는 음악 활동만으로는 생계유지가 안 될 정도로 수입이 없는 사람도 많다. 가수의 주 수입원은 음반 판매인데, 요 몇 년 사이 MP3 음악 불법 다운로드 파동으로 음반 시장이 얼어붙으면서, 가요계는 경제적으로 엄청난 치명타를 입었다.

음악 활동 외에 가수의 다른 수입원은 인기가 한창일 때 광고를 찍는 정도이다. 가수에게 방송 출연료는 전혀 의미가 없다. 방송 출연료로 보면 톱 탤런트는 회당 100~200만원 선이며 톱 개그맨은

600만원 선인데 비해, 아무리 톱 가수라 하더라도 그들의 출연료는 30만원 선밖에 되지 않는다. 가수의 방송 출연은 앨범, 노래 홍보로 여겨지기 때문이다.

오락 프로에 게스트로 나오거나 연기로 전향을 하면 수입은 그나마 조금은 괜찮아진다. 아직 대한민국에서 가수가 음악만으로 먹고 살기는 힘들다. 라이브 공연 문화도 한국은 아직 활성화 되어 있지 않다.

그래서 인기나 명예는 가장 높지만 수입적인 측면에서는 아주 불리한 직업이 가수이기도 하다. 가요계의 불황이라는 말이 그저 엄살로 하는 말은 아니다. 음반 판매율은 날로 떨어져 아무리 잘 나가는 가수라 해도 10만 장을 못 넘긴다. 현재 가수들은 가장 힘든 인생의 고비를 맞고 있다.

가수들의 치명타! MP3 불법 음악 다운로드

현직 가수들의 가장 큰 고충은 MP3 등 무료 음악 다운로드로 인한 음반 판매 감소로 직업의 경쟁력이 떨어진다는 것이다. 현 상황은 상당히 충격적일 정도다. 이 상황을 극복하기 위한 해결책은 저작권을 인정하는 대중들의 마인드이다. 많은 돈을 들여 만든 음반은 공짜음악에 비해 비싸다는 이유로 외면받고 있으니 가수들이 정작 음반을 제작하는 데 주저하며 고민만 하고 있는 것이 현실이다.

가수가 순수하게 음반만으로 수입을 얻고 자신의 음악 발전을 위해 재투자하고 노래로써 승부하게 하는 일, 이젠 대중들의 몫으로 남았다.

대한민국에서 가수로 산다는 것

가수는 음악인인가? 연예인인가? 외국에서 가수는 분명히 음악인으로 인정받는다. 허나, 대한민국 음악계에서 가수는 연예인으로서의 역할을 유난히 많이 요구받는다. 외국 가수는 뮤지션 대접을 받길 원해, 음악 활동 외에 토크 쇼에 출연하는 것을 매우 꺼려한다고 한다.

하지만, 음악인으로서만은 설 곳이 없는 한국의 가요계 현실이 너무 안타깝다. 음반 시장이 작은 데다 근래 MP3 직격탄을 맞는 바람에 더 한 악조건 속에 처하게 되었다. 본래 방송에 가수가 출연하는 것은 앨범 홍보를 하기 위해서였다. 방송 자체는 서브이고 음반 판매가 주목적이었는데, 이제는 방송 출연이 메인이 되어 버렸다. 오히려, 노래가 인기를 좀 끌게 되면, 그 인기를 등에 업고, 연기와 같은 다른 분야를 선택하는 가수들도 늘고 있다. 요즘, 많은 인기 가수들이 가수에서 연기자로 변신한 것도 바로 이러한 현실적 이유 때문이다.

수업 7   가수, 그들의 생활 패턴은?

활동기 전력질주! 휴식기 질주준비!

가수의 일상생활도 연기자와 마찬가지로 활동기와 휴식기로 나눌 수 있다. **활동기의 스케줄은 가히 살인적이다.** 앨범이 나오면 홍보 활동을 필두

 그리고 다시 다음 앨범 제작을 위해 3개월 정도를 쉰다. 흔히 가수들은 마지막 무대에서 다음 앨범을 위해 잠시 쉬겠다는 이야기를 많이 한다.

이들은 휴식기 동안, 여행 등을 하면서 새로운 것을 접하는 기회를 많이 갖는다. 그저 휴가를 내서 해외로 놀러 다니는 것으로만 오해하는 사람들이 많은데, 이런 휴식기가 가수에게는 필수적이다. 가수들은 휴식기 동안 음악감상, 외국 음반 수집, 해외 시장 트렌드 분석 등을 하며 음악 공부를 한다. 또 틈틈이 춤을 연습하며 스타일을 만드는 것도 잊지 않는다.

 그러다가, 곡이 결정되면, 이를 두고 여론 조사를 해보고 자신에게 잘 안 맞거나 반응이 안 좋을 시엔, 포기하고 다른 곡을 시도한다.

그래서 어떤 가수는 앨범 한 장을 낸 후, 다시 대중 앞에 서기까지 몇 년을 고심하기도 한다. 또 자신의 활동 시기에 다른 라이벌 가수가 나온다는 정보를 입수

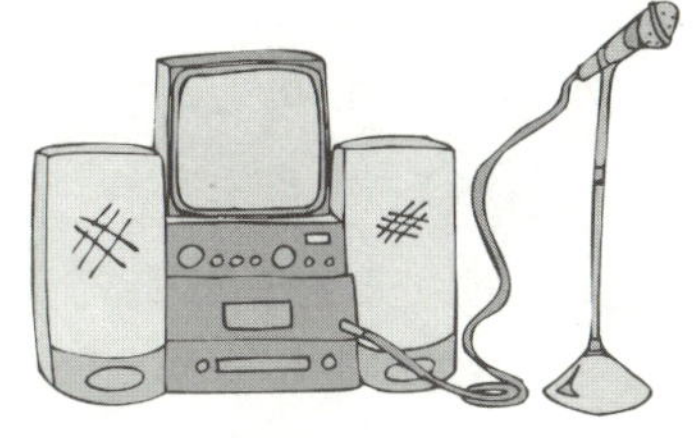

하면, 활동 재개시기를 겹치지 않게 조정한다. 이런 전략은 기획부터 실행까지 치밀하게 세워진다.

활동이 재개되면 어떤 프로에 출연할지, 콘서트를 할지, 방송 위주로 활동할지 등의 철저한 전략을 세우는 것도 가수와 기획사가 함께 고민할 몫이다. 이렇게 활동기 동안에는 전력을 다해 활동하고 휴식기에는 다음 활동기를 위한 준비를 하는 것이 가수들의 주 패턴이라고 볼 수 있다.

처음에는 곡을 전문가에게 받기만 하던 가수들도 활동을 계속하다 보면, 자신에게 좀 더 잘 맞는 곡을 찾는 과정에서, 결국은 스스로 작사, 작곡을 하게 되는 경우도 많다. 일반 직업처럼 빠르고 체계적으로 습득할 수 있는 교육과정이 없는 관계로, 가수들은 필드에서 활동하면서 서서히 자기에게 맞는 음악을 찾아가고 스스로 만들게 되는 것이다. 이런 과정을 통해 전문적인 작곡가가 되는 가수도 많다. 후일 이런 가수들은 은퇴 후 제작자로 변신하기도 한다.

보너스 가수에 대해 더 궁금한 것들!

Q 요즘은 가수가 노래만 하는 게 아니라 연기 분야에서까지 자신의 개성과 매력을 내세우기도 한다. 이런 현상을 어떻게 봐야 하나?

A 대한민국 현실 상 생업인 노래만 하기에는 음반 시장이 너무 열악하기 때문에 가수들의 타 분야로의 전향은 본업보다 짭짤한 부수입을 얻을 수 있는 좋은 기회가 될 수 있다. 하지만 어설픈 전향은 그 가수 혼자 비난과 질책을 모두 짊어져야 하

기 때문에 위험수위가 매우 높다.

간혹 인기가수가 덜컥 드라마의 주연을 맡았다가 연기력 부족으로 많은 질타를 받는 경우를 볼 수 있다. 그러나 그 속을 들여다보면, 실질적인 책임은 가수 당사자에게는 없다. 소위 '떴다' 하는 연예인 주위에는 바람을 불어넣는 제작자들이 달라붙기 마련이다. 허나, 대중들에게 직접적인 질책을 당하는 것은 결국 가수 본인이다. 때문에 타 분야로 가려면, 정말로 충분히 연습하고 준비해야 한다.

Q 좋은 가수란 남녀노소 모두가 좋아하는 '국민 가수'를 말하나?

A 국민가수, 유행가수와 같은 타이틀들은 언론이 구색에 맞게 갖다 붙인 것이다. 즉, 이는 홍보 전략으로 둘러 붙이는 즉흥적인 타이틀에 불과하며 방송국에서 상업성으로 만들어낸 전혀 의미 없는 왕관이다. 국민가수가 대체 무엇인가? 조용필이 국민가수인가? 10대들은 조용필에 관심이 없다. 조용필을 알지도 못하는 10대가 더 많다. 그럼 10대에게 가장 인기 있는 그룹 '동방신기'는 왜 국민가수라 칭하지 않는가? 동방신기가 10대만 좋아하는 10대밖에 모르는 댄스 그룹이라서? 그럼 10대는 대한민국 국민이 아니라는 소린가? 국민가수니 뭐니 이런 말은 기성세대가 갖다 붙인 껍데기이다. 이런 아무 짝에도 쓸데없는 '국민가수'라는 라벨에 집착하지 말라.

철저한 기획 프로젝트의 산물

이제 가수도 장기간에 걸친 철저한 기획 프로젝트의 산물로 탄생한다. 오랜 기간 타깃 시장을 조사하여 대중 기호에 맞게 트레이닝을 시키고 이미지를 부여하여 데뷔시킨다. SM의 보아가 그 첫 번째 테이프를 끊었으며, 동방신기는 각자 개인적인 끼와 기획이 부합하여 10대의 우상으로 떠올랐다. 이 같은 현상은 다른 기획사에서도 마찬가지로, 인재 발굴에서 가수 데뷔까지 철저한 기획 하에, 장기간에 걸쳐 추진함으로써 톱 브랜드로 성공할 가능성을 높이고 있다. 세계적인 가수로 거듭난 보아의 경우 역시 6년 동안의 훈련을 통해 이루어낸 성과다. 그러나 보아라는 인물의 선천적인 재능을 밑바탕으로 성장한 결과이지, 존재하지 않는 끼들을 억지로 주입시킨 것은 아니다.

3. 웃음을 주는 사람들

개그맨

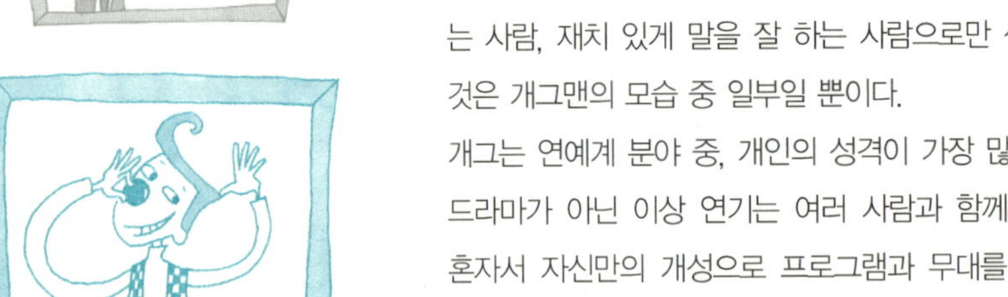

사람들에게 웃음을 주는 개그맨. 대중은 흔히 개그맨을 남을 웃기는 사람, 재치 있게 말을 잘 하는 사람으로만 생각한다. 허나, 그것은 개그맨의 모습 중 일부일 뿐이다.

개그는 연예계 분야 중, 개인의 성격이 가장 많이 드러난다. 모노드라마가 아닌 이상 연기는 여러 사람과 함께 하지만, 개그맨은 혼자서 자신만의 개성으로 프로그램과 무대를 휘어잡는다. 개그맨 역시 가수와는 다른 이미지로 프로그램을 장악하는 카리스마가 매우 강하다.

개그맨은 '복 받은 사람들'?!

'개그맨'이라는 직업이 가진 가장 큰 매력은 웃음을 만들어내는 일을 한다는 것이다. 웃으면서 일할 수 있는 것만큼 좋은 직업은 없다. 하루에 다섯 번 이상 웃으면 암도 사라진다고 하는데, 개그맨들은 웃음을 연구하는 사람들이라 그런지 눈가의 주름도 흉하지 않고 아름다워 보인다. 항상 밝게 웃으니 성격도 좋아 보이고, 사고방식이 매사에 긍정적이고 낙천적이니 그것만큼 건강에 좋은 것도 없다. 그래서 방송가에서는 이들 개그맨들을 복 받은 사람이라 부르고 있다.

혼자 북 치고 장구 치고~!! – 무대의 99%를 혼자 책임지는 퍼스널리티 쇼

연예계 여러 분야 중에서도 자기 고유의 개성을 가장 강력한 무기로 만들 수 있는 분야가 바로 '개그' 분야이다. 개그맨은 작가의 창조력과 더불어, 프로그램에 대한 장악력, 즉 카리스마를 기본적으로 지니고 있어야 한다. 개그맨은 인물 하나하나마다 개성이 넘치기 때문에 특별한 재능을 발휘하지 않아도, 시청자들은 그들에게서 웃음을 먼저 떠올린다.

때문에 개그맨들이 자신의 이미지를 더럽히거나 한 번 실수로 호감

을 잃게 되면, 아무리 천재적인 재능으로 웃음을 유발하려고 해도 시청자들에게 외면당하기 일쑤다. 그래서 개그를 개성을 보여주는 퍼스널리티 쇼라고 부른다.

코미디 프로에서는 작가, 피디의 역할이 그다지 크지 않다. 99% 개그맨의 재능으로 쇼를 이끌어갈 정도로 개그맨의 비중이 크다. 드라마의 경우는 대본을 먼저 쓰고 그에 맞는 역할을 캐스팅 하지만, 개그는 개그맨을 먼저 캐스팅한 뒤에 콘티를 짠다. 연극도 같은 라이브 무대지만, 공동 작업으로 같이 하는 것이라 작가나 배우, 연출자의 비중이 비슷하다. 허나 개그맨은 혼자 무대의 모든 것을 책임져야 한다.

MC와 정통개그의 두 마리 토끼, 그까이꺼 다 잡아버리지 뭐!

개그맨은 기본적으로 입담이 좋기 때문에 두 가지 포지션으로의 변신이 자유롭다. 콘티를 짜서 개그 연기를 할 수도 있고 오락 프로그램의 MC를 할 수도 있다. 이 두 가지 중에서 앞으로 더욱 활약이 커질 분야는 바로 MC. 어떤 프로그램이든 MC가 없는 프로는 없다. 또한 요즘 경향으로는 교양 프로그램마저도 엔터테인먼트적인 요소가 가미된 것들이 많아서 MC에게 재치 있는 입담과 활기찬 진행을 요구하고 있다. 그래서 웃음을 아는 MC는 그만큼 방송계에서 몸값이 비싸지고 가치가 올라간다. 웃음을 만

들기 위해서는 웃음을 알아야 하기 때문에, 이런 이유로 여러 연예 분야 중 제일 전망이 밝고 수명이 긴 편에 속하는 것이 또한 개그맨이다. 개그맨이 수입이나 대우 면에서 다른 분야에 비해 한 동안 푸대접을 받아온 것은 사실이지만, 앞으로는 개그맨들이 더욱 호황을 누리는 시대가 올 것이다.

지금은 오락프로그램들이 연예인들의 신변잡기나 유치한 말장난에 머무르고 있는 실정이지만, 머지않아 우리나라도 선진국처럼 시사 풍자, 섹스 코미디가 코미디의 주류로 대두될 가능성이 높다. 우리나라는 이 두 분야가 아직은 낙후돼 있고, 분위기나 환경조성이 제대로 되어 있지 않은 상태라, 시사나 섹스 코미디를 능숙하게 할 수 있는 개그맨의 필요성이 아직까지는 절실하지 않다. 하지만, 지금부터라도 이 두 분야를 공략해 파고든다면, 새로운 코미디의 제왕으로 등극할 수 있을 것이다.

'탈개맨'? 그들은 누구??

개그맨은 MC와 연기와 두 종류로 나눌 수 있는데, 이 중에서 후자에 속하는 연기과 개그맨들은 코미디뿐 아니라 드라마나 영화에도 심심치 않게 발을 들여놓고 있다. 어떤 연기든 할 자신이 있고 준비가 되어 있다면, 자신의 코믹한 개성을 살려 드라마나 영화로 진출하는 것은 바람직한 현상이다. 이른바 '탈개맨'으로 불리는 이들의 개성과 매력은 연기가 자연스러운 가운데 캐릭터 있는 코믹함이 묻어난다는 것이다.

공부해서 남 주나? 공부하는 개그맨이 장수한다!

연예계의 모든 분야가 다 그렇지만, 특히 개그맨은 자신의 노력 여하에 따라 생명력의 길고 짧음이 더 크게 좌지우지 된다. 천성적인 끼처럼 타고난 소질로만 버티는 개그맨은 정말 한 철이다. 그저 남의 흉내나 내고 독특한 성대모사만 하는 개그맨은 운이 좋아 인기를 얻었다가도 설 자리를 쉽게 잃는다. 개그 분야야말로 끊임없는 자기계발과 공부가 요구되는 분야다. 현재 개그계를 잘 살펴보면, 경력이 오래 되었어도 자기관리가 철저하고 공부를 게을리 하지 않는 개그맨들은 20여 년 동안 한결같이 왕성한 활동을 보이며 대중들에게 사랑받고 있다. 시대의 흐름을 이해하기 위해 촉수를 예민하게 곤두세우고, 책을 읽으며, 늘 공부하는 개그맨은 길고 튼튼한 수명을 자랑할 수 있다.

그 물에서 10년을 놀아야 물이 오른다?! – 인내심이 유독 요구되는 직업

우리는 성공한 사람들의 결과만을 부러워하지만, 최고의 자리에 오른 사람들의 과거를 보면 오랜 시간을 준비 기간으로 삼고 엄청난 노력을 했음을 알 수 있다. 개그맨은 다른 연예계 직종에 비해 준비기간이 무척이나 긴 분야이다. 소위 '떴다' 고 일컬어지는 개그맨들은 기본적으로 7~8년 정도의 무명 시기를 지내온 이들이 대부분이다. 물론 짧은 기간에 바람같이 나타나 유행어 몇 마디로 대중들을 평정하고 인기를 얻는 개그맨들도 많다.

하지만 그들은 얼마 가지 않아 브라운관 밖으로 사라져버리는 것 또한 다반사다. 이것은 제대로 된 기본기도 없고 오랜 경험도 없이 운으로만 인기를 얻게 된 결과이다.

일명 '물 오른 개그맨'이라는 칭찬을 들을 정도면, 경력 10년은 기본으로 넘겼다고 보면 된다. 종종 슬럼프를 넘기지 못하고 고배를 마시는 개그맨들도 있는데, 이는 재충전 기간 동안 자기 관리를 소홀히 했거나 대중의 사랑을 받기 위해 과한 욕심을 부린 결과이다. 모든 일에는 굴곡이 있다. 슬럼프는 반드시 극복해야 하는 대상 때문이 아니라 관리 부족으로 오는 현상일 뿐이다. 아무리 긴 무명기간과 슬럼프가 찾아온다고 해도 결코 두려워하거나 피할 생각은 하지 말자. 누구에게나 인생의 슬럼프는 찾아온다.

본격적인 개그맨 준비 시점?!

과연 개그맨이 될 준비는 언제부터 해야 하는 것일까? 연기자는 어린 시절부터 거울이라도 보고 연습하면 되지만, 개그맨은 정확히 준비해야 할 시점을 알기 힘들다. 그저 친구들을 모아놓고 재미있는 이야기로 웃음을 주거나 학교행사에서 사회를 보는 정도로 자기의 끼를 연마하기에는 너무 심심하고 약하다. 만약 여러분이 개그맨을 꿈꾼다면, 적어도 대학생이 되고부터는 데뷔를 준비해야 한다.

개그맨에도 두 종류가 있다. 즐거운 이야기로 상대방의 웃음을 유도하는 사람과 비틀리고 냉소적인 언어로 타인을 깎아내리며 웃음을 유발하는 사람이다. 전자는 선천적인 끼가 있는 사람이고 후자는 뼛속까지 비관적인 사람이다. 개그맨에는 이렇게 극단적인 두 부류가 있을 뿐, 이도 저도 아닌 이는 없다. 보통인 사람은 절대 남을 웃길 수 없다.

선천적으로 웃기는 재주를 타고난 타입

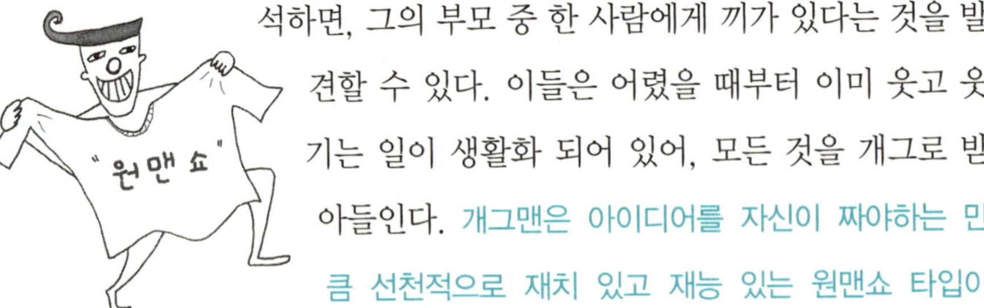

신인 개그맨들 중에 선천적으로 웃기는 재주를 타고 난 사람들을 분석하면, 그의 부모 중 한 사람에게 끼가 있다는 것을 발견할 수 있다. 이들은 어렸을 때부터 이미 웃고 웃기는 일이 생활화 되어 있어, 모든 것을 개그로 받아들인다. 개그맨은 아이디어를 자신이 짜야하는 만큼 선천적으로 재치 있고 재능 있는 원맨쇼 타입이 많은 편이다. 즉, 이들은 낙천적이고 밝은 웃음을 지닌 타입이다.

세상을 통찰하는 안목으로 웃음을 만들어내는 타입

후자는 종류가 약간 다르다. 비관적이지만 세상을 통찰하는 방법으로 남을 웃긴다. 그런 개그에는 꼬는 맛이 있고 비틀림이 있어서 나름대로 통쾌

한 웃음을 자아낸다. 바로 이것이 풍자 개그다. 간혹 운동권 출신 중에 후자 측에 속하는 사람이 많아, 개그맨이 되라고 권하기도 하는데, 사회 풍자야말로 비관적인 시각으로 세상을 삐딱하게 살아보지 못해 본 사람이라면 절대 할 수 없는 하이 코미디에 속한다. 비관적인 사람의 웃음은 비꼬는 웃음이고 페이소스가 많다. 그런 개그맨을 보면 매우 불우하게 자란 경우가 많다.

이들은 자신의 불행이나 사회의 부조리를 웃음으로 승화시키려는 노력, 즉, 세상을 통찰할 줄 아는 안목에서 나오는 비틀린 웃음으로 대중에게 큰 사랑을 받는다.

TV용과 현장용 개그의 차이는?

개그에는 TV용과 현장용이 있다. 대중에게 어필할 수 있고 어떤 사람이든 웃길 수 있는 TV용인가? 동네에서 조무래기 아이들이나 웃기는 현장용인가를 파악해야 하는 것이다. 스스로 구분하지 못할 때는, 전문가의 자문을 받아 유머 성향을 빨리 파악해야 한다. 내가 대중성이 떨어진 현장용이라면, TV의 속성을 익히고 대학 입시를 준비하듯 개그를 공부해야 한다. 학창시절에는 한 개그 한다고 자부하던 사람도 개그맨이 되고나면 빛을 못 보는 경우가 많다. 이는 학교라는 작은 집단에서 통하는 개그 정도는 현장용이며, 방송용과는 큰 차이가 있다는 것을 파악하지 못해서 생긴 결과다.

웃음의 시인이 되어라? -탁월한 유머감각에 연기력까지!

개그맨의 능력을 좌지우지하는 것은 바로 재치, 입담, 유머다. 그래서 개

그맨들은 같은 말을 하더라도 어떻게 표현하느냐 하는 것으로 밤을 새워가며 많은 고민을 한다. 개그맨에게는 기본적으로 갖고 있는 유머에 대한 감각과 이를 표현하는 연기력이 매우 중요하다.

드라마가 산문이라면 개그는 시라고 표현할 수 있다. 한 줄의 행에 의해 시의 느낌이 달라지고 행을 어떻게 바꾸느냐에 따라 시의 호흡이 달라지듯, 개그도 어떤 지점에서 웃음의 강약을 조절하고, 밀어붙이거나 쉬어야 할 것인가가 중요하다.

0.1초의 타이밍을 놓치지 않는 순발력!

개그맨은 항상 라이브로 승부해야 하기 때문에, 그들에게 필수적인 것이 바로 순발력이다. 드라마는 NG를 내더라도 10번 중 베스트 컷만 뽑아서 편집하면 되지만 개그에는 NG가 없다.

이 대목에서 받아칠까, 넘어질까 순간순간마다 고민하지

만, 머릿속에서 선택을 하는 바로 그 순간에 웃음의 타이밍을 놓치면, 그 날의 개그는 실패로 돌아간다.

인간적인 매너는 기본!

MC로서 한 프로그램을 진행하는 개그맨은 그 쇼의 메인이 되고 주인이 된다. 이럴 때, 패널이나 게스트를 초대하는 안주인의 입장에서  상대방에 대한 매너를 깍듯이 지키는 것은 기본적으로 요구되는 사항이다. 손님을 모셨으면, 편안한 마음이 들도록 신경을 써야 하는 게 MC인 개그맨이 갖춰야 할 또 다른 요소다. 개그맨에게는 청중을 휘어잡는 힘도 중요하지만, 인간적인 면과 예의도 무시할 수 없다.

수업 4 개그맨이 되기 위한 실전대비

대중이 원하는 웃음의 코드를 읽어라!

개그맨이 절대로 놓쳐서는 안 되는 것 중의 하나가 바로 대중이 원하는 웃음의 코드이다. 물론 개그 프로를 많이 보는 것도 도움이 되지만, 개그 그 자체, 웃기는 내용에만 관심을 가지기 보다는 대중들이 어느 포인트에서 어떤 이유로 웃는지 감을 잡는 것이 중요하다.

세상 모든 것을 관찰하고 공부하라!

개그맨은 대본이 있는 배우와 달라서 아이디어 회의를 해서 스스로 개그를 개발해야 하는 의무가 있다. 현직 개그맨들은 톡톡 튀는 아이디어 싸움에서 이기기 위해 말 그대로 24시간 머리를 쥐어뜯으며 고민한다. 개그가 철저히 자기 안에 녹아들어야 하므로, 자기만의 것을 만드는 노력을 하는 것은 당연한 일이다.

초보 개그맨들과 아이디어 회의를 하면, 대부분이 단순히 웃기기 위한 아이디어를 내는 경우가 많다. 단지 웃기기 위한 개그는 한 순간이고 생명도 짧으며 다음 회의 때 자신이 먼저 지치게 마련이다.

사람을 웃긴다는 건 다양한 사람들의 인생을 파악했다는 이야기이다. 때로는 고용주의 입장에서 때로는 노동자의 입장에서 그들의 고뇌와 인생을 읽고 그것을 개그로 풀어야 한다. 그래서 개그맨은 세상을 많이 알아야 하는 것이다.

개그맨에게 제일 중요한 건 세상에 대한 관찰력이다. 모 코미디 프로그램에서 나온 '사물 개그'의 경우 특별한 대사나 콘티 없이 시청자들의 웃음을 자아내는 것을 목격할 수 있다. 우리가 그에게 공감을 하고 박수를 칠 수 있는 것은 평소 우리가 무심하게 지나친 것에 대한 세심한 관찰력과 표현력 때문이다.

그만큼 사소한 것에 관심을 두고, 관찰을 하고, 동네 아주머니들의 수다에도 귀 기울일 줄 알아야 다양한 개그가 나온다.

또한 개그맨은 미술전시회나 음악공연 같은 다양한 문화적 경험으로 교양을 쌓는 등 꾸준히 공부를 해야 한다. 개그맨은 비극을 보고도 웃음에 대한 힌트를 얻을 수 있어야 하기 때문이다. 사람이 모이는 곳이라면 어디든 찾아가 세상 공부를 해라. 서점에서 시간을 죽이는 것이나 인터넷 유머집을 뒤적이는 것은 개그 공부가 아니다.

연예계 정보통이 되어라!

개그맨은 방송국에서 여러 연예인을 많이 상대할 줄 알아야 한다. 따라서

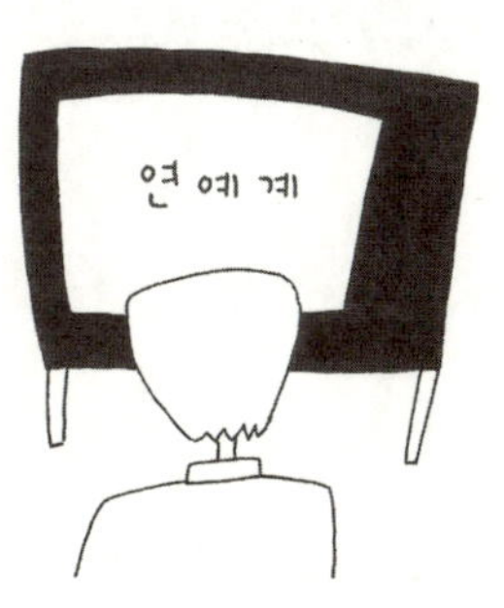

평소에도 항상 연예인을 분석하고 그에 대한 정보를 많이 가지고 있어야 한다. 연예인에 대해 시시콜콜한 정보까지 다양하게 알고 있으면, 어떤 프로그램에서든 재치 있는 대화를 하는데 도움이 된다.

예를 들어 토크쇼에 어떤 스타와 함께 출연했다고 가정해 보자. 벼락치기로 방송 들어가기 몇 분 전에 그에 대한 정보를 캐낸 것과 평소 많은 관심으로 정보를 이미 갖고 있었던 것과는 효과 면에서 어마어마한 차이가 난다. 후자의 이야기 한마디 한마디는 진심이 느껴지기 때문에 시청자들도 그의 말에 공감을 하게 되는 것이다. 그래서 개그맨은 연예계에 대한 정보를 한시도 놓쳐서는 안 된다.

코믹 연기를 할까? 개그를 할까? 고민하라!

코믹 연기와 개그는 엄연히 다른 분야이다. 개그맨들은 몸에서 자연스럽게 웃음이 흘러나온다.

특히 재치와 끼로 똘똘 뭉친 개그맨 같은 경우는 몸에서 자연스럽게 우러나서 연기를 하고 코미디를 한다. 그래서 사람들은 개그맨을 보기만 해도 웃을 수 있는 것이다.

개그적인 재능이 없다면 제 아무리 유능한 코미디 작가의 대본에 의해서도 개그맨이 될 수는 없다. 대본에 의해 웃기는 연기를 하는 사람은 코믹 연기를 하는 배우지 엄밀히 말해 개그맨이 아니다. 개그적인 재능은 없지만 연기를 통해 웃길 수 있는 사람이라면 코믹 배우 쪽으로 방향을 돌려볼 것을 권한다.

수업 5 애들아, 학교 갈래? : 개그맨 배출을 위한 전문 교육 시스템

학교 갈까?

개그맨이 되기 위한 필수코스는 바로 대학이다. 개그맨은 명석하고 똑똑해야 하며 세상을 제대로 볼 줄 알아야 한다. 그래서 개그맨들에겐 많은 공부가 필요하다. 그렇다고 일류대학에 집착하라는 말은 아니다. 하지만

개그맨 공채 응시 자격이 대학생 이상이므로
대학 졸업장은 반드시 필요하다. 이 분야는
공채가 많이 활성화되어 있으므로, 개그맨을
준비하는 지망생에게는 공채를 적극 권하는
바이다. 대학에 가서 본격적이고 노골적으로 방송국 공채 시험에 대비
할 것을 권한다.

학원 갈까?

개그를 배우기 위해 교육기관을 찾지 마라! 개그
자체를 배우기 위해 교육 기관을 찾는다면 실망이
클 것이다. 전문 교육을 받으면 개그를 배울 수
있다는 기대, 교육 과정만 졸업하면 저절로 개

그맨이 될 있다는 기대는 버려라. 교육기관에 가는 첫 번째 목적은 정보
습득이고 두 번째는 동지와 경쟁자를 만나기 위해, 세 번째는 기본적인 연기
를 배우기 위해서이다.

이제 매니지먼트도 많이 정착되었고, 신인 개그맨들이 제도권 안에
들어갔을 때도 체계적으로 성장할 수 있는 시스템이 자리 잡고 있다.
안타깝게도 개그맨을 희망하는 지망생들에게 딱히 추천할 만한 코스가
대한민국에는 별로 없다. 선진국은 교육 시스템이 체계적으로 자리를
잡았지만, 아직 우리나라는 연기 학원의 수준이 매우 낮은 상태. 만약
개그맨의 기본 개인기와 연기를 배우기 위해 사설 학원을 선택해야 한

다면, 학원의 간판에 현혹되지 말고 모든 학원의 수준을 개그맨을 위한 초급 코스라 보고 과정을 밟으며, 연기란 무엇인지 느껴보는 것이 가장 중요하다. 분명 개그에도 연기력은 필요하니 경험 삼아 한 번 다녀보는 것은 괜찮다.

개그맨은 절대로 독학해서는 안 된다. 대중을 의식하며 자신의 개성을 자주 드러내야 한다. 학원에서 다른 학생들과 비교도 해 보고 아이디어도 의논해 보는 것이 좋다. 그리고 집으로 돌아오면 개그 프로를 보며 똑같이 따라서 연습을 해 봐라. 학원은 단지 연기력을 다듬기 위해 한번쯤 거쳐야 될 코스로 생각하고 가벼운 마음으로 선택하라.

수업 6 톱 연기자보다 실속 있는 개그맨 최고 수입?

보기보다 실속 있다! 개그맨 수입

개그맨의 수입에 대해서 대략적으로 언급한다면, 그들 역시 빈익빈 부익부가 극명하다고 할 수 있다. 공채로 발탁된 신인의 경우 1회 출연료가 3만3천원이고 수당과 식비를 더하면 5만원 정도가 된다. 반면 4~5개월 출연료만도 1억이 넘는 톱 개그맨도 있다. 특

A급 모 개그맨은 회당 600만원의 출연료를 받는 것으로 알려져 있다.

회당 5만원부터 600만원까지의 출연료는 자기 실력에 따라 달라진다. 아무리 무보수로 방송국에서 일하기를 원한다고 해도 통하지 않는다. 무조건 많이 줘서라도 최고만 쓰려고 하는 게 바로 연예계의 특성이다.

연기자와 개그맨의 수입을 비교해 보면, 톱 연기자는 드라마 회당 천만원 선. 톱 개그맨은 회당 6백만원 가량이다. 이렇게 단순 비교로 연기자가 더 많이 번다고 착각하는데, 실상은 다르다. 드라마는 한 회 찍는데 1주일을 꼬박 투자한다. 1회를 완성하기까지 개그 프로그램에 비해 시간이 몇 배로 많이 걸리는 것이다. 1회를 찍기 위해 1주일 내내 풀타임으로 몇 달을 투자하고 나면 정신적으로도, 체력적으로도 탈진상태에 빠진다.

연기자는 휴식기도 길어 세 달에서 여섯 달 동안은 수입이 없는 경우도 있다. 그러나 개그맨은 슬럼프에 빠지지 않는 한 365일 내내 일할 수 있다. 개그 프로는 하루 찍어 1회가 나가는 것이기 때문에 결론적으로 개그맨이 수입 면에서는 연기자보다 실속이 많다.

개그맨들의 부업

개그맨들이 방송 외에 다른 사업을 하는 경우가 많은데, 이는 긍정적인 현상이다. 생명력이 타 직종보다 짧아서가 아니라 프리랜서라는 직업 상 안정성이 없기 때문이다. 행사, 이벤트 같은 일이 수입에서는 좋지만 그것도 인기 있는 사람 몇몇에게만 기회가 주어진다. 스타라면 몇 천만원을 주고라도 부르지만 무명이라면 돈을 주는 만큼의 효과를 얻지 못하기 때문에 부르기를 꺼려한다. 그래서 빛을 보지 못하는 개그맨들의 경우, 여자 연예인들은 안정적인 직장의 남자에게 시집을 가거나 남자들은 부업으로 사업을 하는 경우가 많다. 언제 돈이 떨어질지 모르는 프리랜서 생활에 먹고는 살아야 하고 이름이 알려지기까지 장기전으로 버텨야 하니 개그맨들에게는 부업을 하는 것이 매우 현명한 선택이다.

수업 7   개그맨, 그들의 생활 패턴은?

긴 활동~! 바쁜 휴식기!

개그맨의 일상 역시 활동기와 휴식기로 나눌 수 있다. 활동기에는 프로그램 출연 위주로 생활하며 아이디어 회의를 하고 개그의 소재를 스스로 개발한다. 아이디어는 팀을 짜서 함께 고민하는 공동 작업과 스스로 감당해야 하는 개인적인 몫이 있다.

프로그램 출연 후 잠시 시간이 남는다면 주변 지인들의 결혼식 사회, 환갑 돌잔치 같은 작은 행사부터 각종 대형 행사나 이벤트에 참석해서 사회를 보는 시간을 갖는다. 개그맨들은 행사에서 가장 인기 있는 초대 손님 중 하나지만,

이런 부대 행사에 단골로 초대 받을 수 있는 시기는 인기 있는 한 순간에 불과하다.

또한 개그맨은 연기자나 가수 등 다른 연예인에 비해 활동기의 호흡이 긴 편이다. 연기자가 6개월, 가수가 3개월 정도의 활동기를 갖는 반면 개그맨은 1년에서 1년 반 정도의 활동기를 갖는다. 그러나 충전이 필요한 시기라고 판단되면 아무리 인기 절정일 때라도 과감히 활동을 접는다. 개그는 공부가 많이 필요한 분야라 개그맨들은 주로 휴식기 때 유학을 선택해 공부를 하는 것을 자주 볼 수 있다.

보너스 개그맨에 대해 더 알고 싶은 것들!

Q 개그의 소재, 테마에 금기는 있는가?

A 과거에는 섹스, 사회 풍자가 가장 핵심적인 금기사항이었다. 엄격한 정권 탓에 함부로 사회를 풍자했다가는 밥줄이 끊기기 일쑤였던 시절이었다. 그러나 김대중 정권이 들어서고부터 소재에 대한 금기는 서서히 풀리기 시작했다.
하지만 너무 오랜 기간 금기사항이 되어오다 보니, 속 시원히 사회를 풍자할 방법을 찾지 못하고 있고 함부로 판도라의 상자를 열 생각조차 못하고 있다. 개그맨 스스로가 통제하는 면도 있지만 엄밀히 말하면 재능이 없는 것이 더 문제다. 테크닉이 부족하다 보니 풍자라면 그저 깎아 내리는 걸로만 생각한다. 사회 풍자 같은 고급 코미디는 갑자기 할 수 있는 분야는 아니다. 그러나 사회도 변하고 네티즌들의 힘도 강해진 만큼 적어도 10년 안에는 그런 영역도 모두 깨질 것으로 보인다. 이미 봇물은 서서히 터지고 있다. 향후 사회에 대한 성숙도에 따라 사회풍자 코미디도 물 만난 물고기처럼 활발해질 것이다.

Q 한국 사회에서 시도되지 않았던 섹스, 동성애, 하드코어 개그가 가능 할 것인가?

A 수위조절이 어느 정도냐에 따라 달라질 것이다. 앞으로 나올 순서를 보면 섹스, 사회 풍자. 나머지는 시대 흐름에 따라서 서서히 드러날 것이다.

한국인의 머리에 배인 유교사상 때문에 죽음, 동성애, 하드코어는 역겹고 불편한 소재이기는 하다. 하지만 시대는 변한다. 이제 조금씩 성에 대해 자유롭고 여유로운 인식들이 대중들에게 각인되면 아무런 찡그림 없이 우스갯소리로 섹스를 논할 수 있을 것이다.

Q 남을 웃기는 직업을 가진 개그맨은 매너리즘에 빠질 땐 어떻게 하는 것이 좋은가?

A 개그맨이 매너리즘에 빠지거나 슬럼프에 빠졌을 때는 무조건 쉬는 게 상책이다. 또 다른 개그 콘티를 짜서 극복하려고 하지 말고 휴식기를 갖는 것이 가장 좋은 방법이 된다.

경제계에서는 매너리즘에 빠진 간부를 좀 더 나은 환경에서의 경제체계를 배우라는 의미로 미국이나 유럽에 보내지만 개그맨 같이 창작력을 필수 요소로 삼는 직업인들에게는 아프리카를 권한다.

그곳에는 자연 외에 아무것도 없는 것 같지만 바로 그 '無'라는 개념이 새로운 것을 만드는 데 매우 효과적인 기능을 한다. 이처럼 아무것도 없는 데서 생각하는 것도 머리를 식힐 수 있는 방법 중의 하나다.

개그맨이 된 당신이 매너리즘에 빠졌다면 몸속에 찬 것을 모두 다 비워내라. 머릿속에 낡은 사고가 꽉 차 있기 때문에 새 것이 들어올 자리가 없어서, 아무리 다른 생각을 해도 더 이상 새로울 것이 없는 것이다.

이럴 때는 여행을 다니고 책도 보고 지친 몸을 여름철 엿가락 늘이듯이 죽죽 펴주면 된다. 안달하고 욕심을 부릴수록 머릿속은 하얀 백지 상태가 될 뿐이다.

백인백색의 개그계 탑 브랜드

개그는 가장 퍼스널리티가 강한 분야이기 때문에 개그맨의 개성이 시대에 맞아 떨어지면, 곧 개그의 탑 브랜드가 된다. 주변 상황을 빈틈없는 컴퓨터 같이 치밀하게 따지고 연구하는 개그를 하는 신동엽, 대중에게 웃음을 밀어붙이는 추진력이 강하고 튼튼한 개그로 사랑받는 강호동, 모든 것을 끌어안고 가는 따뜻한 포용 개그의 김용만, 현장 생활에서 얻어낸 철학을 개그에 담는 공부하는 개그맨 김제동 등 현재, 정상에 올라 있는 개그맨의 트렌드는 백이면 백, 다 다르다.

4. 이미지와 트렌드의 메신저

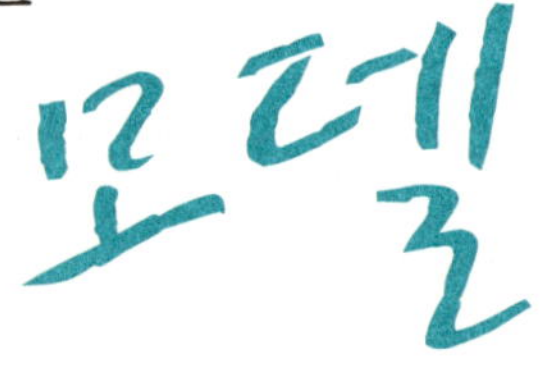

연예계 여러 분야 중에서도 외모의 비중이 가장 높은 분야가 바로 모델이다. 흔히 스타일 좋은 멋쟁이들에게 모델 같다는 수식어를 붙일 만큼 모델은 미의 상징이다.

그러나 늘씬한 키, 살아 있는 마네킹과도 같은 완벽한 몸매, 조각 같은 얼굴이면 모델로서 만사 OK이라고 생각하면 큰 오산이다. 모델은 패션과 트렌드를 이끌어 가는 문화리더로서, 현 시대 대표적인 문화 아이콘 중 하나다. 따라서 그 어떤 분야 못지않은 정신적 프로페셔널리즘 또한 요구되는 직업이다.

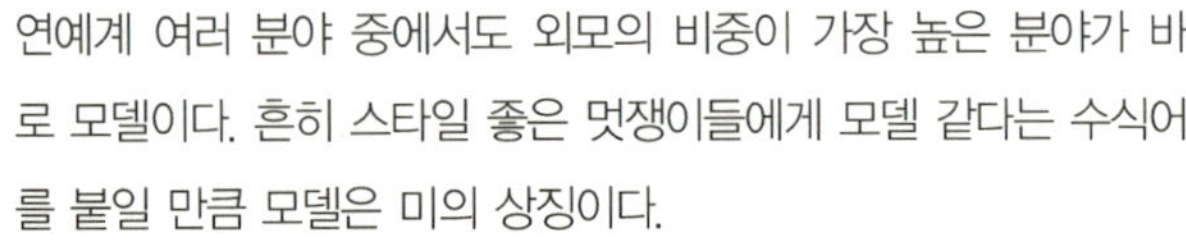

전문가가 먼저 판단하는 가장 전문적인 직업?!

패션모델에게 있어, 가장 커다란 특징은 다른 사람보다 한 시즌을 앞서 살아간다는 것이다. 언제나 앞서서 패션의 흐름을 보여주어야 하기에 봄, 여름시즌에 가을, 겨울 아이템을 미리 준비해 선보이는 것이 기본이다. 늘 한 계절을 앞서 미리 파악하고 준비하는 것이다. 또한, 모델은 연예계 여러 분야 중에서도 좀 더 전문적이고 특수한 직업이라고 할 수 있다.

다른 분야의 연예인들은 인기도나 호감도와 같은 평가를 대중들이 한다면, 모델은 대중들을 대신해서 전문가들이 먼저 판단한다. 자신의 신체적 조건과 외모가 모델을 하기에 적합한지 먼저 전문가를 통해 판단받아야 한다.

패션모델의 세계! 그리고 사진, CF모델

패션모델은 패션쇼 무대에 서는 전문모델을 뜻한다. 패션모델의 가장 큰 매력은 바로 무대에 서는 것이다. 멋진 무대세트와 음악, 아름답고 특별한 의상, 사람들의 동경어린 시선과 갈채 속에서 우아한 여신과도 같은 자태로 워킹을 하고 포즈를 취하는 일류모델로서의 자부심과 기쁨은 화려한 종합예술인 오페라나 뮤지컬 무대의 히로인 못지않다.

세계 최신 패션 트렌드를 가장 먼저 체험해 볼 수 있다는 것도 패션 모델의 빼놓을 수 없는 매력이다. 주로 패션 디자이너들이 신상품을 발표하는 패션 컬렉션에 서는 것이 패션모델의 주요 활동. 패션 컬렉션이란 정기적으로 열리는 패션 발표회라고 할 수 있는데, 봄, 여름 시즌(S/S 컬렉션)과 가을, 겨울 시즌(F/W 컬렉션)이 있어, 일 년에 두 차례 열린다. 그 외에도 각종 기획과 테마에 따른 다양한 패션쇼에 선다든지 잡지나 사진모델을 하는 경우가 있겠지만, 정기적으로 열리는 두 시즌의 패션쇼가 패션모델들에게는 가장 중요한 무대이다.

사진모델은 각종 사진, 화보, 잡지, 출판물, 광고 홍보지면 등 각종 미디어를 통해 제품을 광고하거나 특정 메시지를 전달하게 된다. CF모델은 CF만 전문적으로 찍는 모델이라기보다는, 일단 한 번 광고에 출연하게 되면 자동적으로 CF모델로 분류된다.

부분모델

한 CF에서 어디 하나 안 이쁜 데가 없을 듯한 유명 여배우의 손이 클로즈업 된다고 치자. 헌데, 그 손 또한 섬섬옥수! 아니, 오히려 얼굴보다 더 아름답! 그러나 그 손은 그 배우의 손이 아닌, 이름조차 알 길 없는 누군가이다. 바로 그 손이 대한민국 최고로 아름다운 '손 부분 모델'일 확률이 높다. 이처럼 헤어, 손, 팔, 다리, 입술 등 일정 부분만을 전문적으로 내세워 활동하는 모델을 '부분모델'이라고 한다. 유명 배우가 주인공인 CF라 해도 부분적으로 클로즈업에 들어가면, 부분모델의 몫이 된다. 이들은 특성 상, 각 부위별로 빼어난 한 부분만으로 활동이 가능하다.

사진매체와 광고매체에서 모델의 신체적인 약점을 보완할 필요가 있거나 부분만 강조할 때는 전문적인 부분모델을 활용하는 경우가 많다. 분야 별로, 헤어모델은 샴푸 같은 헤어제품 분야에서, 손 모델은 핸드로션이나 주방용품 분야, 다리모델은 구두하는 식으로, 특정한 신체 부위가 부각될 필요가 있는 상품의 부분모델로 주로 활약하게 된다.

모델의 적절한 데뷔시기

패션모델은 패션쇼에 설수 있는 신체 조건이 완성되는 나이가 데뷔 시기라고 할 수 있다. 과거에는 고졸 이상의 연령을 대상으로 했지만, 지금은 워낙 발육상태가 좋아 연령에 상관없이 신장과 체형 조건이 갖추어지면 가능하다. 이른 나이에 시작하는 지망생들은 중학생 때부터 모델 교육을 받기도 한다.

특히 어린 나이의 지망생들이 대거 뛰어들면서 국제 무대를 겨냥해 미리 외국어까지 대비하는 등, 보다 본격적이고 체계적인 준비를 하는 경우가 많아졌다. 반면 사진과 광고 모델은 아역부터 노년까지 특정한 데뷔 시기나 기준이 없다.

굵고 짧게! 그러나, 더 쿨~하고 멋지게!!-다른 분야보다는 짧은 모델의 생명력

일반적으로 패션모델로 활동할 수 있는 기간은 10대 후반에서 30대 초반까지로 한정되어 있는 편이다. 허나, 외모와 나이를 넘어 더욱 크게 모델의 생명력을 좌지우지하는 것은 바로 자기만의 개성! 자신의 개성을 어떻게 살리고 유지하며 발전시키느냐가 모델로서의 생명력을 좌우한다. 그러나 광고모델은 광고주가 원하는 이미지에 어울리는 모델이라면 나이에 상관하지 않으므로 특정한 한계선은 없다.

수업 2   모델이 되기 위한 필요충분 조건

롱다리, 롱키는 필수!

모델이란 타이틀로 대성하길 꿈꾼다면, 전업으로 매진하는 것 자체가 이미 모델계의 TOP 브랜드로서의 자질을 갖추고 있는 것이다. 일단, 모델은 연예계를 통틀어 갖추어야 할 신체조건이 가장 까다롭고 엄격하다. 패션모델은 기상천외한 옷이나 노출이 심한 옷 등 다양한 옷을 입고 무대에 서는 직업이기 때문에, 어떤 옷이든 잘 소화해낼 수 있는 신체

적 조건이 갖춰져야 한다. 자신의 몸보다 의상이 더욱 중요하기 때문에 비교적 얼굴이 작아야 하며, 남자의 경우 180~183Cm, 여자는 170~173Cm 이상의 장신에, 하반신이 긴 체형이 요구된다. 전체적인 체형의 밸런스도 매우 중요하다.

사진모델은 패션모델처럼 무조건 큰 키만 요구하지는 않지만 나머지 기준은 비슷한 편이다.

과거에는 무조건 예쁘고 잘 생긴 얼굴을 가진 모델을 선호했지만, 최근엔, 소위 ET과라 불리는 아주 독특한 스타일을 비롯해, 개성 있는 얼굴, 캐릭터가 강한 얼굴, 컨셉에 따라 다양하게 변신할 수 있는 얼굴을 선호하고 있다.

패션쇼도 연기다! 표정연출, 포즈, 연기력은 기본

신체적인 조건이 갖춰졌다면, 그 다음엔 표정연출, 포즈, 연기력이 요구된다. 이것들은 전문 기관의 교육과 경험 등에 의해 훈련되고 다듬어질 수 있는 부분이다. 또한, 반드시 모든 신체적인 조건이 완벽하게 갖춰져 있지 않더라도 특별한 개성과 남달리 빼어난 장점이 있다면, 장기로 특성화시켜 활동하는 케이스도 있다. 다만, 광고모델의 경우는 조금 특수하다. 광고하려는 제품의 이미지나 컨셉에만 맞는다면, 반드시 전문모델이 아니더라도, 남녀노소 누구에게나 문은 열려 있다.

먼저 전문가의 평가를 받아라

모델을 지망한다면, 시작하기 전에 먼저 전문가의 평가를 받아봐야 한다.

패션모델이라면 디자이너 또는 패션 관계자에게 자문을 구하고, 사진이나 광고 모델이라면 사진작가, 카메라 감독의 자문을 구하라. 직업으로 선택해도 좋을 충분한 가능성을 인정받는다면 그때부터 도전하는 것이 좋다.

장래성과 경쟁력을 고려해 입문하라

모델은 외적인 조건을 갖추면 가장 입문하기 쉬운 분야이고 종류도 다양해, 만약 기회가 된다면 한번쯤 도전을 시도해 보는 것은 좋다. 그러나 직업으로 삼는 것은 전혀 다른 문제이므로, 직업모델 일로 생계를 이끌어갈 수 있도록 충분한 수입과 장래성을 반드시 고려해야 한다.

따라서 교육 기관을 선택할 때도 먼저 장래성과 경쟁력을 갖춘 곳인지 반드시 확인해야 한다. 교육을 받은 후

에, 직업적으로 설 수 있는 기회를 만들어 줄 수 있는 공신력과 영향력
이 있는 기관인지 살펴보는 것은 매우 중요한 문제다.

달콤한 유혹에 넘어가지 말고 신중히 선택하라

모델 학원이나 에이전시가 갑자기 난립하면서 사기를 치거나 금품을
요구하는 사례가 많아졌다. 물론 일부의 경우지만, 교육의 전문성이 떨
어지고 활동 지원에 대한 기반이 전혀 없는 저질 기
관도 있다. 이런 사기성이 짙은 곳일수록 입에 발린
문구와 과장된 미사여구로 달콤한 유혹을 한다. 시
작만 하면 부와 명예와 인기를 당장 얻을 수 있다
고 장담하며 사람을 현혹하는 곳이 바로 그런 곳
들이다.

그러므로 아카데미나 기획사를 선택할 때는 전문
가의 추천을 받거나 믿을 수 있는 기관인지 충분히 확인하는 것이 중요하다.
패션 디자이너나 패션 에디터 등 패션 관계자에게 검증을 받은 기관을
소개받는 것도 좋은 방법이다.

공식대회를 고려해 보라

수퍼모델 선발대회 등 대대적인 대형 모델 선발 대회가 매년 열리곤 하는
데, 이러한 선발대회가 모델의 등용문으로 적극 활용되고 있다. 그러나 실상
은 모델을 꿈꾸고 출전하는 것이 아니라, 연예인 데뷔의 좋은 기회로

여기고 출전하는 지망생이 더 많다. 그래서 패션모델을 뽑는 대회라는 타이틀을 걸었지만, 패션모델의 기본 조건인 신장 170cm에 훨씬 못 미치는 지망생도 많이 출전을 한다. 이들은 운 좋게 선발이 되면, 패션쇼는 뒤로 하고 본격적으로 '방송 활동'만 전문적으로 하게 된다. 염불보다 잿밥에 관심을 두는 경우라 할 수 있다.

이러한 현상은 향후 패션산업이 성장해서 패션쇼 출연 개런티가 높아지고 패션모델의 전문성이 두드러지면 자연스럽게 사라질 것이다. 이처럼 연예계에 얼굴을 알리려고 모델을 선택하는 경우는 현실적으로 비일비재하다. 다만 철저한 준비가 되기 전에는 다른 영역으로 넘어 가지 말아야 한다는 것을 기본적으로 명심하자.

수업 4 얘들아, 학교 갈래? – 모델 배출을 위한 전문 교육 시스템

학교 갈까?

모델에게 대학 진학은 직업적인 필수 조건은 아니다. 일정 기준의 학력 자체를 요구하지는 않지만 어떤 전공을 하든 대학이라는 과정을 거

치게 되면 배우고 성장하는 부분은 있으니 본인의 판단에 따라 결정하면 된다.

무용, 연기, 스포츠 관련 학과의 경우, 모델의 신체적인 표현이나 체형미를 키우는데 도움이 될 수 있고 그 전공들을 자신만의 특기로 발전시킬 수도 있다. 또, 일부 전문대학에 모델학과가 있는 경우도 있다. 대학 졸업장을 받을 수 있다는 장점이 있지만, 아직까지 역사가 짧고 전문성이 떨어져 그다지 많이 선호하는 편은 아니다. 패션모델의 경우는 대학 진학보다는 좋은 모델 아카데미에 들어가서 전문적인 교육을 받는 편이 유리하다.

모델 아카데미

전문성을 요하는 패션모델의 경우 80% 이상은 아카데미에서 전문교육을 받는다. 우리나라의 소수 대형 모델 아카데미의 경우 역사가 오래되고 에이전시를 겸하는 경우가 많다. 3~4개월, 주 3일에서 5일 간의 교육 기간이 끝나면 아카데미 자체 평가를 통해 전속 모델로 발탁된다. 이때부터는 에이전시가 모델에게 투자를 하게 되

는데, 활동을 서포트하고 추가 교육의 기회를 준다. 이런 과정을 거치면 전문모델로 설 수 있는 탄탄한 기본이 잡히게 된다. 대한민국의 내로

라하는 톱 모델은 거의 대부분 이러한 아카데미를 거쳤다 해도 과언이 아
니다.

물론, 규모가 작은 아카데미도 소수 존재한다. 이런 소규모의 아카데
미는 소수정예의 교육생들을 대상으로 철저한 특성화 교육을 시키는
등, 개별적 교육프로그램으로 대형 에이전시와 차별화된 경쟁력을 갖
추기도 한다.

모델 아카데미에서는 오디션을 통해 수강생을 선발하고
3~4달 동안 패션쇼의 가장 기본이 되는 워킹부터 가르
친다. 이 밖에 재즈댄스와 같은 춤을 통해 리듬감을
익히게 하고, 포즈와 표정 연출, 무대에서의 시선 처
리, 헤어 메이크업, 패션 스타일링 등을 연출할 수 있도
록 다양한 교육을 한다. 이 과정은 디자이너의 의도와 옷의 특성을 무
대에서 가장 잘 살려낼 수 있는 전문성을 기르게 하는 과정이라고 할
수 있다.

수업 5 신장은 크지만, 수입은 낮다?

톱 모델이라도 다른 연예 분야보다 낮은 수입

모델들도 수입의 빈익빈 부익부 현상이 심하다는 것은 다른 연예인

들과 비슷하다. 하지만, 톱 모델 급이라도 연기나 음악 등 다른 분야의 톱스타에 비하면 수입이 낮은 것이 현실이다.

패션모델의 경우, 패션쇼 출연료는 신인시절 10만원 선에서 톱 모델의 경우 200만원 이상까지 경력에 따른 차이가 많은 편이다. 보통 패션모델 한 사람이 한 시즌마다 무대에 서는 비율은 적게는 1회, 많으면 50~60회의 출연을 하는 경우까지 다양하다. 사진이나 광고모델의 경우는 인지도와 경력에 따라 수입도 천차만별이다.

광고시장

광고 시장에서는 톱 모델과 무명 모델의 갭이 무척 크다. 몇 십억을 호가하는 개런티를 받는 톱모델이 있는가 하면 수고비 몇 만원이 전부인 신인 모델이 있다. 또한 광고시장에서는 톱모델로, 전문모델보다는 연예계 톱스타를 기용하는 경우가 일반적이다. 외국에서는 모델이 전문적으로 독립되어 있고 톱모델의 수입 역시 다른 분야에 비해 결코 뒤지지 않는다. 그러나 우리나라의 경우, 모델 분야의 수입이 현실적으로 다른 분야에 비해 낮다 보니, 모델을 전문적인 직업으로 여기기보다 연예인이 되는 과정의 일부로 보는 사람도 많다.

무대 위에서는 백조! 뒤에서는 오리!

모델이 주로 패션쇼에 서는 시기는 정기적인 봄, 여름 시즌과 가을, 겨울 시즌 별로, 일 년에 두 번이다. 패션쇼의 현장은 마치 호수 위를 유유히 떠다니는 백조의 모습과 비슷하다. 백조는 우아한 자태로 호수 위를 떠다니는 것처럼 보이지만, 물 속에선 두 발을 엄청나게 휘저어댄다.

패션쇼장의 모습이 그와 같다. 모델들은 세상에서 가장 아름답고 우아한 자태로 무대 위를 거닐지만, 무대 뒤에서는 그야말로 난리가 브루스에, 전쟁이라도 난 듯한 부산을 떤다. 이처럼 무대 위의 모델들은 만인의 부러움을 사며 캣 워크를 하지만, 쇼에 한 번 서기 위해서는 매우 험난한 과정을 거친다. 쇼를 준비하기 위해서는 먼저 오디션을 보고, 의상이 완성되기 전에 의상이 몸에 잘 맞는지 입어보는 피팅이라는 과정을 거친다. 그런 뒤 실제와 비슷한 리허설을 거치고 쇼 당일에는 새벽부터 서둘러 준비를 하게 된다.

쇼 외의 활동으로는 패션잡지의 화보활동 등을 주로 한다. 이들은 잡지 화보 등을 통해 패션과 미용의 새로운 흐름과 유행을 독자들에게 소개하는 일을 하는 것이다. 그래서 컬렉션이 시작되는 시기가 가장 바쁘고 중요한 시기이니 만큼, 패션모델은 한 시즌이 끝나면 다음 시즌을 위해 준비하는 것으로 일상을 보낸다 해도 과언이 아니다. 쇼에 서기 위해서 몸을 가꾸고 나만이 가진 개성과 캐릭터를 만들기 위해 노력한다. 운동을 꾸준히 하거나 춤, 음악 등 다른 예술 분야를 통해 표현력을 기르는 등 모델들은 각자 자신을 차별화시키기 위한 노력을 한시도 멈추지 않는다.

모델에 전념하는 자체가 최고 브랜드!

모델계는 연예인이 되기 위한 전초전으로 많이 활용된다. 이런 현실에서 모델 생활에 충실하고 전업으로 매진하는 것 자체가 톱모델로 자리매김하는 길이라 아니할 수 없다. 주부 모델 변정수는 비록 다른 연예활동을 하고 있지만, 모델 일에 비교적 충실하며, 주부라는 핸디캡을 가지고 있음에도, 특유의 자신감과 도전정신, 활달함으로 톱모델 위치를 고수하고 있다. 모델을 전업으로 삼아 매진할 것이라고 선언한 강소영은 아직 어리지만 확고한 톱모델로 성장할 가능성이 높다.

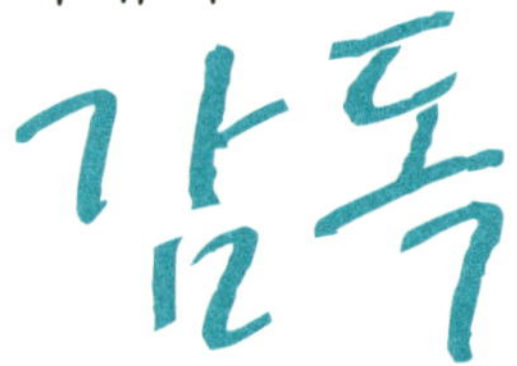

5. 문화리더, 촬영현장의 지배자

감독

흔히 연예계에서는 감독을 우스개 소리로 '사기꾼'이라 부르기도 한다. 감독은 머릿속 상상과 재미있는 이야기거리, 존재하지도 않는 허상들에 대한 스토리로 먹고 사는 일종의 거짓말쟁이이기 때문이다. 자기 상상의 세계를 스크린을 통해서 만들어내는 사람이 바로 감독이다. 감독은 조명을 칠 줄도 카메라로 찍을 줄도 알지만 조명 감독이나 카메라 감독에 비해 전문 능력이 떨어진다. 그럼에도 그들에게 자신의 생각과 상상 속의 장면을 연출하도록 지시하고 명령한다. 촬영현장에서는 군림하고 지배하지만 실질적으로는 '종합적인 교통정리'를 하는 사람이기도 하다.

무에서 유를 창조하는 대중문화의 리더

감독은 문화의 리더이자 문화 대통령이다. 그러나 감독은 순수 예술을 하는 분야가 아니라 대중문화인, 대중 예술인이라는 점을 잊어서는 안 된다. 무에서 유를 만드는 상상력과 현실적인 감각을 동시에 가져야 하는 것이 감독의 속성이다. 대중문화를 지배하고 창조하는 것이 감독의 역할인 것이다. 감독은 힘들게 일한 만큼 보람과 성취감이 크고 대중들의 강한 스포트라이트를 받기도 하며, 작품이 성공할 시에는 영웅대접까지 받는다. 유수의 영화제에서 큰 가치를 두는 상 또한 작품상과 감독상임은 이 때문이다.

천상천하 유아독존! 최종 결정자, 정책 판단자

감독은 영상 제작 현장을 총괄하는 자를 말한다. 영화나 드라마 제작 과정에서 작가, 감독, 배우의 몫은 각각 3분의 1. 그러나 감독은 이중에서 최종 결정자이고 노와 예스를 선택하는 정책 판단자이다.

그야말로 천상천하 유아독존! 촬영 현장에서 감독은 한 나라를 호령하는 왕보다 더 높은

대우를 받는다. 촬영장에는 오직 두 가지 목소리 밖에 나질 않는다. 배우의 대사와 감독의 '액션과 컷' 소리. 이는 감독의 고유 권한이자 카리스마이다. 아무리 세계 최고의 배우라 해도 NG를 내면 감독이 만족할 때까지 쉼 없이 연기해야 한다.

감독은 하나의 영화나 드라마를 만들기 위해 100명 정도 되는 다양한 제작진의 고유 분야를 평균적으로 조금씩 알아야 한다. 조명 감독과 카메라 감독이 싸운다면 이를 조정하는 사람은 바로 감독. 그러나 독재자 입장으로 싸움을 중단시키는 것이 아닌, 서로간의 타협점을 찾아주며 정리를 해주는 것이다. 그렇기 때문에 무엇보다 감독은 전체적으로 종합 분석을 할 줄 알아야 한다. 절대 외고집으로 자신만의 생각을 밀고 나가면 안 된다. 항상 귀를 열어두고 많은 이야기를 들은 뒤 결정하는 아량이 있어야 한다.

흥행을 책임지는 '비즈니스맨'

더구나 영화는 현실적인 관점으로 볼 때 가장 비싼 종합 예술로 평가받는다. 영화 한 편 찍으면 필름 값만 억 단위가 든다. 문학이나 회화 등 순수 예술은 예술가 혼자 단독으로 할 수 있지만 영화는 공동 작업이고 만드는 순간부터 만만치 않은 비용을 생각해야 한다. 모든 단계에서 다른 분야와는 다른 엄청난 비용이 들고, 투자자의 돈을 받았으니 그만큼 수익을 내기 위해 책임을 져야 한다.

촬영에 드는 진행비는 하루에 천만원 선. 만약 감독이 아프다고 하루를 쉬면 그 돈은 허공에 뿌리는 돈이 된다. 물론 돈을 대는 사람은 제작자지만 현장에서 돈을 쓰는 사람은 감독이다. 제작비 결정도 감독이 하고 어디에 쓸 것인지도 감독 재량이다. 비 오는 장면을 찍을 것인지, 차량 폭파 장면을 찍을 것인지도 감독이 결정한다. 해가 갈수록 편당 제작비가 높아지고 있어 이에 따른 감독의 책임도 커져만 간다. 혼자 예술 한다고 대중들을 무시했다가는 본전도 못 찾고 다음 영화를 위한 투자자마저 잃게 되는 것이다. 자본주의 사회에서 대중예술은 수익과 투자의 논리로 귀결된다. 감독의 자리는 이에 따른 도의적 책임을 져야 하는 어려운 자리이기도 하다.

책임자로서의 고통과 외로움

감독이 외롭고 고통스러운 이유는 결정의 최종 순간엔, 오직 감독 혼자서 모든 것을 결단해야 하기 때문이다. 다른 스탭들의 의견을 귀담아 듣고 참고는 하지만, 결국 마지막 결정자는 감독인 것이다. 그 결정에 대한 책임을 혼자 져야 한다는 것은 노이로제에 가깝다. 영화나 드라마에 참여하는 스탭이 수백, 수만이라 해도 감독은 결국 외로울 수밖에 없다. 처음부터 끝까지 모든 책임을 져야 하는 부담감과 이에 따른 정신적인 고통이 항상 수반되는 것이다. 영화나 드라마 촬영 중에는 목숨이 위태로운 병에 걸리지 않는 한 모든 것을 책임져야 한다.

연예계 여러 분야 중 가장 긴 생명력

감독의 생명력은 자신이 하기 나름이지만, 경험이 쌓일수록 물이 오른다고들 한다. 우리나라 영화계의 대부 임권택 감독은 1936년 생으로 일흔에 접어들었으나, 아직까지 좋은 작품으로 왕성한 활동을 하고 있다. 그리고, 클린트 이스트우드가 '밀리언달러 베이비' 로 오스카 트로피를 거머쥐었을 때 그의 나이 75세였다. 이렇게 나이가 들어서도 저력을 발휘하는 보기 드문 분야가 바로 감독이다.

관객들이 감독을 평가할 때는 영화의 흥행정도가 기준이 된다. 소위 '망한 감독' 으로 평가되면 이미 생명력을 다했다고 판단하기 일쑤. 그러나 영화흥행도의 확률 상 10편의 영화 중 오직 1편만이 성공을 하고 대중들의 사랑을 받는 것이다. 흥행에 실패하면 감독 생명이 모두 끝난 것처럼 취급당하지만, 다음 작품이 성공하면 과거의 흥행 실패 전력은 잊혀지고 어느새 그 감독에 대한 찬사가 쏟아지기 마련이다. 하지만 감독은 이렇듯 변덕스러운 미디어와 대중에 휘둘려서는 결코 안 된다.

과거 한국 감독들이 거쳐 온 시스템 이해하기

과거 한국의 영화시장은 시스템이란 것이 존재하지 않을 정도로 열악했다. 규모나 제작비 면에서 조악하다 보니 그런 환경을 겪을 수밖에 없었다. 선배

세대 한국 감독들이 거쳐 온 과정의 면면을 살펴보면 먼저, 영화 제작소에 연출부로 들어가 서드, 세컨드, 퍼스트 세 단계의 조감독 생활을 거치게 된다. 그야말로 감독 보조로 일하면서 영화 제작에 대한 세세한 실전 경험을 쌓는 것이다. 이처럼 조감독은 감독을 보완하는 역할을 5~6년간 길게는 10년 넘게 해야 한다. 그 후 정말 운이 좋다면 영화계통에서는 소위 '입봉한다'고 하는데, 감독으로 데뷔하는 것이다.

예전 영화감독 중에는 독재자적 성격을 지닌 감독들이 많았다. 제작비가 부족하다 보니 여유 있게 상의하고 연출할 시간이 없어 본의 아니게 스탭들 위에 군림할 수밖에 없었다. 그러나 요즘은 영화제작 환경이 서서히 나아짐에 따라 많은 제작비와 시간적 여유를 가지고 촬영에 임한다. 과거에는 결과를 빨리 내야 하다 보니 명령과 지시로만 일괄했지만 지금은 어떻게 찍느냐 하는 과정이 매우 중요해졌다.

수업 2 영화감독, 방송국 PD 무엇이 다른가?

스크린이냐? TV냐?

사전적 의미로 영화감독은 영화의 실제 제작을 총지휘하는 사람을 말하고 방송국 PD는 방송국에서 기획, 제작에 종사하는 사람을 말한다. 두 직업의 가장 큰 차이점은 일단 자신의 기획력

을 표현하는 코드가 스크린이냐, TV냐 하는 점이다. 그리고 영화감독은 프리랜서, 방송국 PD는 보통 방송국에 소속되어 있는 직장인이라는 점이다.

영화감독은 독립된 주체로서 작품을 만드는 장인의 개념에 가깝다. 그래서 감독이 영화의 작품성에 대해 모든 책임을 진다면, 방송국 PD는 이런 면에서 감독으로서 지녀야 할 역할과 책임성이 다소 약하다. 방송국이라는 조직에 소속되어 있는 만큼 조직의 논리를 무시할 수 없고 직장인으로서 부여된 업무를 소화해야 하기 때문이다.

방송국 PD는 기본적으로 공개 모집 채용이기 때문에 일단 공채를 통과해야만 가능한 직업이다. 현실적으로 언론 고시라 불리는 공채 통과가 제 일의 조건이라 그만큼 문이 좁고 직장 개념이 강하다. 그래서 이번 감독 파트에서는 다양한 선택이 가능하고 지망생들에게 보다 많은 기회가 열려 있는 영화감독 분야를 중점적으로 설명한다.

수업 3 감독이 되기 위한 필요충분 조건

삶에 대한 열정과 애정

감독이 되고자 한다면 세상 속으로 들어가라! 감독은 영화를 통해서 세상을 표현하는 직업이다. 한편의 영화는 관중의 이상과 자아에 큰 영향을

미치게 된다. 또한 문화적 충격을 주게 된다. 감독의 눈이 세상 기준의 잣대가 되기도 하는 것이다. 세상과 인간을 등졌던 명감독은 어디에도 없다. 그래서 감독은 동떨어진 곳에서 혼자 공부해서는 안 된다. 세상을 통해서 공부하고 영화에 대한 열정을 작품에 녹여내야 하는 것이다.

기획력과 창의력

좋은 작품을 만들려면 기획력과 창의력이 뛰어난 사람이어야 한다. 상상력이 그만큼 중요하기 때문이다. 무에서 유를 만들어야 하는 감독에게 이 요소가 부족하다면 어떤 그림도 그려 나갈 수가 없다. 하얀 백지에 그림을 그린다고 생각해 보자. 아무것도 없는 종이에 감독이 그림을 완성시켜야 하는 것이다. 또한, 감독은 한 가지 사물에서 단계적으로 연상되는 이야기의 흐름을 유출해낼 수 있는 직관력도 겸비해야 한다.

세상 모든 것의 작품 소재화

주변의 물건들이나 인물, 장소를 우리는 항상 무심코 지나가지만, 그 물체 하나하나에 관심만 가져주면, 훌륭한 작품소재가 된다. 감독 지망생은 TV를 볼 때도 혼자 보지 않고 찜질방 같은 공공장소에서 사람들과 어울려서 같이 봐야 한다. 여럿이 보면 대세를 알기에 유리하기 때문이다. 대중문화를 대변하는 영화를 찍으려면 대중 심리를 이해하고 그들을 리드해야 한다. 항상 대중 속으로 들어가는 길이 살 길이다.

대중적인 '감'으로 승부

연출을 공부하는 지망생들은 관객이 어떤 태도로 영화를 보는지 파악할 줄 알아야 한다. 관객이 영화를 처음 볼 때의 시선, 보면서 변하는 감정, 다 보고 난 뒤의 느낌 등을 읽어야 한다. 영화를 전문가적 입장에서 지나치게 분석하면 안 된다. 정도가 지나치면 감독이 아니라 비평가의 시선으로 보게 된다. 관객의 입장에서 생각하고, 같이 영화를 본 관객의 이야기를 듣고, 그들의 감정을 파악해야 하는 것이다.

즉, 대중들이 쉽게 볼 수 있는 어렵지 않은 작품, 많은 사람들이 선호하는 재미있는 작품을 연구해야 한다. 특별히 이 영화를 선택한 이유를 관객에게 물으면 그냥 좋다고만 한다. 관객들의 대답은 항상 짧다. 분석을 위한 분석은 피해라. 대중들은 단순히 첫 인상으로 모든 것을 결정한다. '좋다' '싫다' 한 마디로 끝낼 뿐 이유를 분석하려 하지 않는다. 영화의 평가 중 대중성이 떨어진다는 말은 이런 대중적인 감이 떨어진다는 말이다. 감독이 되고자 한다면 대중적인 감을 기르는 게 필수다.

뚜렷한 작품세계에 리더쉽까지!

감독은 쉬운 일이 아니다. 감독은 부인할 수 없는 총 관리자이다. 사람들과의 대인관계가 무척 중요하다. 다양한 스탭과 제작자, 기타 여러 대인관계에서 카리스마를 발휘하고 유연성을 발휘해야 더 좋은 작품이 나오기 때문이다. 영화촬영 과정에서는 수많은 사람의 팀웍이 매우 중요하다. 감독이 작품세계가 뚜렷하면서도 총 책임자로서 배우, 스탭, 그리고 관계자들 모두를 리드해 나가는 리더쉽까지 갖추고 있다면, 그야말로 금상첨화다!

수업 4 영화감독이 되기 위한 실전대비

구성과 영상을 보는 두 가지 눈! 100가지 분야를 두루 섭렵?!

감독에게 구성과 영상, 두 가지는 동등하게 중요하다. 영화감독이 작가에게 시나리오를 받더라도 50% 이상은 스스로 작성할 줄 아는 구성 능력이 필요하다. 방송 PD 또한 방송 대본을 볼 줄 아는 구성의 눈이 필요하다. 방송 대본을 쓰는 능력까지는 둘째 치더라도 좋은 대본을 선별하는 능력은 있어야 한다. 그리고 당연히 조명과 기본적 연출, 카메라 워킹, 음악, 미술 등을 총체적으로 관리하는 능력도 감독에겐 요구된다. 무엇보다 감독은 제작에 필요한 100가지 분야를, 얇지만 넓게 고루 섭렵하고 있어야 한다.

대중과 함께 호흡하는 공감대!

감독은 대중을 리드하는 카리스마와 동시에, 그들과 같이 호흡하고 느끼는 공감대의 정서를 지녀야 한다. 그러기 위해선 대중문화 속에서 숨 쉬고 대중음악을 듣고 트렌드를 경험해야 한다.

아무리 유명한 헐리우드 영화 학교에서 유학을 했다 해도 몇 년간 국내 사정을 모르고 지냈다면 한국 고유의 정서를 잊게 된다.

어지간하면 외국은 충전을 위한 휴가 정도로만 갔다 와라. 어디까지나 뿌리는 한국에 둬야 한다. 유학을 가더라도 조기 유학보다는, 고등학교 때까지는 한국에서 살면서 한국의 정서를 충분히 익힌 뒤에 가는 것이 좋다. 요즘 신예 감독들을 보면 유학파가 많다. 그러나 반드시 외국 유학을 다녀와야 하는 것은 아니다. 관객의 정서를 읽는 것이 더 중요하다.

대중들이 웃으면 왜 웃는지, 울면 왜 우는지 알아야 한다. 테크닉은 유학 가서 배워 올 수 있다. 허나, 한국 고유의 정서는 유학 가서 배울 수 있는 것이 아니다. 고유한 문화적 특성과 타 문화와의 차이를 절대 무시해서는 안 된다. 한국 것은 선진국에 비하면, 아직 수준이 낮다고 무조건 매도하지 말고 문화의 차이가 있음을 알고 인정해야 한다.

무조건 영화를 많이 봐라!

영화의 주제, 성격, 규칙, 특성을 잘 이해하기 위한 가장 좋은 공부는 영화를 많이 보는 것과 제작 현장에서 직접 배우는 것, 그리고 학문적인(전공)공부이다.

그 중 가장 중요한 것은 많은 영화를 편식하지 말고 보는 것이다. 영화는 많은 시간과 과정을 거쳐 모든 스탭들이 정성들여 촬영하지만, 제 아무리 열심히 노력한 감독도 90%는 실패하기 마련이다. 그래서 성공한 영화를 보면서는 그 성공의 요인을 찾고, 또, 실패한 영화를 보면서는 대중들이 외면한 이유를 분석해야 한다. 비록 실패한 작품이지만 작품성이 좋다면 원인을 분석하고 방향을 새롭게 잡아 재창조하는 것도 좋다.

현장경험이 중요하다!

예전에는 100%, 대학 전공 후 현장 입문을 하고 감독 밑에서 5~10년간 조감독을 거쳐, 추천으로 감독으로 데뷔하는 경우가 다반사였다. 그러나 이제는 그런 추천제가 많이 무너졌다. 요즘은 신인 감독들이 시나리오를 써서 직접 데뷔하는 경우가 많다. 그렇지만 영화제작에 뛰어들었던 경험은 나중에 현장에서 빛을 발휘할 수 있다. 나쁜 것이든 좋은 것이든, 현장 주변에 머무르며 보고 듣고 자신의 것으로 만드는 과정은 감독이라도 예외일 수 없다.

학교 갈까?

감독이 되기 위해서는 보편적으로 전문학교를 많이 다닌다. 대학교의 영화학과, 방송국의 영화 관계 교육 기관, 사설 영화감독 아카데미, 영화 진흥원 등 다양한 감독 트레이닝 코스가 존재한다. 대학 진학을 목표로 두었다면 전공은 영화 관련학과로 가는 것이 유리하다. 영화학과는 다른 학과에 비해 경쟁이 워낙 치열하니 만약 진학에 실패했다면, 재수를 하라고 권하고 싶다. 그럴 여유조차 안 된다면 일반학과를 졸업하되, 졸업 후 영화 관련 전문 기관에 가서라도 배움의 기회를 가져야 된다.

예전에는 대학 전공 후 현장 입문을 하고 감독 밑, 현장에서 5~10년간 조감독을 거쳐서 감독으로 데뷔하는 도제식이 100%였지만, 요즘은 신인 감독들이 시나리오를 써서 직접 데뷔하는 경우가 많다. 방송국 PD의 경우는 공채를 통해야만 가능하다. 공채를 통하지 않고 PD가 되는 방법에는 외주 프로덕션에서 약 5년 간 현장을 배워서 입봉하는 경우가 있다.

학원 갈까?

감독을 양성하는 기관으로는 대학, 영화 아카데미, 방송사 부설 기관이 주를 이룬다. 감독을 꿈꾸는 지망생들에게는 전문 교육 기관이 필수적이다. 자기 환경에 맞는 곳을 찾아 어디라도 반드시 가서 무엇이든 부딪혀 봐야 한다. 4년이든 2년이든 기간의 길고 짧음은 문제되지 않는다. 자신의 형편에 맞는 곳이라면 1류, 2류 가치를 따지지 말고 반드시 배움의 터전을 찾아라.

영화감독은 실무와 테크닉을 함께 익히는 것이 무엇보다 중요하다. 테크닉적인 면을 배우기 위해서는 공동 작업을 해보는 것이 많은 도움이 된다. 직접 카메라나 조명을 다뤄보는 것이 실무를 익히는 데 매우 도움이 된다. 혼자 공부해 감독의 길을 걷는 사람은 백만 명 중 하나 있을까 말까 한 특별 케이스. 감독을 지망한다면 반드시 전문적으로 감독을 양성하는 교육기관에서 배우는 것이 좋다.

영화학과의 입시 준비

영화학과의 현장 면접에서는 전문 용어, 이론적인 기초나 소양을 주로 묻는다. 대학마다 비율은 다르겠지만 대부분 성적이 70%, 실기가 30% 정도 반영된다. 대학에 진학하면 전문적인 공부를 해야 하기 때문에 영화연출에 관한 기본 서적을 보고 전문 학원을 다니며 입시 준비를 하거나 영화 동호회에 가입해 입시를 준비하는 것도 좋은 방법이다.

수업 6 돈 보다는 명예를 먹고 사는 감독?!

수입에 대해서는 마음을 비워라

감독의 수입에 대한 환상을 가지고 있다면, 지금부터 그 모든 환상을 버려라. 수백만의 관객을 몰고 다니는 흥행감독들의 수입은 엄청날 것이라 예상하겠지만, 이도 역시 겉으로 보기에만 화려한 착각에 불과하다. 신인으로 막 입봉한 감독의 경우 편당 5천만원 정도를 받고, 베테랑 감독은 편당 3~4억원 가량을 받는다. 언뜻 보기엔 많아 보이지만, 영화 제작 기간에 비하면 상상만큼 큰 액수는 아니다. 영화는 2년이나 3년에 한 작품이 제작되기 때문에 연봉의 개념도 아닌 능력에 따른 수당이라고 할 수 있다. 감독은 돈보다 명예를 중시하는 측면이 강하다. 공식적으로 중견 감독의 경우 편당 1억원 정도의 연출료를 받고 2년에 한 작품 완성한다고 계산해 보면 톱 배우들처럼 몇 억원씩 고소득을 올리는 직종은 결코 아님을 알 수 있다.

수업 7 감독, 그들의 생활 패턴은?

일이 곧 휴식, 휴식이 곧 일!

평균 2년 내지 3년에 영화 한 편을 만든다 치고, 영화감독의 1년을 머릿

속으로 그려보자.

우선 6개월 정도는 어떤 영화를 찍을까 구상하는 기간이 된다. 이때 감독은 아이디어를 짜내기 위해 전국을 누비며 하루하루를 소비한다. 공단 근처를 배회한다면 노동자를 소재로 한 영화를 찍으려는 것일 테고, 조직 폭력배를 만난다면 액션이 가미된 조폭 이야기를 찍으려는 것일 게다. 이처럼 하나의 아이디어가 떠오르면, 그 소재가 될 만한 사람들과 직접 접해보는 것이 감독에게는 상당히 중요한 경험과 공부가 된다.

조폭 영화를 만들기 위해서는 실제로 그들과 같이 술도 마시고 실생활에 대한 이야기도 들어본다. 실상을 영화화 하기 위해서는 하나의 분야에 대해 디테일하게 표현해야 하기 때문에 반 전문가가 될 정도로 연구하고 또 공부한다. 이 때가 구상과 현장탐방의 시기가 된다. 이 기획단계는 짧게는 6개월, 길게는 3년에서 10년까지 가는 감독도 있다. 이제 하나의 소재가 떠오르고 구체적인 구상이 그려지면, 시나리오 작가를 정해 의뢰하거나 스스로 집필하기도 하고, 좋은 시나리오를 발굴해 대본을 완성하게 된다.

그 다음 과정은 캐스팅. 캐스팅은 보통 3개월에서 6개월 정도 걸린다. 꼭 캐스팅하고 싶은 배우가 있다면 그 배우의 스케줄이 가능해지기까지 기다리는 감독도 있다. 본격적인 촬영으로 들어가면 모든 것은 집약적

으로 진행된다. 모든 정신과 육체를 최대한 집중해서 촬영해 시간낭비
가 없도록 진행하려고 노력한다. 이렇게 준비하고 촬영하고 후반 작업
까지 하면 어느새 2, 3년의 시간이 훌쩍 지나게 된다. 영화감독의 1년은
일반인들의 1년과 다르다. 그들은 인생을 더 멀리, 더 넓게 봐야 한다. 흥행
감독으로서의 명성만 드높이려 하고 수입에 집착하면서 1년을 산다면,
그 1년이라는 시간은 보통 사람들의 한 달 만큼의 값어치도 없을 정도
로 무의미해진다. 영화를 하려면 느긋한 구상과 많은 공부가 반드시 필
요하다.

Q 외국 영화제에서 수상한 감독과 흥행감독, 그 가치의 차
이는?

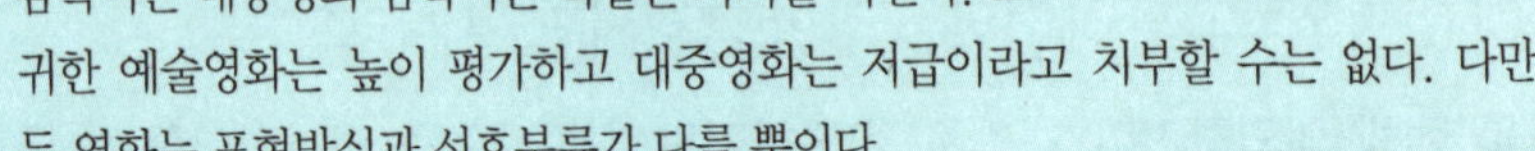

A 외국 영화제 수상 감독과 흥행 감독의 가치를 비교하며
평가하는 것은 어찌 보면 무의미한 일이다. 예술영화
감독이든 대중영화 감독이든 똑같은 가치를 지닌다. 고
귀한 예술영화는 높이 평가하고 대중영화는 저급이라고 치부할 수는 없다. 다만
두 영화는 표현방식과 선호부류가 다를 뿐이다.
수상을 하면 두 가지의 이익을 볼 수 있다. 훌륭하다, 잘 만들었다는 평론가들의
칭찬과 상업적인 이익이다. 세계 영화제에서 상을 받으면 이름이 알려져 다른 영
화보다 잘 팔리게 된다. 수상에는 사실 이러한 마케팅이 궁극적인 목적이 되기도
한다.
이런 마케팅에 의한 수상도 상을 주는 궁극적인 목적 중 하나이기 때문에 블록버

스터는 좀처럼 수상을 하기 힘들다. 블록버스터는 자생력이 충분하기 때문에 굳이 상의 프리미엄이 없어도 판매가 된다.

그러나 아무리 뛰어난 예술영화라도 관객이 봐주지 않으면 아무런 의미가 없으니 수상을 해서라도 이름을 알리는 것이 상업적으로 이득이므로 수상은 일종의 살아남기 위한 노력의 일환으로 보면 된다.

아무리 좋은 작품이라도 흥행과 작품성은 정비례하지 않는다. 따라서, 영화제의 시상식은 작품은 뛰어나지만 상업적으로 다소 열악한 영화를 도와주고, 영화 작품의 순수성, 예술성, 다양성을 칭송하기 위한 자리이기도 하다.

특히 외국 영화제라면 무조건 신성시하는 풍조가 있다. 외국 영화제에서는 시상을 하는 경향이 두 가지로 나뉘는데, 유럽은 성적 미학, 헐리우드는 액션 폭력이 위주다. 이렇게 결국 그들은 자기들 입맛에 맞게 시상을 할 뿐, 보편적인 예술의 시각으로 영화를 판단하지는 않는다.

실제로는 결국 영화제 수상 감독이나 흥행감독이나 그들에게 중요한 것은 관객이다. 세계 3대 영화제에서 수상을 해도 관객이 외면한다면 감독은 행복하지 않다. 그들에게 어떤 것이 가치 있느냐 하는 것은 결국 어떤 관객들에게 사랑을 받느냐와 같은 맥락으로 통한다.

Q 흥행 성공은 반드시 필요한 것인가?

A 고달프게 영화를 제작하기 싫다면 흥행 성공은 반드시 필요하다. 김기덕 감독은 영화를 제작할 때마다 적자를 본다고 한다. 지금까지 그가 만든 영화의 모든 관객을 통틀어도 100만이 안 될 정도. 그러나 김기덕 감독은 소수의 관객이라도 그들을 위한 영화를 만드는데 만족하고 있다. 물론 그가 만든 영화들은 모두 저예산 영화라 크게 고달픈 인생을 살고 있지는 않다. 하지만 좀 더 스케일이 크고 보편적인

관객의 인기를 얻고자 한다면 흥행이라는 요소는 결코 간과해서는 안 될 필수 사항이다. 소수의 마니아 관객을 위해 저예산 영화를 만들건, 스케일이 큰 흥행 영화를 만들건 중요한 것은 바로 관객의 관심이다.

Q 영화에서 작품성과 오락성은 별개인가?

A 영화가 재미없으면 관객은 절대 극장에 발을 들여놓지 않는다. 오락성과 작품성이 별개인 것처럼 느껴지지만, 작품성이 높다는 것도 또한 재미있다는 뜻이다. 통쾌한 재미를 주는 오락영화나 예술적 관점으로 재미를 느낄 수 있는 예술영화나 관객에게는 좋은 영화다. 예술 영화도 의미 있지만 오락 영화도 나름대로 의미가 있는 것이다. 관객은 어떤 영화든 좋은 영화를 한 마디로 말해 그저 '재미있다'고 표현한다. 관객의 재미는 그들의 기호를 뜻할 뿐, 오락성과 작품성의 차이를 의미하는 것은 아니다.

Q 앞으로 어떤 장르의 영화가 성공할 수 있나?

A 영화 장르에 대한 답은 없다. 한국영화 시장에는 장르 제약을 많이 받는 풍토가 존재하는 것이 사실이긴 하다. 이를 테면 한국에서 흔히 에로영화 감독이라고 하면 저급감독으로 인식하기 쉽지만, 가까운 일본만 해도 감독들이 전부 거치는 일종의 관문이자 통과의례가 바로 에로 장르다. 외국의 에로영화는 양이나 질적으로 풍성하고 시장도 매우 크다. 앞으로 한국도 에로영화 시장이 거대해 질 것이다. 에로물을 천시하는 국내 풍토가 미국이나 일본에 영화 시장을 죄다 빼앗기게 하고 있는 것일 수도 있다. 우리나라는 성적인 터부가 다른 어떤 나라보다 강하다.
장르를 가리기보다는 어떤 장르건 구애받지 않고 떳떳하기만 하면 된다.

모두에게 인정받는 나만의 세계와 방식!

현재 영화판을 휩쓸고 있는 감독들을 살펴보면 자신만의 색채가 굉장히 강하며, 자기가 이야기를 잘 풀 수 있는 분야를 알고 있다. B급 상업영화와 A급 예술영화 사이를 아슬아슬하게 오가면서 자신만의 색을 관객에게 각인시키는 〈올드보이〉의 박찬욱, '김상진 식 코미디'라는 이름이 있을 정도로 한국 코미디 영화의 대명사로 자리 잡은 〈주유소습격사건〉의 김상진, 흥행 감독은 아니지만 한국 현실을 거친 방식으로 날카롭게 비판하는 〈나쁜 남자〉의 김기덕, 한국적인 섹스 이야기를 밀도 짙게 그려내어 세계적으로도 명성을 얻으며 마니아를 거느리고 있는 〈오! 수정〉의 홍상수 감독. 이들은 일관성 있게 자신이 가장 이야기 하고 싶은 주제를, 자신만의 방식으로 대중에게 풀어내 흥행 면, 작품성 면, 혹은 두 가지 모두에서 좋은 평가를 얻고 있다.

이러한 측면은 방송계에서도 마찬가지다. 방송은 영화보다 더욱 대중적이므로, 대중이 원하는 이야기 중에서 자신이 가장 자신 있게 표현할 수 있는 분야를 잘 표현해 냄으로써, 흥행 PD로 자리 잡은 이들이 있다. 〈모래시계〉, 〈여명의 눈동자〉로 한국의 사회상을 굵직하게 그려낸 김종학, 공익 예능프로그램이라는 장르를 개척한 〈느낌표!〉의 김영희, 한국형 시트콤 시대를 연 〈남자 셋, 여자 셋〉의 송창의, 캐릭터의 묘미를 살리는 시트콤으로 시트콤의 전성기를 연 〈순풍산부인과〉의 김병욱 등이 방송가에서 인정받고 있다.

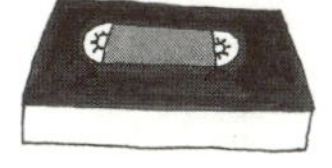

5. 무에서 유를 창조하는 창조주
작가

작가는 자기만의 세계관을 글로 표현하는 직업이다. 여기에, 영화 시나리오 작가, 드라마 작가에게는 또 한 가지의 새로운 프리미엄이 덧붙여진다. 내가 창조해낸 인물들을 연기를 통해 배우가 구체적으로 그려준다는 것. 작가의 상상 속에만 머물렀던 세계가 연출자와 연기자를 통해 구체적으로 눈앞에 구현된다는 것은 이 직업만이 가진 남다른 매력이다.

어둡고 우울한 담배연기 속에 갇힌 폐병쟁이는 No!

어두운 방 안에 앉아 담배 한 개비 꼬나물고 피어오르는 담배 연기에 심취해 한 자 한 자 써 나가는 모습. 글을 쓰다 안 풀리면 진한 소주 한 사발에 창작의 고통을 달래고, 갑자기 영감이 떠오르면 일필휘지로 써내려가는 천재. 우리가 작가하면 떠올리는 모습이다. 골방에서 검붉은 피 울컥 토해내며 원고지를 채우는 가난한 폐병쟁이, 세상과 불화하며 불행한 삶을 살아간 사회 부적응자의 작가 이미지는 19세기, 일제시대의 구닥다리 이미지이다.

하지만 작가들의 창작 고통이 각혈할 정도로 고통스러운 것은 사실이다. 작가, 특히 살인적인 스케줄에 쫓기며 대본을 집필하는 방송 계통의 작가는 창작을 위한 싸움은 물론 자기 체력과의 싸움을 동시에 해야 한다. 그렇기에 담배, 술은 작가의 적으로 간주하고 멀리하는 사람이 많다. 오늘날의 작가들은 좋은 글을 쓰기 위해, 대중과의 시간 약속을 지키기 위해 자기 관리를 철저히 하고 있는 사람들이 많다.

작가는 감독, 배우보다 고통스러운 직업

작가, 감독, 배우가 함께 영상을 만드는데, 그 중 가장 고통스러운 직업이 작가이다. 무에서 유를 창조하는 작가는 굳이 비유하자면 아이를 낳는 산모의 역할과 같다고 할 수 있다. 이에 비해 유에서 새로운 유를 창조하는 감독과 배우는 유모인 셈이다. 작가는 홀로 산고를 치러야 한다. 그럼에도 불구하고 현실적으로 세 가지 분야 중 제일 낮은 대우를 받는 것이 작가이기도 하다. 작가는 고뇌 가운데 고생을 많이 하지만, 감독이나 배우보다 부와 명예는 덜 하다. 하지만 이제 작가도 연예인의 한 부류로 봐야 할 정도로 그들이 하는 역할과 중요도는 높아지고 있다.

드라마의 경우 아무리 톱스타의 연기자가 출연을 한다고 해도 시나리오가 지루하거나 시류를 읽지 못하는 진부한 이야기라면 시청자들은 외면하기 마련이다. 이제는 작가의 이름도 브랜드에 속해 OOO작가가 쓴 드라마라면 아무리 조연급이 나와도 예측치 못한 시청률을 보이는 경우가 많다. 이제 작가도 부와 명예, 두 마리 토끼를 모두 거머쥘 위력을 지니게 됐다.

작가로 발을 들여놓았다면 원고료 협상에도 끈질기고 강한 모습을 보여야 한다. 방송은 10분당 고료를 쳐준다. 자신이 할 방송이 10분당 몇 부작으로 나가는지 전체를 살펴보고 그에 맞는 합당한 원고료를 제시할 줄 알아야 한다. 원고료 협상 때만큼은 아주 전투적인 자세를 취해야 한다. 찢어지게 가난해도 정신만은 고귀한 작가 이미지도 케

케묵은 옛날이야기일 뿐이다. 더 이상 작가는 가난한 글쟁이가 아닌, 많이 벌고 많이 누릴 수 있는 성공한 직업인이다.

여성작가가 90%를 차지하는 드라마 작가의 현실

드라마 작가의 경우 대부분이 여성들로 구성되어 있다. 여성 작가는 휴머니즘이 살아 있고 디테일한 면이 있어 사소한 이야기를 아기자기 꾸며야 하는 드라마에 잘 맞는다. 그래서 드라마 작가는 90%가 여자다. 직업적으로 분석하면 진정한 여성파워를 느낄 수 있는 분야가 바로 작가이기도 하다. 그렇다고 해서 작가라는 분야에 남성이 들어오지 못할 벽이 있는 것은 아니다. 드라마에서 여성이 강세를 보이는 이유는 바로 주요 시청자들이 여자이기 때문이다.

성공한 드라마들은 여성들의 심리, 아줌마들의 심리를 제대로 공략했다는 공통적인 요인이 있다. 여자들의 마음을 사로잡는 것은 남자이지만 그녀들의 마음을 읽고 헤아려주는 것은 바로 여자이기 때문이다.

순수문학과 대중문학의 차이

감독이나 배우에 비해 작가에 대한 부분은 정보가 무척 많은 편이다. 국문과나 문과계통에서의 순수문학을 매개로 해서 대중문학으로 넘어오는 토대가 탄탄하고 다양하게 마련되어 있는 것이다. 그러나, 여기에서의 문제점은 자신이 문학소녀였다거나 아마추어로 한 때 시를 곧잘 썼다는 이유로 방송작가에도 소질이 있다고 믿는 것이다.

물론, 보통 작가적 기질이 있다고 할 때는 문학적인 소질을 기본으로 따진다. 그러나, 방송작가에게는 대중적인 감이 필요하다. 이 차이를 구분 짓지 못한 경우, 실패를 하는 사람이 대부분이다. 순수예술은 앞서가는 감각과 지식으로 대중들을 리드하지만, 대중예술은 대중 속으로 같이 들어가 그들과 같이 아파하고, 함께 어울린다.

순수문학은 시대를 반영하고 사회를 고발하며 경각심을 일깨운다. 그러나 방송작가는 대중의 기호를 반영하고 대중이 원하는 것을 대리 만족 시켜주는 면이 있어야 한다. 방송작가가 가장 중요하게 생각할 것은 바로 대중들의 마음을 읽는 것이다.

작가의 데뷔시기

작가의 시작은 적어도 대학 졸업 이후부터가 된다. 여성을 예로 들자면 큰 이변이 없는 한 대학을 졸업하면 23살이 된다. 그러나 이 나이는 작가를 시작하기에는 좀 이르다. 사회생활과 인생의 경험이 너무 적은 것이 이유다. 대학을 갓 졸업하고 바로 데뷔하는 작가는 시작이 빠른 대신 불안할 수 있다. 그보다, 다른 직업을 가지면서 적어도 20대 후반에서 서른 즈음에 작가 교육을 받는 것이 좋다. 지금 추세로 보면 서른 초반 데뷔가 준수하다. 30대 중반부터 40대 초반이 작가로서는 왕성한 시기. 그래서 드라마 작가가 되려면 매우 장기적인 안목을 가지고 시작해야 한다.

수업 2 방송 드라마 작가와 시나리오 작가의 차이

쉽게 영화 작가는 그림을 만드는 사람이고 방송 작가는 다이얼로그, 즉 대사를 만드는 사람이라고 보면 된다. 여기에서 자신은 어떤 칼라가 맞는지를 선택하면 된다. 영화 작가는 약 120분이라는 시간 동안 하나의 이야기를 압축할 수 있는 사람에게 적합하다. 방송은 대사가 주가 되기 때문에 영화보다 작가의 파워가 세다.

작가들의 세계에서 메인은 방송 작가들이 차지하고 있다. 따라서 본격적인 직업으로 이상적인 작가 분야는 방송 작가라고 할 수 있다. 방송 작가는 드라마, 코미디, 교양, 라디오 작가로 분류된다. 방송 작가의 꽃은 누가 뭐라고 해도 드라마 작가. 앞으로 다룰 내용도 시나리오 작가보다는 드라마 작가 위주로 소개가 될 것이다.

라디오 작가의 부활

요즘은 라디오 작가가 인기도 많고 각광받고 있는 분야이다. 한 때

라디오는 TV에 비해 장래성이 없다는 이유로 퇴물이 될 위기까지 갔었지만, 언제부터인가 웰빙 라이프를 외치고 TV만 보는 폐해가 지적되면서 판도는 예상치 못하게 변하게 되었다. 또 주 5일 근무제의 확산으로 주말에 여행이나 레저를 즐기며 여가 활동을 많이 하게 되면서 차 안에서 라디오를 청취하거나 야외에서 청취하는 경우가 많아져 라디오가 다시 부활하게 된 것이다. 감성적인 언어로 청취자들의 귀와 마음을 살살 간질이고 촉촉히 적시는 재주, 바로 라디오 작가만이 보여줄 수 있는 매력이다.

달라진 드라마의 경향

과거에는 드라마 중에서도 주말 드라마가 중요도나 인기 면에서 최고였다. 그 다음이 일일드라마, 미니시리즈 순. 미니시리즈는 트렌디 드라마가 주를 이루거나, 신인 작가의 입문통로가 되는 정도에 불과했다. 그러나 웰빙 라이프를 중시하는 문화, 즉 TV에 얽매이지 않는 생활이 유행을 타면서 주말 드라마가 점차 세력을 잃게 되었고, 시청자들이 늘어지는 내용보다 압축적이고 빠른 진행의 스토리를 좋아하다보니 미니시리즈가 인기를 끌게 되었다. 미니 시리즈가 빠른 속도로 시청자들의 사랑을 받게 되자 그간 뻔한 소재로 일관했던 내용들이 몰라보게 변하고 있다. 보다 새로운 내용, 보다 색다른 볼거리로 시청자들의 눈과 마음을 사로잡고 있는 것이다.

선천적인 끼와 인내심

팬을 굴리는 직업을 갖는 것은 결코 만만한 일이 아니다. 다른 직업과 마찬가지로 열정도 중요하지만, 작가로서의 선천적인 끼가 있어야 할 수 있는 직업이라고 말하고 싶다. 선천적으로 남다른 사색을 즐겨야 하고 집필의 고통을 즐길 수 있는 자질이 필요하기 때문이다. 원고를 끝까지 마무리하고 탈고 할 수 있는 인내심도 겸비해야 한다.

후천적인 테크닉 공부

작가는 당연히 글 쓰는 스킬이 좋아야 한다. 누구나 글을 쓰고 가다듬는 인고의 과정을 거쳐야 한다. 작가는 글로써 말할 뿐이다. 같은 생각을 다 다르게 표현할 때 어떤 작가의 표현은 대중들의 마음들을 사로잡기도 하지만 어떤 작가의 표현은 감동을 주지 못하는 경우도 있다. 표현력이 그래서 중요한 것이다. 나이가 먹을수록 깊이 있는 글이 나오는 이유도 이 때문이다. 따라서 글 쓰는 기본자질, 테크닉은 열심히 닦고 연마해야 한다.

다양한 사회경험

작가에게 필요하지 않은 사회경험은 없다. 어떤 글이던 경험에서 우러나온 글이 좋은 글이며, 스스로 겪어본 상황에서 사람들의 마음에 비수를 꽂게 되는 명대사가 나오는 법이다. 경험 없이 쓰여진 글은 공허하게 허공을 떠돌 뿐이다. 작가가 되기로 결심했다면 일단 많은 경험을 하자. 되도록 많은 사회경험, 인간관계를 경험하며 부딪히고 받아들이고 마음을 열어야 한다. 병원을 소재로 한 갈등 드라마를 집필하는 작가는 의사도 만나봐야 하고 병원에서 생활을 해봐야 하고 환자들도 만나봐야 한다. 글로만 승부하는 직업이니 만큼 되도록 다양한 경험들이 요구된다.

풍부하고 깊은 사랑의 경험과 실연의 아픔

또한 인기 드라마를 쓰기 위한 기본 조건은 바로 사랑경험이다. 방송가에는 좋은 작품을 쓰는 작가는 사랑을 많이 해본 작가라는 우스갯소리가 있을 정도인데… 많은 경험과 사랑의 고통, 실연의 아픔을 겪은 작가들의 대사에는 그들의 진심 어린 마음이 묻어나고, 그런 대사들이 명대사가 되어 시청자들의 심금을 울리는 것이다.

모든 인생은 사랑이라는 프리즘에 투영된다. 그래서 사랑의 경험이 없는 작가, 남녀 간의 사랑을 안

해 본 작가가 쓰는 대본에는 헛 대사들이 많다. 어딘지 어색한 표현에 실제 사랑을 했을 때 느낄 수 없는 말들은 시청자들의 피부에 와 닿지 않는다. 시청자들은 가짜라는 것을 바로 알아채고 외면해 버린다. 그래서 사랑의 감정을 무시하기 쉬운 남성보다 사랑을 소중히 할 줄 알고 사랑에 민감한 여성이 드라마 작가로서 매우 유리한 것이다.

수업 4 작가가 되기 위한 실전대비

단막극부터 시작해서 미니시리즈를 노려라

신인 작가들이 처음 포커스를 맞춰 볼 것은 바로 단막극이다. 다음으로 노려야할 것은 연속성 있는 주간 단막극(옴니버스). 마지막 단계가 바로 16부작 정도의 미니시리즈이다. 신인 작가에게는 장기적으로 진행해야 하는 주말, 일일 드라마는 벅찰 수 있다. 매일 소모되는 일일 드라마의 막대한 원고량은 신인작가에게는 무리일 수밖에 없고, 주 시청자인 주부를 공략해야 하는 주말 드라마도 신인 작가가 처음부터 도전할 수 있는 분야가 아니다. 그러나 미니시리즈는 트렌드가 강해 20~30대 여성들이 주 시청자 층이고 분량에 있어서도 도전해 볼만하다.

드라마와 영화를 많이 봐라

각 매체의 주제, 성격, 규칙을 이해하기 위한 가장 좋은 공부는 해당 분야 영상을 많이 보는 것이다. 그 중에서도 드라마 작가가 꼭 봐야할 영상은 바로 영화이다. 영화는 2시간이라는 짧은 순간에 하나의 인생을 압축시켜 놓은 것이고, 대부분 1년 이상의 시간을 투자해서 힘들게 만들어낸 것이다 보니, 드라마 작가가 배워야 할 대사 기법이나 장면 연출 등이 많이 녹아 있다. 영화의 학문적인 공부나 제작 현장을 익히는 것이 아닌 영상물을 많이 보는 것이 도움이 된다. 장르 작가를 꿈꾸는 사람이라도 습작은 한 분야에 국한하되 영상은 모든 장르를 섭렵하는 것이 좋다. 같은 사랑을 다뤄도 스릴러로 다룰 수 있고 코믹하게 다룰 수도 있는 것이니까.

드라마 대본을 분석하라

요즘은 인터넷에서 드라마의 대본을 구하기가 쉬워졌다. 대본과 순수 문학인 소설과의 가장 큰 차이점은 문장체이다. 소설이 문어체로 되어 있다면 대본은 구어체가 주가 된다는 것. 구어체로 쓴 모든 대본에는 규칙이 있다. 대사가 한번에 3줄 이상 넘어가면 안 된다는 것. 대사가 길어지면 시청자들의 귀에는 대사가 지루하고 들리지 않는다. 말이 길어지면 듣기 싫어지기 마련. 차라리 짧고 건조한 대사가 파워 있다. 단답적이고 공격적인 힘을 위해 미사여구를 다 빼버려야 한다. 작가들은 대본에 많은 정성과 성의를 보이려 한다. 하지만 대본은 작가의 화려한 문장력을 과시하는 곳이 되어서는 안 된다. 그리고 이런 분석 공부는 혼자하면 안 된다는 점을 명심해라. 꼭 전문 기관에서 프로의 자문을 통해야 한다.

작가의 필수 요소 코미디를 배워라

재미있는 것은 많은 인기 드라마 작가의 공통점이 대부분 코미디 프로그램 출신이라는 점이다. 드라마와 코미디 작가 중 생명력이 긴 것은 코미디 작가이다. 웃음을 만들 줄 아는 사람은 눈물을 만들 줄 알기 때문이다.

지금의 드라마 추세를 보면 아무리 눈물을 흘리는 비극의 이야기를 다뤘더라도 10%정도는 웃겨주기를 바란다. 그래서 드라마 작가에게도 코미디 공부를 하라고 적극 권하고 싶다. 코미디 감각을 놓치면 살아남지 못 한다.

아무리 심각한 비극이라도 코믹 터치의 등장인물이 한 두 명쯤은 등장해야 한다. 전형적인 멜로나 비극에는 한계가 있다. 영화를 봐도 폭발적인 반응을 일으키는 건 코미디 영화이다. 코미디 속성을 익힌 작가는 매우 강한 무기를 지닌 것과 같다.

육필로 써봐라! 대본과 영상은 다르다

대본을 익히기 위해서는 육필로 써보는 것이 중요하다. 눈으로 보는 것과 손으로 직접 써보는 것에는 많은 차이점이 있다. 자신이 직접 써 본 다음에 눈으로 봐야 한다. 대본과 영상을 비교해 보면 단순히 대본만 보거나 드라마만 보는 것과는 확연히 다르다.

신인 작가가 보이는 초기의 실수는 활자화와 영상화를 구분 못 한다는 것. 그리고 작가가 가장 많이 범하는 실수가 원고에 대한 집착이다. 소설은 작가가 탈고를 한 순간 완성되지만 대본은 배우의 몸을 통해 바뀌고 감독의 칼라에 의해 또 한번 바뀐다는 점을 인정해야 한다.

대본은 작가가 무에서 창조한 생명체라 애착은 가질 수 있다. 그러나 작가는 아집이 강하면 안 된다. 대본이 내 손을 떠나는 순간 이미 나의 것만이 아니다. 배우와 감독에 의해 바뀔 수 있다. 주위에 감독과의 대본 마찰 때문에 직업까지 포기하는 작가가 더러 있어 안타까움을 느낀 적이 있다. 이것은 대본과 영상의 차이를 제대로 이해하지 못해서 생기는 현상이다.

신인시절 대본과 영상을 비교하면서 보는 것이 무엇보다 중요하다. 대본으로 보면 별거 아닌 것이 배우의 목소리로 보면 파급 효과가 크다는 것을 알 수 있다. 김수현 작가의 〈청춘의 덫〉에서 심은하의 대사 '부숴

버릴거야.’ 한 마디는 매우 단순한 말이지만, 역대 대사 중 그 정도로 강한 카리스마를 풍기는 말은 없었다. 대사는 연기자를 통해야 그 파워가 몇 배로 커진다는 사실을 알아야 한다.

대본의 현실성에 주의하라

신인 작가들에게 부족한 것 중 또 다른 하나가 프로그램의 제작 과정을 전혀 모른다는 것이다. 그렇기 때문에 그들이 쓴 대본에는 현실성이 떨어져 치명적인 실수가 나오게 된다. 작가가 프로그램 제작 과정을 알아야 대본을 쓸 때 제작진들이 소화하지 못하는 장면을 고려해서 현실에 맞게 수정할 수 있다.

예를 들어 작가가 대본에 ‘말 수천 마리가 달려오며’ 라고 적었지만 막상 화면에는 3마리의 말만 등장한다. 그 장면을 찍기 위해서는 말을 탈 줄 아는 사람, 말이 달릴 장소, 그리고 제일 중요한 말이 필요한데 현실적으로 수천 마리의 말을 어디서 구한다는 말인가?

이런 해프닝은 작가가 현장을 몰라서 하게 되는 실수에 속한다. 이럴 때는 잠시 틈을 내 직접 현장에 가보는 것이 좋다. 작가의 작은 손놀림에 따라 장치가 바뀌고 살수차를 부를지 말지 결정을 하게 된다. 드라마에서 비오는 장면을 찍기 위해서는 그 1분이라는 시간을 위해 1시간을 찍는다.

감독도 작가가 이번 회에서 비 오는 장면을 넣을지 안 넣을지를 초조하게 기다린다. 작가는 비 오는 장면을 쓸 때 한 줄의 문장으로 해결하지만 제작진들은 그 한 줄로 어마어마한 비용을 들이며 고생을 하게 되는 것이다.

또한 작가가 내용을 맘대로 바꾸면 현장에서는 이미 완성한 세트를 부숴야 한다. 수십 명 인부들이 못질을 하고 조명을 치고 다 꾸며 났는데 작가의 변덕으로 무용지물이 되는 경우도 있다. 작가가 3분만 책상에서 고민하면 현장에서 쓸데없는 고생을 안 해도 된다. 그래서 작가의 현장참여가 필요한 것이다. 작가가 쓰는 대본 한 줄은 모든 제작진들을 긴장시킬 정도로 파워가 크다.

야외 촬영과 세트 촬영의 차이

야외 촬영을 위한 대본은 압축미가 있어야 한다. 그래서 야외 촬영의 대본에는 영화 시나리오 기법을 많이 쓴다. 스튜디오는 카메라 3대가 찍으니 흘러가는 맛이 있다. 세트는 60분 분량이면 하루에 찍는다. 그러나 야외 촬영이라면 방송은 2주, 영화는 3개월이 걸린다. 그 정도로 세트촬영과 야외 촬영은 차이가 난다. 세트 대본과 야외 대본의 기법은 많이 다르기 때문에 경험과 공부가 반드시 필요하다.

학교 갈까?

작가 지망생에게는 되도록 대학 진학을 하라고 권하고 싶다. 굳이 국문과, 문예창작과를 고집하지 않아도 된다. 문학 관련 학과에서 전공한 사람의 경우 자칫 글을 위한 글쓰기가 될 우려가 있기 때문이다. 작가는 경험이 중요하므로 다양한 전공을 통해 경험의 폭을 늘리는 것이 유리하다. 또한 대학 졸업과 동시에 작가의 길을 가기보다 사회 경험을 하는 것이 좋다. 갓 졸업하자마자 어린 나이에 시작하는 것보다 사회 경험, 직장 경험 등 다양한 경험을 통해 사회를 보는 눈을 키우고 공부를 시작하는 것이 유리하다. 그래서 작가가 되겠다고 결심했다면 대학 진학 시기부터 10년 이상 장기적인 계획을 세울 것을 권한다.

학월 갈까?

작가는 선천적인 끼 외에 후천적인 테크닉 공부에 열심이어야 한다. 그래서 드라마 작가를 꿈꾸는 지망생들은 그에 관련된 교육기관을 반드시 거쳐야 한다. 드라마 작가 지망생이 혼자 습작하는 것은 위험하다. 절대 혼

자 방에 틀어박혀 하지 마라. 전문 기관의 자문을 통해 테크닉을 반드시 공부해라. 작가 교육원의 경우는 현역 작가들로부터 생생한 교육을 받을 수 있는 장점이 있다. 이 중 작가 협회에서 운영하는 비영리 기관 작가 교육원이 가장 유명하다. 수업료도 6개월에 60만원선으로 가장 저렴하고 강사진이 국내의 내로라하는 현역 작가들로 교육 수준이 높다.

그러나 지원자가 워낙 많아서 시험 전형을 거쳐야 하는 것이 다소 어려운 점이며, 경쟁률도 치열하다. 교육원은 광범위한 면접을 통해 교육생을 선출하는데, 작가의 길이 장기적인 플랜을 필요로 하므로 환경, 인성, 작가 정신을 갖추었는지를 본다. 그리고 드라마를 쓸 수 있는 감각이 있는 사람을 뽑는다.

수업 6 작가들의 최고 수입과 최저 수입

눈물나는 원고료에서 억대 원고료까지!

작가의 수입은 천차만별이다. 방송의 구성작가들의 경우 많은 비용을

받지 못하지만 이름난 드라마 작가의 경우 억대 연봉이 부럽지 않을 정도의 최고 대우를 받는다. 대략적으로 언급해 최저는 주당 20만원 선에서 최고 회당 천만원을 받는 거물급 작가까지 다양하다.

수업7 작가, 그들의 생활 패턴은?

잠자는 시간도 아깝다! 24시간이 짧은 작가의 생활

역시 다른 연예인과 마찬가지로 작가의 일상은 극본을 쓰는 창작기와 휴식기, 이렇게 두 가지로 나눌 수 있다. 극본을 쓸 때는 24시간 중 4~5시간의 수면 시간을 제외한 나머지 시간에 대본 작업을 한다고 생각하면 된다. 이것은 드라마 사전제작이 아직 정착되지 않아 생기는 현상이다. 작가는 제작하면서 대본을 쓰기 때문에 시간 싸움에 시달리게 된다. 이러한 시스템은 배우나 감독들에게도 매우 고통스러운 일이다. 촬영 당일, 그것도 촬영 시간 몇 시간 전에 대본이 나오는 경우도 허다하다. 이러한 병폐는 드라마 방영 중에 시청자의 의견을 좇아 방향성을 달리 하는 웃지 못할 결과를 낳기도 한다. 이런 현상들은 방송 환경이 열악해 나타나는 부작용이다. 앞으로는 제작 환경의 변화와 함께 대본 작업에도 충분한 시간이 주어질 것이다.

작가들은 휴식기에 주로 자료조사와 소재발굴을 한다. 일반직장 생활처럼 출퇴근 하는 직업이 아니기 때문에 휴식을 할 동안 여행이나 독서 등 다양한 경험을 통해 새로운 소재를 발굴하는 경우가 대부분이다.

철저히 매체의 성격을 살리는 테크닉으로 승부

이미지의 싸움터가 영화라면 대사의 싸움터는 TV이다. 완벽한 대사 처리 능력은 TV에서 충분히 매력적인 나만의 무기가 될 수 있다. 한국의 대표 방송작가로 불리는 김수현은 매우 독설적이고 공격적인 대사로 유명한데, 치고받는 대사처리 능력은 그녀만의 브랜드가 되었다.

대중의 감성 공감이 최고 브랜드

TV 방송은 대중 속으로 걸어 들어가 그들의 감성을 리드해야하는 만큼 대중의 공감을 이끌어내는 것이 작가의 최고 능력이다. 한국 서민의 정서를 아주 구수하게 풀어 대중으로부터 폭넓게 공감을 이끌어내는 〈대추나무 사랑 걸렸네〉의 양근승 작가가 그런 작가의 대표적 예이다.

반면에, 비록 소수에게서지만 광적인 사랑을 받고 있는 일부 작가들이 있다. 예를 들어, 감성적인 대사와 연민을 느낄 수밖에 없는 캐릭터로 사랑받는 〈꽃보다 아름다워〉의 노희경, 작가의 독특한 분위기로 지지를 끌어내는 〈네 멋대로 해라〉의 인정옥 등이 그들이다. 선호계층과 공감의 깊이는 다르지만, 이들 모두가 대중으로부터 공감을 이끌어내 사랑받고 있는 작가들이다.

아나운서, 그리고 MC/리포터

뉴스를 진행하는 지적인 이미지의 아나운서는 연기, 노래 등 창조적인 작업을 하는 연예인과 분야는 다르지만, 이 직업 역시 대중에게 호감과 친근감을 주고 화려함까지 갖춘 선망 직종임은 분명하다. 프로그램을 이끌며 화려한 언변을 뽐내는 MC, 재치 있는 진행으로 현장성을 살려주는 리포터 역시 각기 성격은 다르지만, 정보를 대중들에게 전해준다는 면에서는 아나운서와 공통분모를 가진다.

뉴스 전하는 마돈나? 아나운서

아나운서는 뉴스를 시청자들이나 청취자들에게 전달하는 사람이다. 급변하는 세상의 중요한 정보와 새로운 소식을 제공하는 직업으로, 고시시험처럼 철저한 준비가 필요한 직업이다.

방송 진행사항에 따른 순발력 있는 준비와 책임감, 사람들 앞에 선다는 긴장감 등 화려함의 이면에 큰 스트레스가 동반되는 직업이기도 하다.

뉴스 전달 이외에도 활동영역이 넓어 건강, 교양, 문화, 시사정보를 다루는 각종 프로그램, 시청자 참여 프로그램이나 공개 쇼 등에서 사회자나 MC역할을 하기도 하며, 다른 연예인들과 마찬가지로 유명세를 타거나 팬클럽이 결성되는 인기인이 되기도 한다. 요즘은 MC, VJ, 쇼 호스트 등 다양한 변종 아나운서가 등장하고 있어, 아나운서의 세계에서도 관심 있는 특정분야를 집중적으로 공략하고 준비하여 전문인으로서의 자질을 갖추려는 자세가 필요하다.

〉〉 MC, 리포터의 세계

MC는 전문 인력이 따로 있지 않고, 아나운서를 포함한 다양한 직종의 방송 관계자들 중, 프로그램을 진행하는 능력이 있는 사람이라면 누구에게나 기회가 주어지는, 포용력이 넓은 분야로 꼽힌다.

과거에는 방송 진행 분야에서 말끔한 사람, 신사 같은 사람이 주로 마이크를 잡았다. 그러나 이제 방송은 시청자와 더 가까운 매체가 되었고, 그만큼, 친숙한 사람이 진행하는 프로그램에 시청자들이 더 큰 매력을 느끼게 되었다.

이제는 직업이 요구하는 여건을 충분히 갖추고 있다면, 누구에게든 기회가 주어지는 사회로 바뀌고 있는 것이다. 외모에 대한 기준도 많이 달라져 과거에는 예쁘고 잘생긴 진행자를 선호했지만, 지금은 보다 다양한 개성과 색깔을 요구하며 실력을 더 중시하게 되었다.

리포터는 스스로 대본을 쓰거나 콘티를 구성할 수 있는 작가 기질과 함께 정보를 재미있고 흥미 있게 전달할 수 있는 끼를 갖추어야 한다. 리포터는 방송에 출연하는 연예인의 성격과 제작하는 스탭의 성격이 섞인 유일한 분야라고 볼 수 있다.

리포터는 방송계에 나타난지 불과 10년이 채 안 된 신 직종이기도 하다. 시사나 보도에 치중하던 방송의 역할과 중요성이 정보 전달로 바뀌면서, 전문적으로 정보를 다루는 사람이 필요해졌고, 그 결과 신뢰성과 전달력을 고루 갖춘 리포터라는 직업이 등장했다.

리포터에게는 정보 전달 못지않게 현장 체험도 중요하다. 시청자의 대표라는 입장이 강하기 때문에, 현장에 나가 직접 체험하며 살아있는 정보를 전하는 것이 중요한 것이다. 특히, 리포터는 데뷔 시기가 자유롭고 학력 차이, 연령층의 구분이 없는 자유로운 조건의 직업이다. 최신 음악의 트렌드를 소개한다면 10대 고등학생 리포터가 유리할 것이고, 육아 프로그램이라면 30대 주부 리포터가 필요할 것이다. 이처럼 리포터 업계는 포용력이 넓다.

수업 2   아나운서가 되기 위한 필요충분 조건

신뢰감 + 지성 + 준수한 외모??

외모 면에서 특별한 기준은 없지만, 전통적으로 미모를 갖추면 합격할 가능성이 높았다. 특히 여성의 경우, 이런 시각이 강해서 지적인 이미지와 미모를 갖춘 여성이면 유리한 조건이라 여겼다. 하지만, 현재는 이러한 과거의 편견이 많이 사라지고 있다. 시청자가 거리감을 느낄 수 있으므로, 오히려 깎은 듯이 뛰어난 외모는 마이너스가 되고 있는 실정이다. 자신감이 있고 아나운서로서의 소양만 제대로 갖춘다면 일단 오케이다.

언어 멀티플레이어면 OK!

아나운서는 언어를 통해 사람들에게 친근감과 신뢰감을 줄 수 있어야 한다. 따라서 언어 멀티 플레이어가 되어야만 한다. 언어 멀티플레이어에게는 표현능력과 정확한 발음능력이 기본적으로 요구된다.

아나운서를 지망한다면, 어릴 때부터 반드시 표준어를 사용하는 습관, 바른 우리말을 쓰는 습관을 들여야 한다. 언어습관은 단 기간 내에 완성되는 것이 아니라, 오랜 기간의 훈련과 습관, 환경 등으로부터 많은 영향을 받는 만큼, 어릴 때부터 꾸준히 노력을 하는 것이 도움이 된다. 중고등학교 시절의 방송반 활동 또한 많은 도움이 된다.

바른 우리말 사용능력은 기본!

최근, '외계어'라고까지 불리는 희한한 통신어들과 은어, 무분별한 외래어 사용으로 우리말이 심하게 훼손되거나 제대로 사용되지 못하는 경우가 많다. 또한, 말을 할 때 강조해야 할 부분을 강조하지 못하고 발음이 불분명하거나 틀린 표현을 쓰면서도 전혀

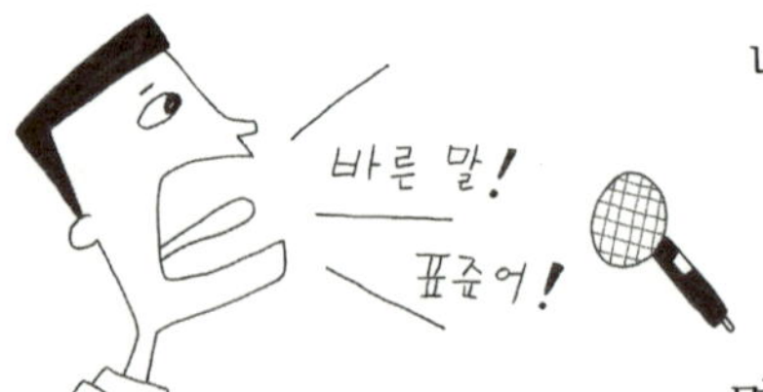

인식하지 못하는 경우도 많다. 아나운서를 지망한다면, 평소에 자신이 바른 우리말을 쓰고 있는지 계속 점검해 보는 노력이 필요하다.

과거에는 고저장단, 연음법칙까지는 습득 못해도 채용이 되었다. 그

러나 갈수록 경쟁이 치열하다 보니 어느 정도 준비된 사람이 모이게 되고, 그만큼 합격기준도 높아지게 되었다.

교양과 지적 능력은 필수! 세상에 따뜻한 시선은 기본!

아나운서들에게는 필요한 정보를 소화해 전달할 수 있는 지적 능력이 요구된다. 따라서, 세상과 인간사에 대한 관심은 기본! 시사 분야에 대한 깊은 이해가 요구된다.

그리고 불특정 다수의 시청자를 대상으로 방송 활동을 하지만, 한 명의 소중한 인간을 대한다는 마음가짐으로 정성을 기울이는 자세 또한 갖춰야 할 필수 요건이다. 그래서 이 분야는 기본적으로 사람과 대화하는 것을 좋아하고 사람에 대한 관심과 애정, 호기심이 많은 사람들에게 잘 맞는다.

>> MC, 리포터가 되기 위한 필요충분 조건

방송 색깔 살리는 개성과 현장감각 필요!

MC, 리포터에게도 역시 아나운서에게 필요한 자질이 요구된다. 그러나 이들 분야에서는 정확성보다는 개성이 더욱 중요하다. 정확한 발음 같은 세부적인 면도 중요하지만, 전체적

으로 방송의 흐름과 진행을 꿰뚫을 수 있는 눈과 그 것을 자기만의 색깔로 표출할 수 있는 능력이 무엇보다 필요하다.

간혹 신인들 중에는, 자기만의 방송 진행 색깔을 갖지 못하고 기성 방송인의 흉내부터 내는 경우가 있다. 이는 전문적인 방송 진행을 가르치는 교육 기관이 부족해서 오는 현상일 수도 있고, 자기 개성을 찾으려는 노력이 부족해서 발생하는 현상일 수도 있다. 방송은 완성도 높은 전문적인 진행 솜씨를 요구하는데, 교육은 이론적인 면에서 끝나다 보니 리포터나 MC들의 현장감은 크게 부족해질 수밖에 없다.

현장에서의 제작과정이 어떤 식으로 진행되며, 카메라의 구조는 어떠하고, 조명은 무대를 어떻게 비추는지 제대로 알지 못하면 시선처리부터 작은 손짓까지 신인 MC들은 우왕좌왕 하기 마련이다.

현실이 이렇다 보니, 전문적인 MC나 리포터를 키우는 대신 인지도 있고 당장 방송에 활용 가능한 기성 연예인을 MC, 리포터로 활용하는 경우가 늘고 있다. 그 결과 전문적인 MC, 리포터가 설 자리는 갈수록 줄어드는 악순환이 되풀이 된다. 이 악순환의 연결고리를 끊기 위해서는 MC, 리포터들이 자신만의 개성과 매력을 찾는 노력을 쉬지 않고 해야 한다.

자신의 목소리가 방송용인지 분석해 보라

준비 과정에서 자기 목소리를 분석해 보는 시간이 반드시 필요하다.

사실, 아나운서들 중 타고난 자신의 목소리를 그대로 말하는 사람은 별로 없다. 그들의 낭랑하고 명확하며 안정된 톤과 목소리는 대부분 노력의 결과이다. 자신의 목소리를 분석해서 단점은 고치고 장점은 살려서 만들어낸 목소리인 것이다. 목소리를 분석하다 보면, 발성기관이나 구강에 문제가 있는지, 혀나 치아, 입술이 제대로 움직이고 있는지 원인을 파악하는 단계가 올 것이다. 이 원인이 제대로 파악됐다면, 전문적인 치료 과정으로 다음 단계를 거쳐야 한다.

언어감각 배양과 가장 표준적인 우리말 구사에 힘써라

아나운서는 정보의 전달자로서 우리말 구사능력을 익히는 것이 중요하다. 평상시 언어 감각이 부족한 사람이라면 방송 진행은 감히 꿈꿀 수 없다. 게다가 카메라가 빨간 눈을 뜨고 지켜보고 있노라면 두 다리가 후들거림은 물론 입조차 떼기 힘들 것이다. 카메라 앞에서 해보는 짧은 문장

정도의 뉴스 낭독으로도 전문가들은 아나운서의 실력 정도를 파악할 수 있기 때문에, 실기 시험은 주로 이런 방식으로 치러진다.

정확한 발음연습을 하라

아나운서는 정확한 목소리, 발음, 호흡, 고저장단 등 여러 요소를 겸비해야 한다. 이를 위해 볼펜을 입술 위에 올려놓고 매일 연습을 하기도 한다. 연습을 할 때 뉴스를 읽는 자신의 목소리를 녹음해 들어보는 과정을 되풀이하면서 낭독에 무슨 문제가 있는지 진단하고 연습을 통해 고치는 훈련이 필요하다. 또 어떤 식으로 상황 묘사를 해야 하며, 상대를 설득해야 하는지 구체적인 억양이나 말하는 방법을 터득해야 한다.

뉴스시청은 가장 좋은 스승임을 명심하라

매일 뉴스보기를 습관화 하라. 세상을 보는 견문을 넓힐 수 있을 뿐 아니라, 선배 아나운서의 언행을 관찰할 수도 있고 행태를 분석할 수도 있을 것이다. 발음, 표현 연습에도 큰 도움이 되고, 일반 상식도 나날이 쌓여져 가는 것을 느낄 수 있을 것이다.

세상을 바로 보여주는 창문 구실을 할 수 있어야 한다

아나운서가 원고를 보고 읽기만 하는 것이라고 생각하면 오산이다. 내용을 이해하고 전달하는 과정 자체를 중시해야 한다. 또한, 사회 다

방면에 걸친 모든 뉴스를 전달해야 하니 정보를 이해하고 자신의 것으로 소화한 후 말하는 것이 중요하다.

따라서 사회가 어떻게 움직이고 앞으로 어떻게 변할지 촉각을 예민하게 세우고 살아가야 한다. 평소에, 습관처럼 사람과 세상에 관심을 가지고 여러 분야의 상식과 지식을 익히는 자세가 필요하다. 아나운서를 준비한다면, 사회 각 분야에 대한 폭 넓은 상식, 인문학적인 교양을 쌓는 노력은 기본적으로 갖추어야할 소양으로 알고 열심히 공부하고 매진해야 한다.

카메라와 친해져라

열정과 정열을 가진 유능한 아나운서가 되려면 우선, 카메라와 친해져야 한다. 방송인이라면 당연히 카메라 앞에서 말과 행동이 자유로워야 한다. 그러기까지는 많은 시간이 걸린다. 따라서 방송 아카데미를 통해 실무경험을 쌓는 것도 중요하지만, 방송인으로서 카메라 앞에 서는 감각을 익히기 위해서는, 평소에 캠코더 같은 영상장비로 자신을 찍어서 모니터링 하는 것도 좋은 방법이다.

각 언론사 공개채용시험에 대비하라

방송사 아나운서의 채용은 공개 채용이 유일하기 때문에, 아나운서를 지

망한다면, 철저히 준비하여 공채 시험을 통과하는 수밖에 없다. 하지만 해마다 공중파 방송 3사에서 채용하는 인력이 20여 명이 채 안 될 정도로 경쟁력이 치열하다 보니, 다른 지망생보다 비교 우위에 서기 위해서는 남들보다 좀 더 공부하고 좀 더 발 빠르게 노력하는 거 외에 달리 왕도가 없다.

>> MC, 리포터가 되기 위한 실전대비

MC, 리포터 역시 언어 멀티플레이어가 되어야 하므로 다양한 우리말 능력을 익히는 것이 중요하다. MC, 리포터도 아나운서와 마찬가지

로 세상을 바라보는 식견을 넓혀야 하고 카메라와 친해져야 한다.

역시 방송인으로서 카메라 앞에 서는 감각을 익히기 위해서 캠코더 같은 영상장비로 자신을 모니터링 하는 방법을 권한다. 리포터나 MC는 준비 과정 못지않게 현장 경험 또한 중요하므로 아직 역량이 무르익지 않았다면 다양한 매체를 활용해서 경력을 만들고 실력을 다듬어 완성된 후에 공중파를 노려볼 것을 권한다.

반드시 공중파 방송만 고집하지 말자!

기왕이면 다홍치마라고, 서울의 공중파 방송을 선호하는 것은 당연하다. 하지만, 전국에는 지방 네트워크, 특정 전문 방송 등 수백 개의 방송국이 있다.과거와는 비교도 할 수 없을 만큼 일터가 많아진 것이다. 큰물에서 일을 시작하는 것은 기회가 너무 적어 도전도 어려울 뿐 아니라, 준비가 되어 있기 전에 섣불리 나섰다가는 세월만 낭비할 수 있다. 그런 만큼, 신인 시절에는 작은 기회, 보수가 작은 일일지라도 일단 시작하는 것이 현명하다. 방송의 기본적인 속성은 비슷하지만, 신생 방송국이나 규모가 크지 않은 방송사는 방송 진행 인력을 충분히 보충할 만큼 제작 여건이 좋지 않다. 이런 열악한 환경에서 본인이 직접 진행 구성을 해 보고 프로그램 전체의 흐름을 파악해 보는 것이다.

수업 4 얘들아, 학교 갈래? – 아나운서 배출을 위한 전문 교육 시스템

학교 갈까?

아나운서 분야는 기본적인 자격요건에서 정규 대학 이상의 학력이 요구된다. 전공 선택은 자유로우며 모든 학문이 다 도움이 된다. 과거에는 신문 방송학 전공이 대세였지만 요즘 채용되는 방송인들의 경우를 보면,

아주 다양한 전공이 있고 특정 분야가 유리한 것은 아니다. 다만, 방송 특성상 자기의 생각을 조리 있게 풀어내야 하기에 언어 관련 전공이 약간의 도움은 된다. 그러나 지식과 정보를 어떻게 풀어 나가느냐를 가르쳐 주는 전공은 없으므로, 이것은 자신의 노력 여하에 달려 있다.

명문대 레벨과 미모는 반드시 필요한 것이 아니다

과거에는 명문대 출신의 엘리트 아나운서를 지향하는 면이 많았다. 하지만 지금은 명문대 출신의 미남 미녀가 아니어도 얼마든지 기회는 얻을 수 있다.

아나운서 전형 과정에서도 출신 학교를 가리거나 자기소개서에 출신 대학을 노출하지 않는 조건을 달기도 한다. 이렇게 기준 자체가 응시자의 능력 중심으로 변화하고 있다.

정규교육 과정 프로그램

방송 진행 분야는 뚜렷한 방법과 길을 가르쳐 주는 곳이 많지 않기 때문에 정규교육과정을 받을 수 있는 곳이 한정되어 있다. 한국방송개발원, 각 방송국에서 운영하는 방송사 부설기관과 대학에서 운영하는 대학부설기관이 있다.

사설교육기관을 잘 활용하는 것도 좋은 방법이다. 방송아카데미의 연수프로그램과 방송문화원의 아나운서 양성 과정 등에서 집중적으로 훈련하고 대비하는 것이 합격에 더 유리할 수 있다.

>> MC, 리포터을 위한 전문 교육 시스템

자격요건에 해당하지는 않지만, MC. 리포터 역시 대학 진학은 필수적이라 할 수 있다. 이들 분야는 직업 선택 이전 단계에서부터 노력을 많이 해야 하기 때문에, 대학시절의 여러 가지 교양습득과 다양한 경험은 한 단계 성숙할 수 있는 자양분이 된다.

일선 방송 아카데미나 방송 관련 교육기관 등에도 MC, 리포터의 준비 과정이 많다. 그러나 그러한 교육은 절반 정도만 참고한다고 생각해라.

교육기관을 나왔다고 현실적으로 더 유리한 점은 없다. 그저 손놓고 있기 불안하니까 지푸라기라도 잡는 심정으로 다니는 사람이 많은데, 방송 실습 등의 기본적인 도움 정도만 될 뿐 MC, 리포터가 되기 위한 모든 과정을 일러 주지는 않는다. 교육기관을 선택할 때는 전문 방송 진행을 가르치는가, 실기 위주로 방송 감각을 익힐 수 있는가를 꼼꼼하게 따져보고 선택할 것을 권한다.

아나운서 채용조건

방송사 아나운서의 채용 조건은 공개채용이 유일하다. 공중파 방송
의 경우는 정규적으로 공개채용을 통해 선발하
고, 유선방송의 경우는 필요시에 인터넷
통신이나 해당사 홈페이지, 일간지를
통해 채용공고를 낸다. 앞서 언급한 바
와 같이, 아나운서 채용의 경쟁률이 해가
갈수록 치열해지다 보니 다른 지망생보다 비교

우위에 서기 위해서는 시험 전에 많은 능력을 갖추어야 한다. 토익과 일반상
식은 기본사항이다. 1차 필기시험에 60여명을 선발하는데 8천여명이 넘
는 지원자가 몰리다 보니, 합격시키기보다 떨어뜨리기 위한 시험이 될
수밖에 없다.

따라서 최근엔, 대학 졸업 후 바로 선발되는 경우보다는 1~2년 다른
방송 채널을 거친 경험자가 선발되는 경우가 점점 늘어나고 있다.

케이블 TV는 바로 방송에 투입 가능한 인원을 뽑는다는 점에서 일정
기간 연수를 거치는 공중파와 차이가 있다. 선발 후 교육할 여건과 능
력도 안 되고, 바로 현장 활용이 가능한 인재를 원하다 보니 경력자만
채용하는 경우도 많다.

방송국 공채는 일명 언론 고시로 불리는 높은 경쟁률과 어려운 시험
으로 인해 오랜 기간 준비하는 지원자가 많다.

>> MC, 리포터 채용조건 해부하기

과거에는 아나운서처럼 공채 시험을 거쳐
MC를 선발했지만, 현재는 공개적인 MC
신인 등용문이 사라진 상태이다. 그러다
보니 신인이 데뷔할 길이 모호해졌다. 요
즘의 MC는 각 영역별로 자기 경력이 있는 사람
이 주로 맡고 있다. 현재 대표적인 MC들의 경력을

살펴보면 가수, 아나운서, 탤런트, 개그맨들이 주를 이룬다. 이렇게
MC는 얼굴이 알려진 방송인 중 진행 능력이 있는 사람이 하는 경우가
대부분이기 때문에, 따로 신인 MC를 채용하지는 않는다. 현재 공중파
방송에서 MC는 신인이 바로 데뷔하는 경우는 전혀 없다고 해도 과언
이 아니다.

리포터는 체험성을 중시하기 때문에 친숙하고 자연스러운 모습을 주
로 요구하는 편이다. 또한, 리포터라는 분야가 역사가 짧은 신생 직종이다
보니 다른 분야에 비해 자격 요건이 덜 까다로운 편이고, 각종 정보를 전달
하는 프로그램이 날로 늘어남에 따라 캐스팅의 기회도 많아졌다. 따라서 신
인 연예인들이 방송 데뷔를 위한 초반 과정으로 리포터를 택하는 일이 많다.

하지만 이런 특징으로 인해, 방송의 속성을 제대로 파악하지 못한 아마추어도 충분히 할 수 있는 분야로 오해를 받기도 한다. 그러다 보니 리포터를 궁극적인 목적이 아니라 방송 입문의 과정으로만 보는, 직업의식이 희박한 신인들이 많아지는 폐단이 생기기 시작했다. 서툴거나 어설퍼도 할 수 있는 만만한 분야로 여기고 준비 없이 달려드는 이들이 있는 것이다. 그런 만큼, 준비가 덜 된 신인이 막상 방송에 투입되어도 자기 개성을 발휘하지 못하고 버벅대다가 사라질 확률이 큰 분야가 이 분야다. 리포터도 전문 인력이라는 개념을 확고하게 가지고 자신만의 개성을 발휘해야 오래 살아남을 수 있다. 리포터는 프리랜서이기 때문에 능력을 제대로 발휘하지 못하면 가차 없이 낙오될 가능성이 크다.

수업 6   아나운서의 수입은 ?

월급봉투 기다리는 샐러리맨 아나운서

소속된 방송사에 따라 차이가 있고 각 방송사의 임금규정에 준하여 받으며, 아나운서 역시 방송사의 직원이기 때문에 기본급에 있어서는 입사

 그러나, 소위, '잘 나가는 프리랜서 아나운서'들은 일반 연예인처럼 고수익을 올리기도 한다.

〉〉 MC 리포터의 수입은?

전문 MC와 리포터의 수입은 천차만별이다. 회당 출연료로 계산되는

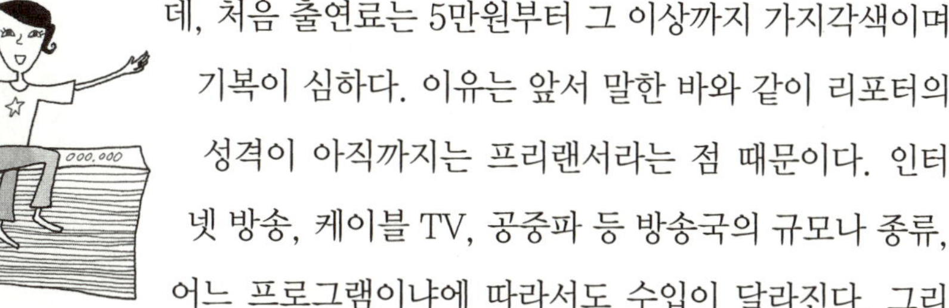

데, 처음 출연료는 5만원부터 그 이상까지 가지각색이며 기복이 심하다. 이유는 앞서 말한 바와 같이 리포터의 성격이 아직까지는 프리랜서라는 점 때문이다. 인터넷 방송, 케이블 TV, 공중파 등 방송국의 규모나 종류, 어느 프로그램이냐에 따라서도 수입이 달라진다. 그리고 경력을 쌓은 후에는 대중의 인지도에 따라 수입이 달라지는, 그야말로 자기가 한 만큼 수익이 그대로 따라 가는 직업이라 할 수 있다.

수업 7 아나운서, 그들의 생활 패턴은?

프로그램에 따라 움직이는 아나운서

아나운서는 진행하는 프로그램에 따라 업무시간이 정해지기 때문에 출퇴근이 불규칙하며, 밤샘 작업도 많다. 주로 실내에서 작업을 하지만, 프로

그램에 따라 야외촬영이나 해외촬영을 하는 경우도 있다.

아나운서는 처음 방송국에 입사하면 일정한 연수 기간을 거치게 된다. 과거에는 연수가 끝나면 '지금은 몇 시 몇 분입니다.' 같은 시각 고지나 짤막한 라디오 단신을 6개월 정도 하며 분위기를 익혔다. 그리고 새벽 프로그램처럼 시청률이나 청취율이 비교적 낮은 프로를 맡으면서 서서히 경력을 쌓기 시작했다.

그러나 요즘엔 아나운서들이 기본적인 준비가 많이 갖춰진 상태에서 입사하는 편이라 방송 투입 시기도 빨라지고, 과거처럼 오랜 기간 교육을 받지 않아도 자신의 역량을 빨리 발휘하는 편이다. 얼마간의 적응 기간이 끝나면 프로그램을 배당받거나, 원하는 분야를 지원한 이들 중 적절한 인물이 선택되기도 한다. 이처럼 일정 프로그램의 진행자가 필요한 경우에, 담당자가 아나운서실에 추천을 의뢰하거나, 아나운서 스스로가 지원을 하기도 하는데 많은 사람들이 선호하는 분야라면 그 속에서도 경쟁은 치열하다.

아나운서는 방송국의 정규직이지만, 방송국의 속성 상 보편적인 회사의 출퇴근 시간과 달리 3교대 근무를 하거나 프로그램에 따라 출퇴근 시간이 조정되는 특성이 있다. 저녁 프로그램이라면 오후 2시쯤 나오고 아침 프로그램이면 새벽에 나오는 등 출퇴근 시간이 매우

불규칙하다. 정해진 시간에 출근하면, 배당표를 확인하고 자신의 고정 프로그램 이외에 배당된 뉴스를 보도하게 된다.

배당된 프로그램을 준비하는 과정에서는 담당 PD 등 제작진과 사전 협력을 통해 프로그램의 제작 의도를 살리기 위한 방안을 모색한다. 대형 프로그램이나 특집 프로그램의 진행을 맡게 되는 경우는 리허설 등 준비부터 철저한 반면, 라디오는 비교적 준비가 간단한 편이다.

그리고 방송 진행 외에, 아나운서실 내부 업무도 맡아야 한다. 공영 방송의 경우, 우리말 연구회 등의 고유 업무 역시 소화해야 한다.

>> 그때 그때 다르다! MC와 리포터의 생활

MC와 리포터의 생활 패턴은 비슷하다. 리포터 전문 매니지먼트가 생성되기는 했지만, 대부분이 불규칙한 프로그램을 하는 프리랜서이기 때문에 그들의 생활은 그때 그때 다르다. MC는 쇼 프로그램이 아닌 이상 거의 대부분 스튜디오 촬영이지만, 리포터는 현장을 소개하는 일이 많아 ENG라 불리는 야외촬영이 많다. 스튜디오 촬영일 경우, 최소한 방송 1시간 전에 도착해 준비를 하고, 야외촬영일 경우에는 지역이 어디냐에 따라 새벽이나 촬영 전날에 미리 내려가 준비를 한다. 아나운서는 촬영장에 도착하면 소속 코디네이터와 메이크업 아티스트가 일을 도와주지만,

리포터는 프로그램에 따라 스스로 메이크업 및 의상을 준비하거나 외주에서 준비되었을 경우, 그 쪽에 맡기게 된다.

MC와 리포터는 프리랜서이기에 더욱 자기를 철저히 관리해야 한다. 방송이 없는 날에는 운동, 마사지 등 방송을 위한 준비를 철저히 해야 한다. 말을 하는 것도 체력을 필요로 하기 때문에 특히 운동은 필수다. 또한 일상의 모든 생활도 방송과 연관을 시켜야 한다. 예를 들어, 쇼핑을 하더라도 화면에 잘 받을 디자인의 옷을 고르거나, 서민들의 생활을 읽을 수 있는 재래시장을 돌아다니며 경기를 체감하기도 한다. 또한 요즘 주부들이 선호하는 먹을거리가 무엇인지에 대한 공부도 하면서 일반인들의 트렌드를 읽으려고 노력한다. 특히 MC는 사회 전반의 분위기를 폭넓게 파악하기 위해 인터넷, 지면 뉴스 등을 수시로 체크하며 사회적 이슈를 놓치지 않는다.

보너스 아나운서, 방송진행자에 대해 더 궁금한 것들

Q 아나운서의 영역은 어디까지 인가?

A 요즘은 웬만한 프로그램의 진행을 아나운서가 다 한다. 예전 아나운서의 영역은 뉴스, 시사 교양 관련 프로그램에 제한되고 오락적인 분위기를 풍기는 프로그램들은 기피대상의 1순위에 올릴 정도로 분야가 국한됐었다.
하지만 점차 오락 프로그램의 수와 종류가 팽창하는 가운데 아나운서가 진행을 꺼리다 보니, 뒤이어 등장한 MC에게 웬만한 진행의 자리를 모두 빼앗기게 되었다.
이에 아나운서들이 위기감을 느끼고 아나운서 스스로 다양한 영역을 경험하려는 노력을 시도하게 된 것이다. 일명 '웃기는 아나운서', '옆집 총각 같은 아나운서' 등 자신만의 캐릭터를 만드는 것도 이런 노력의 일환이다. 현재는 연기자로도 데뷔하거나 개그 프로그램에서 맹활약하고 있는 아나운서가 나오는 등 아나운서의 활동 영역이 상당히 다양해졌다.

Q 우리나라에는 진짜 앵커가 없다고 한다는데?

A 우리나라에서는 아나운서와 앵커를 혼동하는 시청자들이 많은데, 엄밀히 말하자면 아나운서는 정보 전달자이고 앵커는 취재해온 정보를 기초로 최종적인 정리를 하는 사람을 말한다.

외국의 앵커는 자신만의 캐릭터를 가지고 있는 스타로 여겨질 정도로 대단한 영향력을 지닌다. 심지어 미국의 앵커 중에는 자신이 보도해야 할 뉴스에 여성 비하 발언이 들어있다는 이유로 보도를 거부할 정도로 영향력이 강한 사람들도 있다. 그들은 보도하는 뉴스도 자신의 취향에 따라 선택한다. 우리나라에서는 뉴스 선택은 상부에서 결정하기 때문에 뉴스를 진행하는 사람들은 앵커라기보다 아나운서로 봐야 한다.

Q 아나운서는 왜 다른 방송에는 못 나와요?

A 아나운서는 본질적으로 연예인이 아닌 방송국에 종사하는 전형적인 직장인이다. KBS아나운서라면 KBS 소속직원이고, MBC 아나운서라면 MBC 소속 직원이다.

소속에 묶여 있으므로 다른 방송사에는 출연하지 못하는 등 방송 제약이 많고 수입 면에서도 정해진 월급을 받게 된다.

그래서 가끔 높은 인기를 구가하는 아나운서들 중에는 프리랜서를 선언하고 방송 활동을 하는 경우가 있다. 그때부터 이들은 아나운서가 아닌 MC로 분류된다.

매니저

매니저는 한마디로 말해 스타 제조기라고 표현할 수 있다. 연예인과 같이 있는 게 즐겁고, 신인을 발굴해 스타로 키우고 관리하는 것이 무엇보다 재미있다면, 매니저라는 직업에 관심을 갖는 것도 좋을 듯. 매니저라는 직업이 화려해 보이지만, 24시간 스타를 관리한다는 것은 육체적으로나 정신적으로나 꽤 고달픈 일이다. 매니저는 연예인을 위해 자기 인생을 버릴 수 있다는 각오는 기본적으로 해야 한다. 온 몸으로 뛸 자신이 있는 사람만이 매니저가 될 수 있다.

연예인의 든든한 백! 매니저!

매니저의 일은 연예인이 직접 하기 힘든 일을 대신 하는 것이다. 업무의 세부사항을 살펴보면 첫째, 연예인을 위해 각종 법적인 대행을 함으로써 연예인이 자기 본연의 일에만 충실할 수 있도록 해야 한다. 그러므로 매니저는 연예산업의 성장과 함께 점차 복잡해지는 각종 계약 업무를 위해 법무 상식과 초상권, 재산권, 법적 권리 등 많은 공부와 준비를 기초적으로 다져놓아야 한다.

두 번째로 중요한 매니저의 업무는 바로 '거절'이다. 거절을 업무라고 보자니 다소 이상하지만 이해관계가 복잡한 연예계에서 연예인이 직접 거절을 하게 되면 이미지 손상을 입을 수 있기 때문에 수많은 유혹과 권유로부터 적당히 예의 바른 거절을 할 줄 아는 것도 바로 매니저의 빼놓을 수 없는 업무 중의 하나다.

마지막으로 중대한 매니저의 업무는 연예인의 언론 홍보 부분이다. 매니저는 보도 자료를 보낼 때 기사를 어떤 방향으로 풀어야 할지에 대한 방향까지도 잡아줘야 한다. 연예산업이 이미지산업인 점을 감안한다면 이 부분의 중요성과 비중이 더욱 커지고 있다.

연예인들의 평생 친구, 매니저!

연예인 입장에서 가장 높게 평가하는 매니저는 얼마나 조직적인 시스템 안에서 체계적으로 관리하는가이다. 구체적으로 말하면, 연예인을 통해 수익을 창출하고 홍보, 관리를 할 수 있는 마케팅 능력과 체계적이고 전문적인 매니지먼트 능력을 필요로 하는 것이다.

두 번째로는 자신의 마음을 잘 알아주고 이해해 줄 수 있는 사람을 선호한다. 연예인도 일종의 직업이기 때문에 어쩔 수 없이 마음이 안 맞아도 해야 하는 일이 있다. 그럴 때일수록 매니저는 연예인의 마음을 잘 읽고 다독이는 역할을 할 줄 알아야 한다. 만약 사소한 생활까지 밀접하게 연관되어 있는 매니저와 연예인이 마음이 맞지 않는다면, 그 팀은 오래 가지 않아 결별하고 만다.

반면 친형제 이상으로 찰떡궁합을 자랑하는 연예인과 매니저를 보면, 연예인이 매니저를 따라 소속사를 옮길 정도로 멋진 화합을 보인다. 이런 경우를 보면, 매니저의 영향력과 파워가 얼마나 강한지 알 수 있다. 그래서 두 사람의 호흡이 잘 맞으면 둘이서 회사를 세우는 경우도 많다.

힘들수록 즐거움을 찾으며 버텨내야 한다!

흔히 우리는 매니저를 스타를 관리하는 사람이라고 단순히 생각하기 쉽다. 그러나 매니저는 연예인이라는 특정 직업을 관리하고 분석하는 전문

가이다. 출발 단계에서 직업에 대한 이런 자부심은 매우 중요
하다. 매니저를 처음 시작하는 시절에는 신인이나 무
명의 연예인을 매니지먼트해서 반드시 스타로 키
워내겠다는 부푼 꿈을 누구나 가지게 된다. 하지
만 현실적으로 모든 매니저가 스타를 발굴할 수
있는 것은 아니다.

　　따라서 처음부터 스타에 대한 허황된 꿈만 가지고 매니저 일을 택한 사람
은 오래 버티질 못하고 초반 로드 매니저 시절의 힘든 환경과 조건에 질려
일찍 자포자기 해버린다. 힘들어도 금방 좌절하지 말고 언젠가는 해내겠
다는 포부를 가지고 꾸준히 노력하는 것이 중요하다. 매니저라는 직업
이 힘든 직업인만큼 일에서 즐거움을 찾는 것을 멈추지 말아야 한다.
장기적으로 보면 즐거움이 결국 좋은 결과를 만든다.

졸업 후 바로 필드로!

매니저는 데뷔 시기라는 것이 정해져 있지는 않다. 하
지만 현장 밑바닥에서부터 많은 경험을 쌓아
야 하므로 고등학교를 졸업한 뒤, 혹은
대학을 졸업한 뒤 곧바로 현장에 뛰어
드는 것이 유리하다. 처음은 주로 운전
을 해주는 로드 매니저로 출발하는데 나
이가 많으면 상대방이 부담을 느끼게 되

는 것도, 졸업 후 곧바로 일을 시작해야하는 이유 중의 하나다. 로드 매니저를 충분히 경험했다면 다음 단계는 스케줄을 관리하게 되는 매니저, 다음은 연기자의 스케줄을 결정하는 팀장이 되고 마지막으로 매니지먼트사의 사장이 될 수 있다.

수업 2   매니저가 되기 위한 필요충분 조건

연예계 전반을 멀리 내다볼 수 있는 천리안을 가져라!

매니저는 연예인을 발탁, 발굴하는 일부터 훈련, 활동 관리, 계약, 재정관리까지 아우르며 해내야 하는 전문직이다. 연예인이 자기 분야에서 최대한 자기 능력을 발휘할 수 있도록 관리해 주는 직업이라 할 수 있다.

따라서 연예산업을 사업적인 안목으로 볼 수 있는 기획력과 정확한 통찰력을 지녀야 한다. 매니저에게는 무엇보다, 현장을 얼마나 잘 익힐 수 있는지가 중요하다. 따라서 기본적으로 성실함도 갖추고 있어야 한다. 또한 대인 관계가 중요하기 때문에 원만하고 둥근 성격이어야 한다.

운전면허와 튼튼한 체력은 기본에, 보디가드와 만물 박사까지?!

다음으로 필요한 것이 튼튼한 체력, 그리고 운전면허도 반드시 필요한 사항! 기본적인 경호가 가능한 스포츠나 무술 실력, 컴퓨터 활용 능력부터 어학능력까지 겸비한다면 장래는 더욱 밝아진다고 볼 수 있다. 연예인과 가장 가까이에서 그들의 생활과 일터를 전담하며 관리해야 하는 매니저. 겉보기에는 화려할 것 같지만, 현실적으로는 육체적인 피로, 부정기적인 수입 등 수많은 고된 단계를 견뎌내야 하는 직업이다.

직업에 대한 자부심도 필수!

매니저라는 직업의 특성상 24시간 업무에 전념해야 한다. 그러나 매니저 세계로 뛰어든 대부분의 지망생들은 가장 밑바닥이자 기초인 로드 시절이 워낙 힘들어, 그 고달픔을 견디지 못하고 쉽게 도태된다. 전문가적인 자부심 없이 뒷바라지나 하고 있다고 생각한다면, 매니저라는 직업이 적성에 맞는 것이 아니니 포기하는 것이 낫다. 특히 엘리트 출신일수록 '내가 이런 것까지 해야 하나?' 하는 자격지심으로 자존심에 상처를 입는 경우가 많다. 그래서 매니저 일은 일찍 시작하는 것이 유리하다. 너무 나이가 많으면 이런 밑바닥 생

활이 더욱 불편하기 때문이다. 만약 이
러한 난관도 거침없이 극복할 수 있다
면 매니저 생활이 체질에 맞는 것이다.

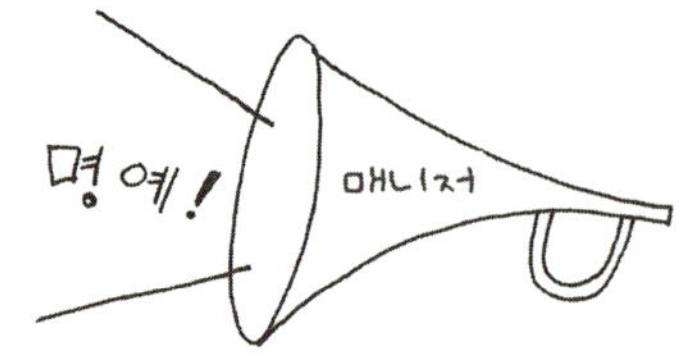

다음으로 중요한 덕목은 매니저로서의 기본
개념이 똑바로 서 있어야 한다는 것. 장기적인 준비 과정과 비전을 가지고
출발해야 한다. 업무가 상대적으로 힘들기 때문에 굳은 의지와 신념을
갖는 것이 무엇보다 중요하다. 매니저는 연예인을 서포트해주는 역할
이지 종속되는 것이 아니다. 이런 기본 개념이 없으면 종처럼 뒷바라지
나 한다는 자기 비하 때문에 직업에 대한 자부심을 갖기 어렵다.

여자야말로 성공 가능성이 높다

매니저는 여자들에게 적극적으로 권하고 싶은 직업이다. 매니저 세계에는
남녀 차별이 거의 없을 뿐만 아니라, 오히려 여자 연예인들은 여자 매니저를
선호하는 경우가 많다. 여자들의 속성은 여자가 더 잘 알기 때문이다. 여자
는 남자보다 체력이 다소 떨어지기는 해도 업무 자체를 못해 낼 정도는 아니
므로 여성이 도전할 만한 직업이다. 매니저에게 체력이 필수적이라고 해서
업무 자체가 육체적인 노동만으로 이루어지는 것은 아니다. 로드 시절에는
운전을 주로 하고 바쁜 스케줄 때문에 잠이 모자라거나 짐을 들고 다녀야 하
는 점이 힘들 뿐 여성도 충분히 성공 가능성이 높은 분야이다.

과감히 현장부터 뛰어들어라!

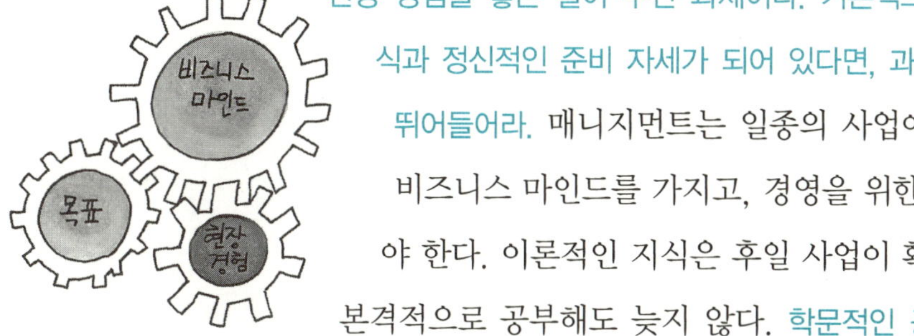

신인 매니저라면, 매니지먼트와 마케팅에 대한 이론적 지식보다는 일단 현장 경험을 쌓는 일이 우선 과제이다. 기본적으로 갖출 상식과 정신적인 준비 자세가 되어 있다면, 과감히 현장에 뛰어들어라. 매니지먼트는 일종의 사업이기 때문에 비즈니스 마인드를 가지고, 경영을 위한 공부를 해야 한다. 이론적인 지식은 후일 사업이 확장된 후에 본격적으로 공부해도 늦지 않다. 학문적인 공부 보다는 실질적인 현장 경험을 통해 알아 가는 것이 더욱 중요하다.

매니저는 직접 표면에 나서는 연예인과 달리 뒤에 있는 사람, 숨어 있는 사람이다. 매니저가 연예인을 발굴하기 위해서는 날카로운 눈을 지녀야 하는데, 이런 관찰력을 가지려면 탁상공론으로 이론만 습득할 것이 아니라 현장에서 부딪히며 경험으로 모든 걸 익혀야 한다. 다만, 현장에 뛰어들기 전에는 준비해야 할 것이 많다. 매니저의 길을 가야겠다는 뚜렷한 목표 아래 차근차근 필요한 것을 준비하라.

신인 시절에는 많이 배울 수 있는 회사를 선택하라

처음 매니저 일을 시작할 때는 대부분 자신이 선호하는 회사나 연예

분야에 뛰어드는 경우가 많다. 선택의 기준은 개인마다 다를 수 있지만 신인은 무엇보다 배운다는 자세를 갖추는 것이 가장 중요하다. 따라서 신인 시절에는 체계적이고 조직적인 회사에서 배우는 편이 훗날을 위해서도 도움이 된다. 또 한 분야만 고집하기보다는 되도록 다양한 분야를 거쳐 보는 것이 장기적인 안목으로 볼 때 유리하다.

현재 연예계의 시스템 구조상 매니저들이 가장 쉽게 채용되는 경로는 바로 추천이다. 연예인의 프라이버시를 보호해야 하는 특성 때문에 매니저를 고용할 때는 주위에서 추천을 받은 사람을 채용하는 경우가 많다. 다음으로 많이 채용되는 경로는 학원. 연예인이라는 업종 상 신뢰도가 무엇보다 중요하고, 연예인의 사생활 보호가 필수적이기 때문에 믿음직스런 학원출신을 선호하기도 한다. 개인적으로 문을 두드려 보는 것도 나쁘지는 않지만, 무조건 밀어붙이는 것보다 주위의 추천을 받는 편이 더 유리할 수 있다. 만약 주위에 아무런 인맥이 없다면, 발로 뛰어 찾아서라도 추천을 받는 노력이 필요하다.

로드 매니저부터 시작해 단계적으로 밟아 나가라!

매니저는 단계 상 반드시 제일 밑 단계인 로드 매니저부터 시작하게 된다. 로드 매니저로 시작해 현장경험을 익히지 않고는 결코 다음 단계를 밟을 수 없다. 업무를 수행할 때 생기는 문제점은 무엇인가? 매니저는 어떤 역할을 하고,

난관에 부딪혔을 때는 어떻게 처신해야 하는가하는 것들을 로드 시절부터 현장에서 몸으로 배우지 않으면 안 된다. 그래서 현장 경험이 필수적이다. 로드 매니저는 사실 단순하고 힘들고 육체적인 일을 많이 하게 된다. 이른바, 로드 매니저를 3D 직종이라 봐도 무방할 만큼, 어렵고 힘든 일의 연속이다. 그래서 괴로워하거나 잠적하는 경우도 있고, 선배 매니저들은 이미 그런 과정을 겪었기에 이해하고 도와주려 한다.

로드 매니저의 어려움을 힘들게 극복한 뒤에는 스케줄 매니저 → 마케팅 매니저의 역할을 수행하게 된다. 회사 내의 직급과 비교하면 사원(로드) → 팀장(스케줄 매니저 이상) → 실장(마케팅 매니저 이상) → 이사 급(총괄 마케팅 매니저 이상)으로 승진하게 되는 것이다. 이런 단계를 거치고 나면 자신의 능력 여하에 따라 독립을 한 뒤 매니지먼트사의 경영자가 되는 경우도 많다.

유일하게 자본금 없이 인적 네트워크 관리로 사업을 시작할 수 있는 아주 유망한 직종이 바로 매니저이다. 현재, 우리나라에서도 매니지먼트 대표들의 파워가 커졌지만, 외국에서는 스타보다 스타의 매니저가 영향력이 더 클 정도로 막강한 힘을 자랑한다. 이런 점으로 미뤄보아 우리나라에서도 스타를 발굴하고 만들어내는 매니저 사업은 더욱 전도유망한 직종이 될 것이다.

매니저야말로 카멜레온처럼 스스로 적응하고 스타일을 맞추려는 노력이 없으면, 살아남지 못하는 직종이다. 로드 시절에는 생각할 시간이 없다. 발로만 움직이기에도 하루가 너무 짧다. 그러나 그 바쁜 와중에도 미래를 생각하고 능력을 키워야 한다. 스케줄 매니저로 올라가는 것도 능력이 있어야 가능하다는 것을 잊지 말아야 한다. 승진할 능력이 부족한 사람은 십 년 넘게 로드 매니저만 하는 경우도 있다.

나는 이렇게 시작했다! 매니저가 되는 세 가지 계기

매니저의 길을 걷게 되는 계기를 나눠 보면 다음의 세 가지 정도로 구분할 수 있다.

1. 방송 관련 업무를 하다 매니저로 전직하는 경우

첫 번째는 방송에 관련된 일을 하다 연예 관계자들과 친해지면서 매니저의 길로 뛰어드는 케이스이다. 먼저 미술이나 조명 등 방송 제작 분야를 접하면서 매니저 분야에 흥미를 느껴 전직하게 되는 경우가 많은데, 남자는 FD 출신이, 여자는 의상이나 헤어 관련 일을 하다 전업하는 경우가 대부분이다.

2. 가족, 친구 등 지인이 연예인이 된 경우

두 번째는 가족이나 친구 등 지인이 연예인이 된 케이스이다. 매니저 중에는 가까운 형제, 친구 등이 연예인으로 데뷔할 때 옆에서 도와주다가 연예 시장에 매력을 느껴 본격적으로 뛰어드는 사람들이 많다. 이런 경우는 이미

해당 연예인과 신뢰 관계가 두텁고 팀웍이 잘 맞기 때문에 매니저가 되는 조건도 덜 까다롭다. 이들은 연령이나 성별에 크게 구애 받지 않고 개인 매니저로 시작해 영역을 넓혀간다.

3. 본인 스스로 매니저를 지망한 경우

세 번째는 내가 스타를 키우겠다는 야망을 가지고 처음부터 본격적으로 시작하는 경우이다. 이런 사람들은 평소부터 연예계 자체에 많은 관심과 흥미를 가지고 있는 사람들이다.

수업 4 애들아, 학교 갈래? - 매니저 배출을 위한 전문 교육 시스템

학교 갈까?

매니저는 고졸 이상이면 로드 매니저 채용의 기회가 주어진다. 기획사에서 특별히 대학 학력을 요구하지 않으므로 시작은 고졸부터 가능하며 대졸자와 학력적 차별은 없다. 그러나 학력의 차이라는 면보다, 대학에서 느낄 수 있는 분위기와 학문, 교육과정이 중요하다는 점에서 되도록 진학하는 것이 좋다. 로드 시절에는 개인적인 시간과 여유가 거

의 없기 때문에 대학 시절에 미리 기본적인 준비를 하는 편이 유리하다. 아무리 매니저에게 현장 경험이 중요하다 해도, 시작하기 전에 기본 준비는 필수.

전공은 무엇을 해도 좋지만, 어떤 공부를 하든 부수적으로 마케팅에도 관심을 가져야 한다. 현실적으로 계약을 대행하고 광고주를 만나는 등 업무 수행을 하면서 맡게 될 마케팅에서, 관련 용어와 상식을 모른다면 업무에도 지장이 크다. 또한 법률 상식, 돈을 받았을 때 어떻게 해야 하는지, 법인의 경우 사업자 등록은 어떻게 해야 하는지 등의 기본적인 상식을 알지 못하면 더 이상 업무 진행을 할 수 없을 뿐 아니라, 해당 연예인이 피해를 입을 수도 있기 때문에 반드시 따로 공부해야 한다. 또 회사에 따라서 학력이 부족하면 승진할 수 있는 위치에도 한계가 있는 경우가 종종 있다.

학원 갈까?

매니저를 키우는 교육 기관은 대학의 전공 외에 매니저 전문 양성기관이 있다.

교육기간은 6개월의 과정을 거치는데 주 2, 3회 수업을 들으며 졸업 후에는 취직까지 연결된다. 될 수 있는 한 대학 진학을 권하지만, 굳이 진학을 하지 않더라도 이러한 양성기관을 거쳐 준비를 해도 충분하다. 학원에서는 언론 보도, 홍보, 연예산업에 관계된 다양한 교육을 받을 수 있다. 그러한 컨텐츠를 습득한 다음 현장에 뛰어들면 많은 도움도 되고, 이미 진출한 선배를 통해 쉽게 일을 얻을 수 있는 장점도 있다. 그러나 매니저가 수행해야 할 업무나 능력은 날이 갈수록 다양하고 복잡해지고 있기 때문에 수업과는 별도로, 앞서 지적한 기본 준비는 스스로 해야 한다.

수업 5 매니저도 연예인처럼 벌까?

쥐꼬리 월급으로 시작해 용머리 수익창출로!

과거에는 매니저의 수입이 철저히 스타의 수익에 비례했다. 그러나 요즘은 시스템이 기업화 되면서 점차 분배 시스템도 많이 바뀌었다. 개인 계약을 제외한 수익이 생기면 먼저 회사 공통의 수익으로 들어가서 관리부에서 지분 관리를 하게 된다.

기본적으로 신인 로드 매니저 시절에는 차비 명목으로 겨우 40~50만 원 정도를 받는 곳이 많다. 매니저 분야는 워낙 초반기 도태율이 높

아 기업에서도 일일이 투자를 하지 않는 것이다. 매니저의 자질을 테스트한다는 이유로 차비와 기본적인 생활비 정도를 주며 얼마나 버틸 수 있는지를 보는 것이다. 그래서 신인 시절에는 기본적인 생계를 유지하며 욕심을 버리고, 없으면 없는 대로 사는 게 좋다.

그 후 스케줄 매니저로 승진을 하게 되면, 월급제인 곳은 중소기업 임금 수준 정도로 시작하게 된다. 그 후에는 본인의 경력, 실력에 따라 수입도 달라진다. 이 때부터는 임금과는 별도로 진행비를 지원 받는다. 스폰서 십, 이벤트, 공연, 광고계약 등 매니저의 능력으로 무에서 유를 만들었을 때는 별도의 인센티브를 받기도 한다. 수익을 창출하는 개인의 능력에 따라 매니저의 수입도 기하급수적으로 올라가는 것이다.

수업 6 매니저, 그들의 생활 패턴은?

단계별로 다이내믹한 생활을 하는 매니저!

로드 매니저는 대부분의 경우 9시 경 출근한다. 출근해서 업무보고를 하고 진행비 지출서를 쓴 뒤 스케줄을 이행할 준비를 한다. 그리고 담당 연예인의 스케줄에 맞춰 거의 하루 24시간을 같이 움직이고 운전을 도맡아 하게 된다. 로드매니저를 넘어 스케줄매니저로 올라가게 되면 하루 종일 연예인을 따라 다니는 일은 없고 전체적인 진행 흐름을 파악하는 정도에 그친다.

독자들이 이해하기 쉽도록 가수 매니저의 경우를 예로 들어 설명하면 다음과 같다. 가수가 방송사 음악 프로그램에 출연하는 스케줄이 있다면 로드

매니저는 오후 4시의 출연시간을 준비하기 위해 오전 11시 전에는 미리 현장에 가 있어야 한다. 그러기 위해서는 아침 7시 정도부터 연예인의 헤어스타일과 메이크업 등을 준비 하고 10시 반 정도에 현장에 도착한다. 이때 신인 가수라면 9시 전에는 미리 가 있어야 한다. 그래야 미리 관계자에게 홍보 겸 인사도 하고 대기실도 미리 잡게 된다. 신인에게는 주어진 대기실이 따로 없기 때문이다. 그 후 오후 1시가 되면 리허설 준비를 하고 조명도 직접 맞춰보거나 음악적인 부분을 체크하고 백댄서와도 호흡을 맞추게 된다.

또한 로드 매니저는 CD 형태의 음원 (반주만 있는 음원은 MR, 반주와 음성이 같이 있는 음원은 AR 이라 부른다)을 관리하고, 세션과 백댄서 관리 등 필요한 모든 현장 점검을 하게 된다.

그리고 나면, 보통 스케줄 매니저는 오후 1시 정도에 나오게 된다. 진행 흐름을 살펴보고 감독 등 관계자와 인사를 하고 전반적인 체크를 하는 것이 이들이 몫이다. 실장급 이상이라면 아주 중요한 행사 외에는 일일이 따라 다니는 경우는 거의 없고 제작자를 만나거나 업계 동향을 살피는 등 세부적인 마케팅에 주력한다 중요한 방향을 제시하고 계약하는 역할도 대부분 마케팅 매니저의 소관이다. 업무상 책임 프로듀서와 미팅을 갖거나 홍보 전략을 짜고, 기사를 내거나 광고 대행사 관련 업무를 하는 것도 대부분 마케팅 매니저가 하게 된다.

Part5
연예계 데뷔 무대, 오디션 합격족보!
실력으로 무장한 뒤 다양한 문을 두드려라!

연예인이 되기 위해서 오디션은 꼭 거쳐야 하는 관문임이 분명하다. Part5는 연예계에 데뷔하는 실질적인 길을 알려주는 파트이다. 방송사 공채, 기획사의 스카우트, 오디션, 로드 캐스팅 등 각 직종별로 등용의 길을 제시하고, 어떠한 차이점이 있는지 상세한 해답을 알려줄 것이다. 단순히 입시 요강이나 응시 요령을 모아놓은 일반적인 정보의 창구가 아니라, 지망생들이 응모하기 전에 어떤 자세를 가져야 하는지 실질 가이드를 하려 한다.

Part 5
연예계 데뷔 무대, 오디션 합격족보
실력으로 무장한 뒤 다양한 문을 두드려라!

방송사 공채 살펴보기

자, 준비됐으면 각 분야의 공채 경향에 대해 살펴보기로 한다. 각 방송사에서 정기적으로 공개 채용을 하는 분야로는 TV 탤런트, 개그맨, 작가, PD, 아나운서 분야가 있다.

1. 어? 공채 영양가 별로 없네~?! – TV 탤런트

과거에는 TV 탤런트로 발탁되는 관문으로 방송사 공채가 대표적이었다. 그러나 요즘 연기자들은 공채를 기피하고 있다. 공채 시스템은 연기자들이 일정 기간 동안 다른 분야로 진출하는 것을 금지하고 2~3년씩 방송국에 묶어놓는 경우가 많아, 여러 가지 경험을 하고 얼굴을 알려야 하는 신인배우들에게는 불리한 조건이 되기 때문이다. 공채에 발탁되면 치열한 경쟁을 거쳐 선발되었다는 보기 좋은 허울은 있지만, 실질적으로 크게 도움이 되지 못한다. 이런 불합리한 조건 속에서 결과적으로 살아남는 공채 연기자들은 대략 20명중 2~3명. 그래서 연기자 지망생에게 공채 시스템은 다소 부정적이다. 차라리 감독이 개인적으로 스카우트를 하는 경우라면 일말의 책임감으로라도 다른 분야로 밀어주기도 하는데, 방송사에 공채로 묶여있는 연기자라면 그마저 힘들다. 그래서 요즘은 신인에게 다방면으로 활동을 지원해 줄 수도 있고, 체계적인 연기수업 트레이닝 과정도 가진 기획사를 선호하는 추세다.

2. 공채에 목숨 걸라! – 개그맨

공채로 선발된 개그맨이 연기자에 비해 많은 인원이 활발히 활동할 수 있는 이유는 방송국의 지원 때문이다. 방송국에서 개그맨들을 구할 시 재능 있는 지망생들을 쉽게 찾기가 어렵기 때문에 공채로 검증된 개그맨들을 전폭적으로 키워주는 것이다.

연기 잘하고 예쁜 지망생을 구하려면 압구정동이나 강남역을 배회하는 로드 캐스팅으로도 얼마든지 구할 수 있지만, 개성 강한 인물 찾기는 사막에서 바늘 찾기 만큼 어렵다. 따라서 캐릭터 강한 개그맨들의 발굴은 그들을 한 곳에 불러 모으는 공채가 아니면, 그만큼 많은 발

그 외에 라디오 프로에서 발탁되는 경우나 개인적으로 스카우트되는 경우도 있지만 이들은 아주 예외적인 경우에 속한다. 또 다른 방법으로는 기획사에 개인적으로 발탁되는 케이스도 있다. 이처럼 현실적으로 개그맨이 되기 위한 1순위 관문은 방송국 공채이므로 만약 떨어졌다 해도 실망하지 말고 반드시 재도전하는 끈기를 보여라.

개그맨은 그 어떤 분야보다도 피나는 노력이 필요한 분야이다. 소위 요즘 잘나가는 개그맨들을 보면, 기본적으로 4, 5년은 무명생활을 하며 배고픔을 견딘 이들이다. 그들은 개그맨이 그만큼 오랜 연마를 통해야만 빛을 발하는 분야임을 알고 있기 때문에 아무리 힘들어도 포기하지 않고 버티는 것이다.

개그맨 공채 오디션을 가보면 몇 년씩 포기하지 않고 재도전을 하는 지망생들을 어렵지 않게 찾을 수 있다. 나이가 초과되면 나이를 속여서라도 다시 도전하는 사람이 있을 정도다. 시험 봐서 한두 번 떨어졌다고 자신의 재능을 의심하며 포기하지 말고, 장기적인 계획을 세워서 꾸준히 도전하기를 권한다.

3. 전문기관을 통하는 게 효과적이다! - 작가

드라마 작가의 경우 공채를 통하기 전에 전문 기관에서 실질적인 공부를 할 것을 권한다. 드라마 작가의 공채는 당장 현장에 투입될 수 있을 만큼 다듬어진 과정을 거친 후 도전해야 한다. 순수문학은 대학이나 동아리, 문화

센터 등 각종 기관에서 소설, 시 작문법을 교육한다. 그러나 대중문학인 드라마 작법을 배울 수 있는 곳은 그리 많지 않다.

간혹 조용한 사찰에 들어가 드라마나 한 편 쓰고 나오겠다고 객기를 부리는 작가들이 있는데 이는 상당히 위험한 행동이다. 드라마는 순수 문학과 달라 혼자 습작하는 것이 아무런 도움이 되지 않는다. 전문 기관을 통해 이야기를 가공하는 법, 이야기를 전개시키는 법 등을 공부해야 하는 것이다. 그래서 작가는 실질적으로 드라마 작가 교육원의 면접을 통과하고 후일 방송사 공채를 통하는 이중 테스트를 받게 된다.

작가 지망생에게 드라마 작가 협회가 후원하는 작가 교육원을 1순위로 추천하고 싶다. 작가 교육원의 경우 현역 방송 작가들에게 생생한 교육을 받을 수 있다는 점에서 가장 추천되는 코스다. 그러나 지망 인원이 워낙 많아 교육을 받기 전 광범위한 면접을 통해 발탁이 되어야 한다. 교육원에서 선호하는 작가는 감각적인 재능을 지닌 지망생들이다.

또한 교육원에서는 작가라는 직업이 장기적으로 시간을 투자해서 탄생되는 결과이기 때문에 지망생들의 환경, 인성, 작가의 정신과 철학을 중점적으로 본다. 일단 선발이 되어도 2년이라는 긴 시간 동안 6개월 단위의 치열한 경쟁을 거쳐 소수 정예만 살아남게 된다. 그래서 최종 단계까지 거친 사람들은 일차적인 검증을 받은 작가들이기 때문에, 대부분 다음 단계인 공채를 거뜬히 통과해 본격적인 작가의 길을 걷게 된다.

작가시험 대비 요령

현재 작가시험은 크게 드라마작가와 예능작가로 나뉘는데, 드라마 작가는 현재 각 방송국에서 공채로 모집하거나 PD에게 소개를 받아 데뷔하게 된다. 여기서 소개란 알음알음 전해지는 소개가 아니라, 각종 교육원의 강사가 PD에게 추천을 하는 경우가 많으므로 혼자서 글을 쓰는 것보다 각종 작가 교육원에서 교육을 받는 것이 좋다. 교육기관 중에서 현재 드라마 작가 사관학교라고 불리는 한국방송작가협회 교육원을 가장 추천하는 바이다. 이곳에서 우리나라 드라마작가의 70~80%를 배출한다고 봐도 과언이 아니다.

코미디 작가의 경우는 방송국에서 간헐적으로 공개채용을 하는 경우가 있는데 공개채용을 준비하는 지망생의 경우 공채시험을 보면 되고, 공개채용을 원하지 않을 때에는 자신이 좋아하는 프로그램의 사이트에 들어가서 부지런히 모니터를 하거나 또는 담당 PD에게 직접 대본을 보내는 등등 적극적으로 대시하는 것도 하나의 방법이다. 대본이 좋을 경우, 바로 작가로 입문하는 경우도 제법 많으니 적극적으로 대처해보는 것이 좋다.

그리고 다큐멘터리 작가는 주로 작가 선배 밑에서 글을 배우면서 시작하는 경우가 많으므로 이 역시 방송작가협회 교육원을 다니면서 인적 네트워크를 쌓아두는 것이 중요하다.

라디오 작가는 여성작가들이 가장 선호하는 분야중 하나. 라디오 작가 지망생

4. 아~ 언론고시의 멀고 험난한 길이여! - 아나운서 & PD 공채시험

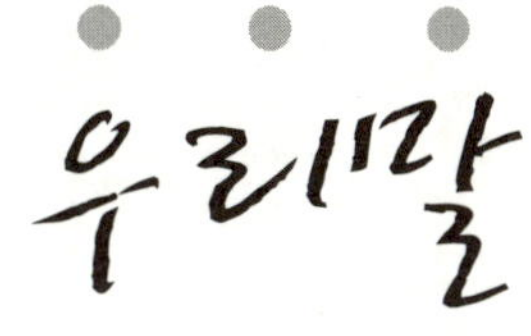

아나운서와 PD의 분야의 공채는 방송국 공채의 모든 분야 중 응시조건이 가장 까다롭다. 이 두 분야는 방송국에 취직하는 정규직으로 취급돼 임금 수준이 대기업과 비슷하고 직장인 성격이 강하다. 다른 분야의 공채는 평생직장의 개념이 아닌 프리랜서에 가깝지만, 아나운서와 PD의 공채는 대기업의 신입사원 시험과 비슷하다.

채용 조건은 방송사마다 조금씩 다르지만, 대부분 4년제 대학 이상의 학력과 토익 900점대 이상의 실력을 원해 합격하기가 상당히 어렵고 까다롭다. 언론고시라는 말이 달리 있는 게 아니다. 채용연령에 제한을 두는 방송사도 있으니 사전에 채용 조건을 꼼꼼하게 검토하기 바란다. 아나운서의 경우 한국방송이 듣기,

쓰기, 말하기, 읽기, 국문학 지식 등 5개 분야에 걸친 한국어능력인증 시험을 결과에 반영하고 있으며, 다른 방송사도 한국어능력시험을 점차 포함할 뜻을 보이는 만큼 방송계 인력에게 바른 우리말 구사 능력의 중요성이 점점 커지고 있는 추세이다.

연예인 데뷔의 지름길! 기획사의 스카우트 살펴보기

요즘은 연예인으로 발탁되는 케이스 중 가장 많은 것이 바로 기획사의 스카우트이다. 기획사를 통해 데뷔하는 길은 자체적으로 발탁되는 경우와 오디션을 통하는 경우 크게 두 가지로 나눌 수 있다. 자체적으로 발탁되는 경우는 로드 캐스팅과 연기 학원이나 극단에서 가능성 있는 신인을 소개받는 케이스이다. 오디션은 그야말로 공개 테스트를 거쳐서 발탁되는 경우로 데뷔맵 3에서 구체적으로 살펴보기로 한다.

현재의 연예계에서는 데뷔라는 의미가 과거와 달라, 경우에 따라 2, 3년 이상의 트레이닝 기간을 포함하기도 한다. 일반적으로 생각하는 픽업(pick -up)의 개념은 점차 사라지고 준비된 신인을 키우려는 기획사들이 늘고 있는 것이다.

1. 기획사 지원 요령

기획사 오디션은 정기적으로 실시하는 방식과 기획사 간에 협동해서 대형

오디션 행사를 마련해 대대적으로 신인을 선

출하는 방법이 있다. 후자의 경우는 많

은 인재를 끌어 모으기 위해 상금

을 걸거나 전속 모델 발탁 등 좋은

조건을 내세우는 만큼 경쟁도 치열

하다.

일부 공개 오디션은 전형료를 받는 경우도

있지만, 대부분의 오디션 응모는 별도의 추가비용은 들지 않는다. 우편

이나 이메일 접수로 개인 신상과 사진을 첨부해 보내면 오디션 담당자

가 그 중 선별하게 된다.

다만 휴대폰 카메라로 찍은 사진이나 캠 사진, 포토샵 같은 컴퓨터

프로그램으로 수정한 사진으로는 지원할 수 없다. 위와 같은 오디션을

거친 뒤 1차 심사에 통과한 지망생들의 경우는 주말을 이용한 공개 오

디션을 통해 다시 옥석이 가려지게 된다.

2. 기획사가 스타 지망생을 찾아 나서 키우기까지!

기획사의 특징은 응시생들의 지원을 기다리지 않고 끊임없이 신인을 찾아

나서는 적극성에 있다. 거리를 다니며 적당한 인물을 찾는 로드 캐스팅,

각 지역별 (지방, 해외)오디션, 각 학교별 오디션 등 기획사가 직접 찾

아 나서는 오디션을 정기적으로 마련하여 숨겨진 인재를 찾는다.

이렇게 오디션을 통하면 바로 데뷔하는 것이 아니라 장기적으로 몇 년 이상 트레이닝을 받게 된다. 예전에는 오디션을 통과하면 바로 가수 데뷔가 가능할 만큼 실력이 뒷받침되는 경우가 많았다. 그러나 지금은 작은 가능성을 보고 가수가 될 소질이 있는 어린 아이들을 미리 발굴해 다듬는 과정 역시 중요해졌다.

각 기획사마다 방법은 다르지만 스카우트가 되면 먼저 테크닉, 창법, 춤, 개인기 등을 배우게 된다. 이러한 트레이닝 과정은 기획사에 따라 차이가 크다. 6개월 정도의 단기간에서부터 장기적으로는 몇 년에 이르기까지 트레이닝 기간도 다르고 트레이닝의 노하우도 다르다. 예전에는 지망생들이 춤과 음악을 즐기는 정도로 트레이닝을 받았다면 이제부터는 전문적으로 깎고 다듬어지는 것이다.

이들 기획사들은 연예인 양성에 관한 모든 비용을 지망생 개인이 아닌 기획사 자체에서 부담하고 있다. 스타 하나 만드는 것을 일종의 투자로 생각하는 것이다. 어느 정도 시간과 비용을 들였을 때, 몇 년 뒤 얼마의 효과를 낼 수 있는가를 모두 계산해 보고 머리를 굴리며 혹독한 트레이닝을 시작하는 것이다.

유명한 기획사일수록 거액의 돈을 투자해 재능을 키워주는 경우가 많다. 단, 일부 기획사나 에이전시를 가장한 학원 중에는 트레이닝 비,

진행비를 명목으로 돈을 요구하는 경우가 있으니, 지망생들은 이 점에
특히 유의해야 한다.

3. 자신에게 맞는 기획사 찾는 요령

기획사를 찾을 때, 회사의 명성만 보지 말고, 자신과 맞는
곳을 찾기 위해 발로 뛰어야 한다. 몇 곳의 기획사 오디션에
떨어졌다고 해도, 지나치게 실망하거나 포기할 필요가 없다.
자신에게 맞는 기획사는 어딘가에 있다는 것을 명심하고 열 곳이
던 스무 곳이던 맨발에 땀나도록 뛰어다녀라. 기획사의 기준을 자
기 능력 기준의 척도로 보면 쉽게 지치고 절망하게 된다. 기획사는 많
은 재능 중에 자기 회사의 컨셉에 맞는 재능을 선택하는 것뿐, 객관적
이고 절대적인 잣대는 없다. 무엇보다 중요한 것은 기획사의 캐스팅에만
너무 의존만 하려 하지 말고 자신의 능력을 키우는데 더 신경을 써야 한다는
것! 지금의 스타들도 이런 과정을 거쳐서 선발되었음을 명심하라!

4. 기획사와의 계약은 신중하고 꼼꼼하게!

연예인이 되려면 지금부터 기획사와의 파워게임 생리를 이
해해야 한다. 밀고 당기는 기술은 연애에만 필요한
것이 아니다. 자신과 동고동락할 기획사와도 긴
장을 늦추지 말고 영리한 작전으로 파워게임을
해야 한다.

기획사마다 다르겠지만, 필요 이상으로 오랜 기간 장기 계약을 하는 것은 좋지 않다. 충분한 투자도 하지 않으면서 장기간 계약으로 묶어두는 기획사로 인해 연예인들의 피해가 속출하는 것도 바로 계약 시 신중함이 결여된 결과이다.

기획사의 오디션에 통과한 뒤 본격적으로 계약을 하게 된다면 반드시 부모님과 동행해야 한다. 아직 사회경험이 부족한 지망생들은 문서로 작성된 문구들만 봐서는 어떤 이야기들이 오고 가는지 쉽게 이해하기 힘들다.

단지 계약해 주는 것만으로도 감격하고 흥분해서 그저 고개만 끄덕이며 저자세로 나가기 십상이다. 반드시 부모님이나 믿을 수 있는 어른들과 의논해서 꼼꼼히 파악한 후 계약해야 한다. 그리고 계약을 할 때, 자신이 원하는 바를 분명히 전달하고 원하는 결과가 나올 때까지 협상하는 것도 잊어서는 안 되는 사항이다.

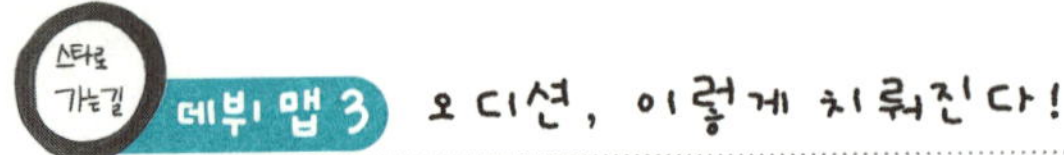

연기자의 경우 오디션 방송국 공채와 각 제작사들의 오디션이 있는데, 예전에는 방송국의 공채 파워가 셌지만 이제는 각 제작사의 매니지

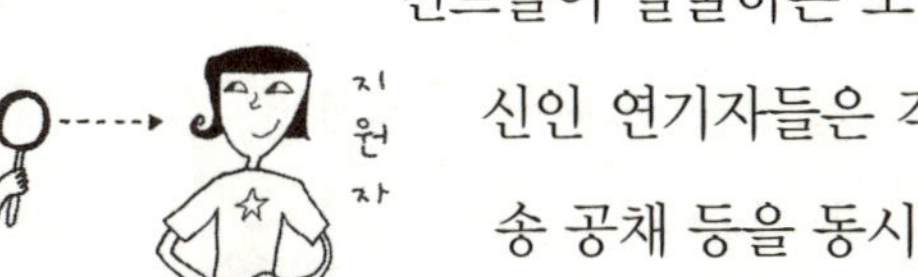

먼트들이 발굴하는 오디션도 한 몫을 하고 있다. 신인 연기자들은 각 제작사의 오디션이나 방송 공채 등을 동시에 다 준비하는 것이 좋다. 가수 오디션의 경우 각 프로덕션에서 수시로 오디션을 보고 있다. 오디션 일자나 기획사의 경향, 선발기준 등에 관한 정보는 조금만 관심을 가지고 보면 인터넷 사이트를 통해서 쉽게 찾을 수 있다.

개그맨은 현재 90%이상이 방송국에서 공채 오디션을 보므로 관심 있게 지켜봐야 한다. 오디션은 개인연습의 결과물과 개성을 최대한 내보이는 장이기 때문에, 본인이 학교 공부를 하듯, 적어도 1년에서 2~3년은 공부한다는 마인드로 덤벼야 한다.

이제 우리나라에서도 가수나 연기자, 개그맨을 양성하는 학원들이 서서히 자리를 잡아가고 있는 실정이다. 기회가 된다면, 연예계 종사자들의 관련 특강을 찾아다니는 것 또한 나중에 든든한 자산이 됨을 명심하라!

1. 연기자 오디션 아킬레스건

단정한 셔츠와 청바지 차림으로 오디션에 임하라?!

TV 탤런트, 영화배우의 오디션은 오로지 카메라를 통해서만 이루어진다. 맨 얼굴이 아무리 빼어나다 해도 화면상의 얼굴을 통해 모든 것이 판단된다. 따라서 반드시 영상을 염두에 두고 오디션을 준비해야 하는 점을 잊

지 마라. 또한 오디션에서 중요한 것은 차림새이다. 최대한 멋진 모습, 최대한 단점을 가릴 수 있는 모습으로 오디션에 임하면, 지망생 본연의 모습을 찾을 수 없어 오히려 마이너스가 된다.

연기분야의 오디션은 신체를 보는 면접이기도 하다. 여자 연기자의 경우, 머리는 단정히 하나로 묶고 하얀 색 라운드 티셔츠를 입고 가는 것이 좋다. 심사위원들은 여자 연기자의 신체 중 목선과 쇄골선, 어깨선, 즉 얼굴에서 어깨로 내려오는 여성적인 매력이 어느 정도인가를 유심히 본다. 따라서 둘레가 조금은 파인, 피트한 셔츠를 입는 것이 좋다. 단정한 흰 셔츠와 청바지면 오디션을 위한 준비는 끝! 남자 심사위원들에게 뭔가 어필하기 위해 유명 메이커의 옷을 입는 다거나 다소 노출이 심한 옷차림으로 오디션을 볼 계획이라면, 오히려 거부감만 심어줄 뿐이라는 걸 명심하라.

자신의 내추럴한 모습이 최대 강점임을 명심해라!

또 하나! 깨끗한 기본 화장만으로 자신의 본 얼굴이 어떤 상태인지를 보여주는 것도 중요하다. 감독은 연기자의 진짜 얼굴을 보고 싶어 한다. 밑바탕을 알아야 지망생이 어떤 색과 어울리는지, 어떤 역할의 연기를 소화할 수 있는 지 알 수 있기 때문이다. 그래서 감독이 덧칠할 여지를 무참히 짓밟는 요란한 화장은 실격사유가 된다.

또한 섹시나 청순 같은 특정한 이미지를 만들어가는 것도 금물!

남자의 경우도 여자 지망생처럼 심플한 라운드 셔츠와 청바지가 가장 권할 만한 차림이다. 사족이 될지 모르겠지만 한 가지 덧붙이자면 향수 사용 또한 금물! 심사위원이 심사를 하는 도중 지원자의 향수 냄새에 지치게 된다. 얼굴을 자세히 보려면 응시자 가까이 가야 하는데도, 짙은 향수 향으로 인해 심사위원은 지망생을 피하게 된다. 심사위원은 대략 하루에 1,000여명의 지원자를 심사한다. 좀 과장되게 표현하자면 향수나 화장품 향으로 인해 두통까지 일으키다 금세 지치게 된다. 어찌 보면 빠른 수험번호가 유리할 수도 있다. 처음 오디션을 시작할 때는 심사위원도 야심찬 각오로 시작을 하기 때문이다. 다시 말해 심사위원을 쉬 지치게 하는 행동이나 치장은 절대 하지 말라는 것이다.

2. 가수 오디션 아킬레스건

실패는 성공의 어머니! 여러 번 재도전도 불사하라!

여러 가지 오디션 중 가수 오디션이 가장 많다. 그 만큼 치열함을 증명하는 것이다. 요즘은 가수를 시작하는 연령이 점차 낮아지고 있는 추세다 보니 기획사마다 가능성 있는 신인을 발굴하려는 의지가 강해 경쟁도 치열하고 그만큼 쟁쟁한 실력을 가진 지망생들이 수도 없이 많다. 따라서 한 두 번 떨어졌다고 낙심하지 말고 여러 번 도전 해 볼 것을 권한다.

이미지를 설정한 후 철저히 기획하고 준비하라!

가수의 오디션은 가장 기회도 많고 종류도 다양하다. 그렇지만 가수는 연기자에 비해 특히 오디션에 대한 철저한 준비를 하고 난 뒤 도전할 것을 권한다.

가수의 오디션은 기획사마다 조금씩 다르지만, 편지나 엽서를 통한 우편 접수, 전화를 통한 전화 오디션, 추천에 의한 오디션, 공개 오디션 등으로 나뉜다. 특히 대형 기획사의 경우 일 년 내내 오디션의 기회를 열어두고 있을 정도로 신인 찾기는 기획사의 사활이 걸린 문제로 대두되고 있는 실정이다.

기획사에 뽑힌 지망생의 경우 일정 기간 트레이닝을 받게 된다. 혹독한 트레이닝 후 작곡, 작사, 편곡, 녹음, 믹싱 등 본격적인 작업이 끝나고 앨범이 나오면 드디어 고대하던 가수로 데뷔하게 되는 것이다.

경우에 따라서는 뮤직 비디오 촬영과 각종 홍보 활동을 병행하게 된다. 그리고 음반에 따른 이미지를 만들기 위해 성형 수술, 피부 관리, 헤어, 의상 등 이미지 메이킹을 해서 방송용 가수로 다듬어진다. 이렇게, 대중가수라는 상품으로 다듬어지는 과정은 매우 혹독해서, 어렵게 오디션에 통과했지만 마지막 과정에서 도태되는 사람도 많다. 최종적으로 모든 과정을 통과한 사람만이 진정한 가수가 되는 것이다.

3. 개그맨 오디션 아킬레스건

남의 흉내는 절대 내지 마라!

패러디 대회라도 나온 듯 흉내만 내는 친구들이 있다. 심사위원 입장에서는 오리지널을 보고 있어도 기분이 좋을까 말까하는 판에 아류 개그맨의 흉내를 보고 있으면 그저 시간만 아까울 뿐이다. 첫 번째 불합격의 필수요소, 남의 흉내를 내면 100% 떨어진다. 심사위원들은 이미 있는 개그맨들의 개그에 식상해서 공채오디션을 연 것이지 전국 팔도 모창가수대회나 남의 장기나 따라 하는 개인기 대회를 연 것이 아니다. 아무리 유치해도 새로운 것, 기발한 것이 먹힌다. 자신만의 독창적인 아이템으로 승부하라!

냉소적인 심사위원들 앞에서 당당해라!

지망생 3천명, 아니 3만명이 온다 해도 심사위원을 웃기지는 못한다. 응시생들은 다들 긴장이 극에 달해 있는 상태라 평소에는 아무리 잘 웃기던 사람도 막상 시험을 보면 제 실력을 발휘하지 못하는 경우가 많다. 단순히 심사위원들을 한번 웃겨보겠다는 심정으로 응시했다면 오히려 시험을 망치기 쉽고 이 또한 100% 떨어지는 길 중 하나다.

무뚝뚝한 표정의 심사위원들의 얼굴을 보고 있으면 어느새

주눅이 들고, 엎어지고 넘어져가며 오두방정을 떨어도 코털 하나 움직이지 않는 심사위원들의 냉소에 식은땀이 날 것이다. 하지만 심사위원들이 중요시 여기는 것은 코믹 콘티가 아니라 지망생들 하나하나의 끼와 담력이다. 다른 분야는 많은 연습과 훈련과정이 있지만 개그맨 분야는 전문 교육기관이 마땅히 없다 보니 다듬어지지 않은 지망생들이 의외로 많다. 그래서 개그 재질이 있어도 아깝게 떨어지는 경우가 많다.

개성과 가능성으로 승부하라!

개그맨 오디션도 개성과 호감에서 점수를 얻어야 한다. 대학생 장기자랑 프로그램에서 하는 이상한 차력, 이상한 치기 같은 아마추어적인 시도는 절대 하지 말아야 한다. 개그맨 공채 오디션에서 심사위원을 웃기는 사람은 아무도 없었다. 점수를 매기는 사람들은 이 방면의 프로라 쉽게 웃음을 보이지 않는다. 지원자는 심사 위원에게 가능성과 호감을 주는 방향으로 승부해야 한다. 심사 위원들은 지원자가 단순히 웃기는지 안 웃기는지 보는 것이 아니라 가능성에 점수를 준다는 것을 명심하라.

4. 모델 오디션 아킬레스건

모델을 처음 지망하는 지망생들에게 시작부터 특별한 기술이 필요한 것은 아니다. 그것은 차후 배우면 되는 것이므로 걱정할 필요는 없다.

신인 모델 오디션 시 가장 많이 보는 것은 개인의 스타일. 스타일이 우선 인정을 받으면, 그 다음부터 모델로서의 전문적인 교육을 받으면 되는 것이다. 모델 지망생들은 특별한 공부보다는, 모델 단체를 직접 찾아가서 오디션 신청을 하는 것이 중요하다.

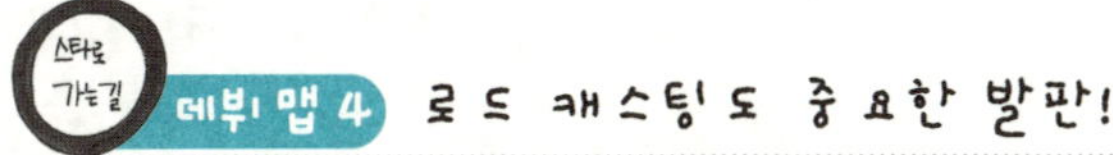

로드 캐스팅은 현재 심심치 않게 진행되는 연예인 데뷔를 위한 하나의 방법이다. 이들 중 일부 사기꾼들이 있는 것은 사실이지만, 그렇다고 로드 캐스팅에 대한 시각을 부정적으로만 바라보는 것은 현실을 직시하는 태도가 아니다.

로드 캐스팅은 현재 선진국에서도 많이 진행되고 있는 캐스팅의 한 패턴이기도 하다. 만약 여러분이 길거리에서 제의를 받았다면 무조건 색안경을 끼고 바라볼 것이 아니라 긍정적인 태도로 받아 들여도 괜찮다.

물론 로드 캐스팅으로 사기를 당하는 사람들도 많다. 캐스팅을 해주겠다는 빌미로 사기를 치거나 신인을 이용해서 사리사욕을 채우는 질

나쁜 회사도 얼마든지 있다.

그래서 로드캐스팅에서 무엇보다 주의해야할 것은, 제의를 해 온 곳이 어떤 회사인지 정확히 알아봐야 한다는 것이다. 사기성이 있는 회사인지 아닌지는 그들의 제안을 들어보면 확실히 알 수 있다. 돈이나 몸을 요구하는 경우라면 이는 보나마나 100% 사기꾼이다. 어떤 핑계든 돈을 달라고 하는 것은 칼 안 든 강도를 만났다고 생각하면 된다. 제대로 된 기획사라면 지망생들에게 투자를 할 목적으로 신인을 발굴하지, 지망생들의 돈으로 회사를 운영하기 위해 고생스러운 로드 캐스팅을 하지는 않는다.

3초 평가에 대비하라

3초라는 시간은 길기도 혹은 짧기도 하다. 너무나 배가 고파 허기진 상태라면 삼겹살 집의 삼초는 세 시간의 시간만큼 느껴질 것이고, 시험시간에 남은 3초는 0.0003초로 짧게 여겨질 것이다. 흔히 연예계에서는 연예인을 뽑는 심사위원이나 기획사가 지망생들이나 신인들을 대할 때, 3초면 이 사람이 스타가 될 자질이 있나 없나를 바로 파악하게 된다는 말을 종종 한다.

연예인들의 끼는 이 3초 안에 판단된다. 다소 잔인하게 들리겠지만, 대부분 프로들은 3초만 보고 그 사람의 성공 가능성을 바로 판단한다. 지망생들은 매우 불쾌하게 생각하고 기분 나빠하는 경우가 많고 판단의 공정함까지 못 믿겠다는 투로 나오기도 한다. 그렇게 짧은 시간 안에 자신을 어떻게 알 수 있냐고 불만이 대단하다.

'내가 연예인이 되려고 몇 년을 준비 했는데? 똑바로 보긴 한 거야? 혹시 돈 받고 미리 내정된 사람 뽑는 거 아냐?' 라는 의심의 눈초리를 보내기도 한다. 하지만 자신이 시청자의 입장에서 TV를 본다고 생각해 보라. TV에서 마음에 안 드는 연예인이 어색한 몸짓으로 연기를 하거나 노래를 한다면 고민할 겨를도 없이 바로 채널을 돌려버린다. '가만 있어 봐. 지금은 좀 못해도 한 3분 뒤에는 더 잘할지도 몰라.' 라는 생각을 가진 시청자는 없다.

3초라는 짧은 시간 안에 평가받는 것이 너무나 억울할 것이다. 설익은 실력으로 와서 긴 시간동안에 자신이 가진 모든 것을 보여주려고 하는 지망생을 보면 애처로운 생각조차 든다. 완벽한 준비로 짧은 시간 안에 승부를 내겠다는 당찬 마음이 없다면 아무리 2~3시간의 기회를 준다고 해도 그는 50보 100보 같은 연기와 노래를 할 뿐이다. 모든 걸 충분히 갖췄을 때 대중 앞에 당당히 서야 한다.

대중은 이성 아닌 감성으로 판단한다. 대중의 눈에 1초만에 들어오는 인상, 혹은 연기라면 그게 바로 좋은 첫 인상이며 진한 각인을 남기는 것이다. 3초에 모든 것은 평가된다. 3초라는 시간에 모든 것을 거는 것이다. 3초를 위해 자신의 내공을 철저히 쌓아야 하는 것은 너무나 당연한 일이다. 설익어서 왔다가 제대로 못하면 끝이다. 준비를 철저히 해라. 흔히 이 계통에서 하는 말로 준비가 바로 대통령이다. 준비된 스타가 진정한 스타가 된다.

에·필·로·그

1. '선택과 집중'의 패러다임!

경쟁률이 치열한 연예계에서 살아남으려면 매 순간마다 '선택과 집중'의 포인트를 잘 짚어야 한다. 처음 연예인이 되겠다고 계획할 때, 무엇을 선택할 것인가에 대한 시간을 가진 뒤에는 집중의 시간을 가져야 한다.

지금 연예인의 길로 출발하려는 사람에게는 악조건들이 주변에 지뢰밭처럼 널려 있을 것이다. 부모 자식과의 인연을 끊겠다고 으름장을 놓으시는 부모님, 아직까지 '연예인은 여전히 딴따라'로 보는 사회적 인식, 이미 자리 잡은 연예인과는 다른 차별점을 모색해야 하는 창작의 고통 등등.

지금 자신에게는 가장 약한 무기 밖에 없다고 생각한다면 여기서 다시 집중의 시기가 필요하다. 변변할 것 없는 그 무기로 오직 한 곳만을 집중해서 찌르는 것이 중요하다. 한 곳을 파다 보면 언젠가는 뚫을 수 있다. 남을 흉내내지 말고 나만의 개성을 무기 삼아 대중에게 어필할 수 있을 때까지 집중 공략해야 한다. '선택과 집중', 얼마나 많은 노력과 시간으로 선택과 집중하느냐에 따라 성공과 실패가 좌우된다.

2. 결코 망설이지 말고 과감하게 시작하라!

연예인이 되겠다고 결심한 순간에는 망설임도 함께 시작된다. 혹시 실패하면 어쩌나, 연예인은 1%만 살아남는다는데 이렇게 평범한 내가 감히 도전할 수 있는 길인가? 연예계에 들어올 결심을 굳히기 전부터 이런 고민에 시달리게 마련이다. 행여 지금 독자들이 불안감으로 망설인다면 해주고 싶은 충고는 단 하나! 절대 망설이지 말고 과감하게 시작하라!! 그리고 시작했으면, 몇 년 정도의 시간 투자는 필수적이다. 또한 시간 투자만 하는 것이 전부가 아니라 100% 집중을 해야 한다. 혹여, 후일 나에게는 연예인의 길이 맞지 않는다고 깨닫고 그만 두게 되더라도 얻을 수 있는 것은 있다. 한 가지에 집중하고 노력한 경험이 남는 것이다.

정녕 모든 노력을 기울였는데도 실패해서 접는다면 괜찮다. 그런 실패는 아름다운 실패이다.

젊은이들이라면 미리 계산해서 편한 길, 확실한 길만 가기보다 이런 아름다운 실패를 하며 자신을 단련시켜 나가는 것도 훗날 인생을 되돌아 봤을 때 값진 경험이 된다. 내 길이 아니라고 깨닫고 그만둔다면 그것 자체로도 좋은 경험이다.

인생은 기브 앤 테이크(Give and Take)이다. 인생에 내주는 것이 있다면 인생으로부터 그만큼 받는 것도 있다. 결코 헛된 경험이라는 것은 없는 것이다.

온 몸이 으스러지도록 최선을 다하고 그만 둔다면 다시는 돌아보지 마라. 그리고 뚜벅뚜벅 걸어가 떳떳하게 제 길을 찾아가면 그만이다. 노력조차 하지 않고 돌아선다면 언젠가는 미련이 남아 다시 돌아가게 된다. 그것만큼 한심하고 쓸데없는 경험도 없다. 최선을 다 해서 실패했다면 깨끗이 접을 수 있다.

연예인을 꿈꾸는 친구들에게 해 주고 싶은 말은 세상은 공평하다는 것이다. 기나긴 인생에서 성공과 실패라는 결과만 보지 말고 온몸으로 헤쳐 나가며 겪은, 산 경험들을 소중히 여겼으면 한다. 이 세상에 가치 없는 노력은 없다. 연예계에도 공부와 마찬가지로 왕도가 없다. 연예인의 길이 힘든 만큼 치열하게 노력하는 것밖에는. 노력은 반드시 보상받게 되어 있다.

3. 시지프스, 그의 인내와 끈기를 본받아라

마지막으로 연예계로의 진입을 두고 방황하는 젊은이들에게 까뮈의 〈시지프스의 신화〉를 읽어보라고 권하고 싶다. 〈시지프스의 신화〉야말로 스타가 된다는 것이 어떤 의미인지 잘 알려주는 책이라고 생각한다. 이 책은 연예계뿐만 아니라 경쟁률이 높은 직업에 종사하는 사람들에게 주로 권하는 책이기도 하다.

시지프스는 원래 '인간 중에서 가장 현명하고 신중한 사람'이었다. 그러나 그는 신들의 권위에 복종하지 않고 신들의 부정을 세상에 알리고 조롱했다.

결국 신을 두려워하지 않은 죄로 그는 산꼭대기에 올라가서 바위를 굴려 떨어뜨리는 벌을 받게 된다. 시지프스는 있는 힘을 다 해 산꼭대기까지 올라가 바위를 굴려야 하고, 바위가 굴러 떨어지면 다시 산꼭대기까지 그 바위를 밀어 올려야 한다. 이렇게 시지프스는 아무 의미 없고 보람도 없는 단순한 노동을 영원히 반복해야 했다. 신은 이제나 저제나 시지프스가 용서 구하기를 기다리지만 그는 자신의 고집을 꺾지 않고 묵묵히 바위를 굴리면서 끝까지 신에게 대항한다.

시지프스는 신들이 부당하게 벌하는 것을 알면서도 묵묵히 벌을 받음으로써 오히려 신들의 양심을 일깨운다. 절대 아부하지 않고 구걸도 하지 않고 용서를 빌지 않는다. 자신이 한 일이 언제나 원 위치로 돌아갈 것을 알면서도 묵묵하게 신에게 끝까지 대항하는 시지프스는 위대한 인간상을 대변한다.

스타가 된다는 것은 시지프스가 끝없이 바위를 굴리는 행동과 닮은 것 같다. 스타가 가야 할 길은 결코 끝나지 않는 길이라는 것을 알면서도 희망을 포기하지 않고 끝까지 달려가는 것이다.

사람에게 아무런 보람과 이득을 예측할 수 없는 노동을 계속 시키는 것만큼 큰 벌은 없다. 스타가 되려는 발걸음이 그렇게 앞날을 예측하기 힘들고 고독한 길을 걷는 것이기에, 앞으로 그 힘든 여정을 시작하려는 지망생들에게 시지프스의 마음가짐을 본받아라 권하고 싶다.

'독종' 기질로 성공하라!

국내 최초 명품 전문 쇼호스트 유난희의 유별난 성공 스토리

내일을 꿈꾸는 여성들, 현실과 부딪쳐 좌절과 실패를 두려워하는 여성들,
무기력과 꿈의 부재 속에 서성거리는 많은 젊은이들, 대학생
그리고 성공을 꿈꾸는 모든 이들에게 전하는 파워 메시지!

아름다운
「독종」이
프로로
성공한다

가격 : 10,000

대한민국 대표 성공자들이
적극 추천하는 바로 그 책!